U0729387

世界侦探推理经典文库

“黄屋”奇案

[法] 加斯东·勒鲁 著
孙桂荣 王一峰 译

群众出版社
·北京·

图书在版编目（CIP）数据

“黄屋”奇案／（法）加斯东·勒鲁著；孙桂荣，王一峰译. -- 北京：群众出版社，2025. 1. --（世界侦探推理经典文库）. -- ISBN 978-7-5014-6357-2

Ⅰ. I565. 45

中国国家版本馆 CIP 数据核字第 202461F1H7 号

世界侦探推理经典文库

“黄屋”奇案

［法］加斯东·勒鲁 著

孙桂荣 王一峰 译

策划编辑：冯京瑶
责任编辑：冯京瑶
装帧设计：王紫华
责任印制：李铁军

出版发行：群众出版社
地　　址：北京市丰台区方庄芳星园三区 15 号楼
邮政编码：100078
经　　销：新华书店
印　　刷：天津嘉恒印务有限公司

版　　次：2025 年 1 月第 1 版
印　　次：2025 年 1 月第 1 次
印　　张：10. 375
开　　本：880 毫米×1230 毫米　1/32
字　　数：206 千字

书　　号：ISBN 978-7-5014-6357-2
定　　价：42. 00 元

网　　址：www. qzcbs. com
电子邮箱：qzcbs@ sohu. com

营销中心电话：010-83903257
读者服务部电话（门市）：010-83903257
警官读者俱乐部电话（网购、邮购）：010-83901775
文艺分社电话：010-83904938

本社图书出现印装质量问题，由本社负责退换

出版前言

侦探推理小说以曲折的情节、强烈的悬念、严谨的逻辑，吸引了世界各地的众多读者。优秀的侦探推理小说不仅可以启迪心智、激发勇气，而且可以指点人生迷津，使人悬崖勒马，不致以身试法。

侦探推理小说往往讲述一个疑窦丛生、悬念迭起、情节曲折、惊险刺激的故事，悬疑的设置和解谜都需要超常的智慧。读者只有以缜密的逻辑推理，与书中的人物一起去探秘、求解，披沙拣金、抽丝剥茧，才能揭开谜底。侦探推理小说中描述的侦探经验和破案方法，由于独特的视角和奇巧的构思，常常被现实生活中的警探引以为鉴，激发破案的灵感。欧美的一些警察学校至今仍然经常选用侦探推理名著中的案例，作为考题或案例分析的范本。

在美国，“恐怖推理小说”作家埃德加·爱伦·坡（1809—1849）于1841年创作的《莫格街凶杀案》，被公认为世界上第一部真正意义上的侦探推理小说。他的作品悬念极强，分析推理严密，始终让读者捏着一把汗。他在书中塑造了“智力超人”杜邦的形象，总能通过蛛丝马迹成功破案，是英国作家柯南·道尔笔下福尔摩斯的“前辈”。因此，他在世界文学界被誉为“侦探推理小说之父”。他用短小的篇幅制造出缕缕不绝的悬疑之感，在严谨的逻辑推理之中融入奇幻的情节，并以诡谲的文笔锦上添花，迄今很少有人能及。从这个意义上讲，他的作品永不过时。

在英国，阿瑟·柯南·道尔（1859—1930）爵士的成名作品《血字的研究》于1886年完成。他创作的《福尔摩斯探案全集》是世界上最伟大、最畅销的文学作品之一。这部作品因独具匠心的布局、悬念迭起的情节、精妙独特的叙事手法和凝练优美的语言，第一次让侦探小说步入世界文学的高雅殿堂，使侦探小说成为一个独立的文学类别而备受世人赞誉。在高潮迭起的情节中，神探与罪犯对抗、正义与邪恶较量，强烈地吸引着读者努力去寻求答案，欲罢不能。这些神奇的破案故事影响了一代又一代人，至今仍然被广为流传。他对侦探推理小说的贡献是巨大的，在故事结构、推理手法等方面树立了范本。作为侦探推理小说的一代宗师，他在英国被公认为与莎士比亚、狄更斯比肩的人物。

在日本，一位名叫江户川乱步（1894—1965）的作家于

1923年发表了《两分铜币》，开启了日本推理文学的大门。接着，他创作并发表了《D坂杀人事件》《巴诺拉马岛奇谈》等一系列推理小说。第二次世界大战结束后，江户川乱步创立了日本推理作家协会的前身——侦探作家俱乐部。为了鼓励和培养新作家，他于1954年设立了本格派推理小说的最高奖项——江户川乱步奖。

在法国，颇负盛名的侦探推理小说家莫里斯·勒布朗（1864—1941）在青年时代受著名作家福楼拜与莫泊桑的影响，走上了文学创作的道路。1905年，他在《我什么都知道》杂志上连载了小说《亚森·罗平被捕记》。后来，他陆续写下了二十一部以亚森·罗平为主人公的侦探推理小说。他的代表作有《亚森·罗平在狱中》《水晶瓶塞》《侠盗亚森·罗平》《亚森·罗平智斗福尔摩斯》《棺材岛》等。有关亚森·罗平的侦探推理小说在全世界非常流行，有的单行本销售量过亿，而根据此系列小说改编的电影、动漫等作品更是受到了各国年轻人的推崇——这就是经典的魅力与价值。

经过一百多年的发展和演变，侦探推理小说在世界范围内层出不穷，生生不息。比如，美国作家厄尔·德尔·比格斯（1884—1933）的《陈查理探案》、雷蒙德·钱德勒（1888—1959）的《长眠不醒》、达希尔·哈米特（1894—1961）的《马耳他之鹰》，英国作家威廉·威尔基·柯林斯（1824—1889）的《月亮宝石》、艾德蒙·克莱里休·本特利（1875—1956）的

《特伦特的最后一案》、阿加莎·克里斯蒂（1890—1976）的《尼罗河上的惨案》，日本作家松本清张（1909—1992）的《点与线》、西村京太郎（1930—2022）的《天使的伤痕》、森村诚一（1933—2023）的《人性的证明》，还有法国作家加斯东·勒鲁（1868—1927）的《“黄屋”奇案》、瑞士作家弗里德里希·迪伦马特（1921—1990）的《法官和他的刽子手》和比利时作家乔治·西默农（1903—1989）的《黄狗》等，不胜枚举。这些作品流派众多、包罗万象，闪耀着理性的光芒，在世界文坛上脱颖而出。与侦探推理小说有关的图书始终占据着国际图书市场销售量的四分之一以上，成为其他文学类图书难以企及的畅销、长销图书类型。

群众出版社自建社以来，翻译出版了一大批脍炙人口的外国侦探推理小说，受到了广大读者的欢迎和认可，在出版界乃至社会各界享有盛誉。早在1981年，群众出版社就把《福尔摩斯探案全集》这部经典之作带入了千家万户，在全国掀起了一股“福尔摩斯热”。此次出版《世界侦探推理经典文库》，意在将世界各国的优秀侦探推理小说展现在读者面前。

让我们静下心来，怀着对未知事物的好奇和对理性公正世界的向往，步入神圣的侦探推理文学殿堂，追根溯源，不断发现，找到智慧的源泉。

群众出版社

2024年10月

目录

一　困惑由此开始

此刻，当我准备在这里讲述约瑟夫·鲁尔塔比伊那段不寻常的冒险经历时，我的心情久久难以平静。在此之前，由于他本人的坚决反对，我对公开发表这些十五年以来最离奇的侦探故事已经不抱希望了。要不是一家晚报就那位大名鼎鼎的斯坦日松最近获得“荣誉勋位大十字勋章”一事发表的一篇无耻的文章，一篇因充满了无知而令人咋舌的恶毒文章，从而让人想起了约瑟夫·鲁尔塔比伊想永远忘掉的那件可怕事件的话，我真觉得公众恐怕永远也不会知道那个被称为“‘黄屋’奇案”的惊人事件的全部真相了。那件事是后来发生的一系列残忍的、耸人听闻的悲剧的导火线。我的朋友亲身参与了这个事件的调查。

十五年以前，“黄屋”奇案曾让人费了不少笔墨。可是，今天，有谁还记得它呢？在巴黎，人们是非常健忘的。大家不是连奈夫案件和小莫纳多尔之死的悲惨事件都忘掉了吗？然而，当年，公众的注意力却被有关这些问题的争论深深地吸引着，以至于当时出现的内阁危机都无人关注了。不过，比奈夫案件早几年发生的“黄屋”奇案影响更大。一连几个月的时间里，整个世界都在关注着这个难以了断的案件。据我所知，这是考验我们警方敏锐的洞察力和法官的良知的一个最难得的案子。这个案件的侦破令人癫狂！每个人都在努力寻找答案，就好像一个悲惨的字谜让古老的欧洲和年轻的美洲竞猜似的。实际上，我可以这样说：这件事丝毫不涉及作者的自尊，而且我在这里只是转述一些事实。一个特别的材料使我可以对此案提供一些线索。不论是在事实上，还是在想象上；不论是在《莫格街凶杀案》的作者爱伦·坡[①]的虚构里，还是在柯南·道尔[②]的臆造之中——我实在搞不清人们是否能够找到可以与这个“黄屋”的秘密相媲美的东西。

而这个无人能解的谜，竟被一家大报的小记者、年仅十八岁的约瑟夫·鲁尔塔比伊解开了！但是，当他在重罪法庭上谈到案件的要害时，并没有和盘托出。他只是说出了为解开这个“不解之谜”和宣告一个无辜者无罪必不可少的东西。当初他需

---

① 爱伦·坡（1809—1849），美国著名诗人、小说家和文学评论家，被誉为“侦探推理小说之父”。——译者注

② 柯南·道尔（1859—1930），英国著名小说家、戏剧家，塑造了闻名世界的大侦探福尔摩斯的形象。——译者注

要保持沉默的理由，如今已不复存在。更何况，今天他应当开口说话了。因此，你们将知道一切。我将开门见山地把“黄屋”奇案的来龙去脉全部展现在诸位面前，正如橡栗城堡悲剧发生的第二天世人所看到的那样。

1892 年 10 月 25 日，《时报》在最后时刻刊登了如下编者按：

> 在圣热娜维芙森林边缘的埃皮纳-絮-奥日镇附近的橡栗城堡，在斯坦日松教授的府第，发生了一个可怕的惨案。昨夜，城堡主人正在实验室里工作，有人企图杀害在实验室隔壁房间里休息的斯坦日松小姐。医生对其性命已不敢担保。

诸位可以想象出当时的巴黎人有多么不安。那个时候，学术界本来就对斯坦日松教授及其女儿所研究的东西非常感兴趣。正是这些对 X 光照相术最早的研究，引导了后来的居里先生和夫人发现了镭。而且，人们正期待着斯坦日松教授在科学院宣读他那篇题为《物质分解》的轰动性论文。这篇论文将从基础上动摇多年以来建立在“物质不灭，物质不再生”的原则上的官方科学。

第二天，所有的报纸都在谈论这桩谋杀案。《晨报》上刊登了题为《一次不可思议的谋杀》的文章。《晨报》的匿名作者这样写道：

下面是我们所获得的有关“橡栗城堡凶杀案”的全部情况。

斯坦日松教授处于绝望状态和面对无法从受害者口里得到任何情况这一事实，使我和司法部门的调查变得十分困难。因此，迄今为止我们对“黄屋”里发生的事还一无所知。当时，斯坦日松小姐身穿睡衣，躺在地板上，奄奄一息。不过，后来我们还是采访了斯坦日松家的老仆人雅克老爹（当地人都这么称呼他）。雅克老爹是与斯坦日松教授同时走进“黄屋”的。这个房间在实验室的隔壁。实验室和“黄屋”都在花园尽头的一座小房子里，距城堡大约三百米。

“当时是凌晨一点半。”老人对我们说，“出事的时候，我在斯坦日松先生正在工作的实验室里，整个晚上都在整理和清洗实验器具。我等着斯坦日松教授离开，好去睡觉。玛蒂尔德小姐跟她父亲一起工作到子夜。实验室的挂钟敲响了十二点，她就站起身，拥抱了斯坦日松先生，祝他晚安，又对我说：‘再见，雅克老爹！’然后，她就推开了‘黄屋’的门。我们听见她把房门从里面反锁上，又插上了插销。我忍不住笑了起来，并且对先生说：‘瞧，小姐给自己上了两道锁。她肯定是害怕“上帝之兽”啊！’先生正全神贯注地工作，根本就没听见我的话。不过，外面的一阵可怕的猫叫声回答了我。我听出，那正是‘上帝之兽’的声音。那声音让你听了以后会浑身发抖……‘难道这个家伙今天晚上又要闹得我们不得安宁吗？’我心里想。我应当告诉您，先生，直到十月底以前，我都得住在这座小房子的阁楼上，就在‘黄屋’的上面，唯一的目的就是不让小姐孤零零地一个人在花园深处过夜。是小姐自己想在小房子里住上大半年的，想必她觉得这里比城堡更明亮。小房子盖好以后的四年多来，她总是一到春天就搬进去，到了冬天再搬回城堡，因为‘黄屋’里根本就没有壁炉。

“斯坦日松先生和我，我们待在小房子里。我们一点儿动静都没有。他在办公室里。我呢，活儿都干完了，就坐在椅子上，看着他工作，心里想：‘多么了不起的人啊！多么聪明！多么有学问！’我再强调一遍，我们一点儿动静都没有，所以凶手大概以为我们都走了。突然，十二点半时，从‘黄屋’里传出一阵绝望的叫喊声。是小姐在叫喊：‘抓凶手！抓凶手！救命！’很快，响起了枪声。接着，是家具被推翻在地的声音。好像是在搏斗！而后，又是小姐的喊声：‘抓凶

手！……救命！……爸爸！爸爸！’

“您可以想象，我们立刻跳了起来！斯坦日松先生和我，我们都朝那个房间跑去。可是，唉！门锁着，而且是被小姐从里面谨慎地反锁着，上了一道锁，还插了插销。我们想把门撞开，可是门很结实。斯坦日松先生像疯了似的，因为我们听见小姐用嘶哑的声音喊着：‘救命！……救命！……’斯坦日松先生拼命地敲门。他愤怒地哭着，绝望而又无奈地哭着。

“就在这个时候，我灵机一动！‘凶手可能是从窗户进去的！’我心里想，‘我到窗前看看！’于是，我也像疯子似的跑出了小房子！

“不幸的是，‘黄屋’的窗子是朝田野开的。花园那连接小房子的围墙挡住了我的去路，使我不能马上靠近窗户。要想到达那里，必须先出花园。于是，我朝栅栏门跑去。在路上，我遇到了看门人贝尼耶和他的妻子。他们是被枪声和我们的喊叫声吸引过来的。我三言两语说明了情况，让看门人赶快去斯坦日松先生那里；让他妻子跟我走，去给我开栅栏门。五分钟后，我和看门的女人来到了‘黄屋’的窗前。那一夜的月光格外皎洁，我清楚地看到，没有人动过那扇窗户。不仅窗外的铁栅栏完好无缺，就连后面的两个百叶窗也关得紧紧的，那是昨天晚上我关的。每天晚上都是我亲自关窗，虽然小姐知道我活儿太多，太累，不让我去关窗，说她自己可以关。百叶窗原封不动地关闭着。昨天晚上，我用铁插销从里面把它插上了。因此，凶手不是从那里进去的，也不可能从那里逃走。而我呢，也不可能从那里进去！

“这实在太不幸了！真是没有头脑！把房门从里面反锁着，唯一一扇窗户的百叶窗也从里面关紧了。百叶窗外面的铁栅栏完好无损。栅栏很密，您连胳膊都伸不进去……而小姐却在里面呼救……她可能已经死了……我听见小房子里，先生还在试着撞开那道门……

“我和看门的女人又往回跑去，回到了小房子里。尽管斯坦日松先生和贝尼耶拼命敲门，门还是纹丝不动。最后，在我们疯狂的撞击下，门终于开了。这时，我们看到了什么呢？我还应当告诉您，看门的女人在我们身后举着实验室的灯。那盏灯度数很大，把整个房间都照亮了。

“还应当告诉你们，‘黄屋’是个很小的房间。小姐在里面放了一张大铁床、一张小桌子、一个床头柜、一个梳妆台和两把椅子。因此，在看门女人手里那盏灯的照耀下，我们一眼就看清了屋里的一切。小姐身穿睡衣，躺在地上。周围一片狼藉，桌子和椅子都倒在地上，说明刚才有过一场殊死搏斗。那个人一定是把小姐从床上拉了起来。她浑身是血，脖子后面有很多被指甲掐伤的痕迹，脖颈上的肉几乎被人用指甲给挖掉了。她右边的太阳穴上有一个洞，血从里面流出来，在地板上摊成一片。斯坦日松先生一看到女儿这个样子，便绝望地扑了上去。那呼喊声让人听了真是心如刀绞啊！他发现不幸的小姐还有气，就全身心地抢救她。我们呢，就寻找凶手——那个想杀死我们女主人的混蛋。我向您发誓，先生，要是我们能找到他，绝对饶不了他。可是，他不在房间里了，他已经逃走了。这怎么解释呢？……这简直不可思议。床底下没有人，家具后面也没有人，一个人也没有！我们只看到很多痕迹：墙上留下一个男人的大血手印，门上也有；还有一条浸满血的没有姓名开头字母的手帕和一个旧贝雷帽；地板上有很多新留下的脚印。从那里走过的那个男人的脚很大，鞋底留下了黑色的烟炱。这个人是从哪里进来的呢？他又是从哪里消失的呢？请不要忘记，先生，‘黄屋’里没有壁炉。他不可能从门口出去，门很窄。看门的女人手里拿着灯进来，而我和看门人在豆腐块大的房间里正寻找着凶手。那里根本就没有藏身之处，而我们也没找到一个人。那扇被撞坏的门靠在墙上，后面也不可能藏人。而且，我们也在那里找过了。窗户依然关着，百叶窗也紧紧关闭，再加上铁栅栏，从那里逃走是根本不可能的。那么……我真的开始相信有鬼了。

“就在这时，我们在地上发现了我的手枪。是的，我自己的手枪……这情景把我带回现实中来！鬼是不需要去偷我的手枪来杀害小姐的。刚才进来的那个人是先到过我的阁楼，从抽屉里拿走我的枪，并且用它实现了他的罪恶目的。我们检查了子弹，发现凶手开了两枪。不管怎么说，先生，在这样一场不幸当中，我感到幸运的是，出事的时候斯坦日松先生在实验室里，亲眼看见我在那里。因为，由于出现了这把手枪，真不知道我们会怎么样，说不定我早已经被关进牢房里去了。这把手枪足可以让法庭把一个人送上断头台了！”

《晨报》上，在这篇采访后面写道：

我们没有打断雅克老爹的话，让他大致讲述了他所了解的“黄屋”凶杀案的情况。我们重复了他的原话，只是省略了他在叙述的过程中不断发出的哀叹。雅克老爹，咱们就这么说定了！就这么说定了！您很爱您的主人！您需要让别人了解这一点！您不停地重复着这句话，特别是在发现那把手枪以后。这是您的权利，对我们没有任何妨碍！我们本来还有很多问题要问雅克老爹（雅克-路易·穆斯蒂埃），但是，就在这个时候，正在城堡的大厅里进行调查的预审法官派人来找他。我们无法进入橡栗城堡——那片橡树林已经被几个警察包围了。警察仔细地寻找着所有可能从那里走进那座小房子的线索和有可能让人找到凶手的线索。

我们也打算询问看门人，但是他们已经不见了。最后，我们在离城堡的栅栏门不远的一家小客栈里等着科尔贝伊的预审法官德·马凯先生出来。凌晨五点半，我们看到他和书记官一起走了出来。在他上车之前，我们向他提出了下面的问题：

“在不影响您调查的前提下，德·马凯先生，您能否向我们提供一点儿关于这个案件的情况？”

“我们什么都不能说。”德·马凯先生回答，“这是我遇到过的最奇怪的案子。我们越是以为自己知道了点儿什么，就越是一无所知！”

我们请德·马凯先生解释一下最后这句话的含义。下面就是他的回答，其重要性谁都会一听就明白。

“如果除了检察院今天的发现之外再没有别的情况，那么我担心斯坦日松小姐的凶杀案不会很快明朗化。不过，出于人道，我们还是希望，即将对‘黄屋’的墙壁、天花板和地板进行的检查，会给我们带来‘不应当对事情的逻辑性丧失信心’的证据。从明天开始，我将跟四年前承建这座房子的人一起进行这种检查。因为，问题明摆在那里：我们知道凶手是从哪里进来的（他从门口进来，然后躲到床底下，等着斯坦日松小姐回来）。可是，他是从哪里出去的呢？他是怎么逃走的呢？如果找不到翻板活门、暗门、壁凹，或者随便什么形式的出口；如果对墙壁的检查，乃至把墙壁拆毁以后——我已经下定决心，斯坦日松先生也下定决心，不惜拆毁这座房子——仍然找不到能让人或某个圣灵出入的通道的话；如果天花板上没有洞；如果地板下面没有地道，那就真像雅克老爹说的那样，该相信有鬼了！”

这篇文章的匿名作者还指出，预审法官的最后一句话“那就真像雅克老爹说的那样，该相信有鬼了”似乎有弦外之音。我认为，这是那天报上发表的有关这一案件的文章中最有意思的一篇。

文章最后是这样说的：

我们想知道雅克老爹说的“上帝之兽的吼叫”指

的是什么。

主塔客栈的老板向我们解释说，那是指一个人称“阿日努大娘”的老太太家养的猫有时在半夜里发出的叫声。“阿日努大娘”是个“圣人”，住在森林中的一座小木屋里，离圣热娜维芙山洞不远。

黄屋、上帝之兽、阿日努大娘、魔鬼、圣热娜维芙、雅克老爹，这可真是一个极为错综复杂的凶杀案。等明天用十字镐往墙上一刨，就会水落石出，至少我们希望如此。正如预审法官说的那样：‘出于人道。’眼下，人们估计，斯坦日松小姐恐怕活不过今夜。她不停地说谵语，唯一能让人听清的几个字就是：“凶手！凶手！凶手！……”

最后，那家报纸透露，保安局局长已经给那位被派往伦敦调查证券被盗案的弗雷德里克·拉尔桑警探打了电话，让他火速返回巴黎。

二　鲁尔塔比伊首次露面

我清楚地记得年轻的鲁尔塔比伊那天早晨走进我房间时的情景，这件事就像发生在昨天一样。当时大约是八点钟，我还没起床，正在读《晨报》的那篇关于“橡栗城堡凶杀案”的报道。

不过，其他事都可以搁下来不谈，现在是我向诸位介绍我这位朋友的时候了。

我认识约瑟夫·鲁尔塔比伊时，他还只是个小记者。那个时候，我也刚刚在律师界起步。在我去法院请求到马扎或圣拉扎尔会见犯人的许可时，经常有机会在预审法官办公室的走廊里碰到他。就像人们常说的那样，他有一张“讨人喜欢的圆脸”，他的头像皮球一样圆。我想，大概就是这个原因，他的那些新闻界的朋友才给他起了这么一个绰号。这绰号一直叫到今

天，并且闻名遐迩。“鲁尔塔比伊[①]！”“你看见鲁尔塔比伊了吗?”“瞧！那不是了不起的鲁尔塔比伊嘛！”他的脸总是红红的，像个西红柿。他时而像燕雀一样欢快，时而像教皇一样严肃。他是那么年轻——我第一次见到他时，他才十六岁半——怎么就能在报界混饭吃了呢？凡是不了解他如何开始干事业的人，初次接触他时，都会提出这个问题。在奥贝尔康夫街女子碎尸案——又一个被忘却的故事——的审理过程中，他给《时代报》（当时与《时报》大搞新闻竞争的一家报纸）的总编送上了在那只盛着可怕的碎尸块的篮子里所没有找到的左脚。这只左脚，警方整整找了一个星期都没找到，而这个小鲁尔塔比伊却在一个谁都没想到的下水道里找到了它。为此，他参加了巴黎市政府为修复塞纳河特大洪水造成的破坏而组建的一支通阴沟的临时队伍。

当总编拿到那只宝贵的脚，并且领悟到怎样聪明的推理才使一个孩子找到这只脚的时候，他真是又惊又喜：惊的是这个十六岁孩子的脑袋里怎么会有那么多侦探才有的诡谲，喜的是自己可以在报纸上的《陈尸栏》里展示这只“奥贝尔康夫街的左脚”了。

“有了这只脚，”他大声说道，“我就可以大做文章了！”

总编把那个阴森森的口袋交给为《时代报》工作的法医之

① 这是别人给他起的绰号，原文为“Rouletabille”，直译应为“滚动你的球”。——译者注

后，就问这个即将成为“鲁尔塔比伊”的人，如果请他做“社会新闻栏目”的小记者，他想要多少报酬。

“每个月二百法郎。”小家伙谦虚地说。他听到这样的提议，惊讶得都快喘不过气来了。

“你可以拿到二百五十法郎。”总编说，“只不过，你要对所有的人都说，你在报社已经工作一个月了。还有，‘奥贝尔康夫街的左脚’不是你发现的，而是《时代报》发现的。在我们这里，小朋友，个人无足轻重，报纸才是一切！”

说完之后，他就请这位新记者离开了。孩子刚要出门，他又把他叫住，问他叫什么名字。孩子回答道：

“约瑟夫·约瑟凡。”

“这哪是姓啊！”总编说，“不过，反正你也不用署名，所以，姓什么都无关紧要……”

很快，这个初出茅庐的小记者就有了一大堆朋友，因为他很乐于帮助人，而且脾气特别好。脾气再坏的人也不能不喜欢他，嫉妒心再强的人也无法忌恨他。在社会新闻栏目的记者去检察院或者警察局寻找每天发生的凶杀案之前，在他们喜欢聚集的律师咖啡馆里，他开始以机灵著称，并且很快就能出入警察局局长的办公室了！每当出现一个重大案件，而鲁尔塔比伊——那时，他已经得到这个绰号了——又被总编送上“战场”的时候，他常常会让那些最有名气的侦探“苦恼不堪”。

我正是在律师咖啡馆里对他有了更深的了解。负责凶杀案的律师和记者绝不是敌人，前者需要扬名，后者需要情报。我们一起聊天时，我立刻对这个叫“鲁尔塔比伊”的小家伙产生了好感。他是那么机灵，那么与众不同！他的独到见解在别处是无法听到的。

不久，我便开始负责《林荫道呼声报》的“司法专栏”了。我步入报界，这就更加深了我和鲁尔塔比伊之间的友谊。后来，由于我这位新朋友想在他的《时代报》开设司法栏目，我经常向他提供他所需要的法律方面的情报。

两年的时间就这样过去了。随着我对他了解的加深，我更加喜欢他了。因为，透过他表面的快活和古怪，我发现他身上具有这个年龄的人少有的不寻常的严肃。我本来习惯于看见他非常快乐，甚至过于快乐的样子。可是，有好几回，我发现他沉浸在深深的忧伤之中。我想问他，他的情绪为什么会有这种变化，但他马上又笑起来，根本不回答我的问题。有一天，我问起了他的父母，他从来不谈他们。他装作没听见我的话，起身走了。

就在这种情况下，发生了那件有名的“黄屋”奇案。这个案件不仅使他成了一流的记者，而且使他成了世界上一流的侦探。在同一个人身上看到这种双重身份并不奇怪，因为那个时候报纸已经开始变成今天这个样子了——凶杀报。那些多愁善感的人会对此不满，但我倒觉得应当为此感到高兴。因为，人们没有足够的武器跟犯罪现象进行斗争，不管是公共的武器，还是私人的武器。多愁善感的人可能会说，报上没完没了地谈论凶杀，会诱使他们也去杀人。可是，世界上有些人，你没法跟他们讲理……

1892年10月26日那天早晨，鲁尔塔比伊来到了我的房间。他的脸色比平时更红，两只眼睛也像人们常说的那样，都“鼓了出来”，看上去非常激动。他用一只颤抖的手摇晃着《晨报》，对我喊道：

“喂！亲爱的圣克莱尔……你看报了吗？……”

“你是说橡栗城堡凶杀案？”

“对，‘黄屋’！你怎么想？”

“天哪，我想，这是‘魔鬼’或者‘上帝之兽’干的。在我看来，雅克老爹不该把作案工具留在作案现场，既然他就住在斯坦日松小姐房间上面的阁楼里。预审法官今天将要开始的拆毁工程，肯定会使我们找到这个谜的谜底。我们很快就会知道，那家伙通过什么样的翻板活门或者暗门钻进来、钻出去，又马上回到实验室，回到毫无察觉的斯坦日松先生身边。我能对你说什么呢？这只是一个假设！……”

鲁尔塔比伊坐到沙发上，点燃他那支从不离身的烟斗，默默地吸了几口，无疑是想让他那明显的激动心情平静下来。然后，他无比轻蔑地看着我。

“年轻人！”他用一种我学不上来的讥讽语气说道，“年轻人……你是律师，我丝毫不怀疑你为罪犯开脱的才能。但是，如果有一天你成为预审法官，你一定会轻而易举地给无辜者定罪！……你真是个天才，年轻人!”

说完，他又使劲地吸了一大口烟，然后说：

“他们根本找不到翻板活门，‘黄屋’的秘密会因此而变得更加神秘。正因为如此，它才吸引我。预审法官说的对：从来没见过比这更离奇的案子……”

“你对‘凶手是怎么逃跑的’这个问题有什么想法吗?”我问道。

“没有，”鲁尔塔比伊回答，“目前还没有……不过，我对那把手枪已经有了点儿看法……凶手没有使用那把手枪……”

“那么，谁使用了那把手枪呢？我的上帝！……”

“嗯……是斯坦日松小姐……”

“我越来越不明白了……”我说，“或者说，我从来就没有明白过……”

鲁尔塔比伊耸了耸肩：

“《晨报》的文章里一点儿都没有引起你注意的地方吗?”

“天哪，没有……我觉得通篇说得都很离奇……”

“啊，可是，那锁着的门呢?”

“那是文章里唯一一件合乎逻辑的事……”

“真的？……那么，插销呢？……”

“插销?”

“从里面把插销插上？……斯坦日松小姐可真是严加防范

啊……在我看来，斯坦日松小姐知道她应该防范什么人。她采取了防范措施，甚至拿了雅克老爹的手枪，却没告诉他。无疑，她不想惊动任何人，尤其是不想惊动她的父亲……斯坦日松小姐担心的事情果然发生了……于是，她进行了自卫，发生了搏斗。而且，她还相当机灵地使用了那把手枪，并且打伤了凶手的手——这就解释了为什么墙上、门上都留下男人的大血手印，那人几乎是摸索着寻找逃跑的出路的。但是，她开枪的速度不够快，没来得及躲过对她右太阳穴那致命的一击。”

“这么说，不是手枪击中了斯坦日松小姐的太阳穴？”

“报上没说。至于我嘛，我想不是，因为我始终觉得，斯坦日松小姐用枪打伤凶手更合乎逻辑。现在的问题是，凶手使用了什么样的武器？太阳穴上的一击证明，凶手在试图掐死斯坦日松小姐未遂之后，就想用这一击来把她杀死……凶手应当知道雅克老爹住在阁楼上。我想，正因为如此，他才想用‘钝器’行凶，用一根橡皮棍，或者一个锤子……”

“可是，这一切都不能解释我们的凶手是如何从‘黄屋’逃走的啊！”我说。

“那当然！”鲁尔塔比伊站起身，说道，“鉴于我们需要对此作出解释，我现在就去橡栗城堡。我来找你，就是想让你跟我一起去……”

“我？”

“是啊，亲爱的朋友，我需要你。《时代报》决定让我负责此案，我必须尽快地把它查清。”

“我能帮你什么呢?”

“罗伯尔·达尔扎克先生此刻正在橡栗城堡。”

“真的……他一定绝望极了!”

“我必须跟他谈谈……”

鲁尔塔比伊说这句话的语气让我吃惊:

“你是不是……是不是觉得在这方面有什么让你感兴趣的东西?……”我问道。

“是的。”

他不想再多说，催我快点儿梳洗，然后走进了我的客厅。

我在一个民事案件上帮过罗伯尔·达尔扎克先生的大忙，并从此跟他相识了。那时，我给巴尔贝—德拉图律师当秘书。罗伯尔·达尔扎克先生当时有四十来岁，是巴黎大学的物理教授。他跟斯坦日松一家过从甚密，而且在苦苦追求了七年之后，他终于快要跟斯坦日松小姐结婚了。斯坦日松小姐也不年轻了(大约三十五岁)，但人长得依然风姿如玉。

我一边穿衣服，一边冲着在客厅里等得不耐烦的鲁尔塔比伊喊道:

“你对凶手的身份有什么想法吗?”

“有。”他回答道，“我认为此人如果不是上流社会的人，至少也是上等阶级出身……不过，这还只是个印象……”

“你为什么会有这种印象呢?”

“嗯，”年轻人回答，“那顶脏兮兮的贝雷帽，那个俗气的手帕，还有粗糙的鞋子在地板上留下的脚印……”

“我明白了，”我说，“人们是不会留下这么多‘泄露天机’的蛛丝马迹的！”

“让我们来把你培养成才吧，亲爱的圣克莱尔！”鲁尔塔比伊说。

三　穿过百叶窗的人影

半个小时之后，我和鲁尔塔比伊来到奥尔良火车站，等着拉我们去埃皮纳-絮-奥日的火车出发。这时，我们看到科尔贝伊检察院的代表德·马凯先生和他的书记官来了。德·马凯先生是在巴黎过的夜，跟他的书记官在一起，为的是参加他用“卡斯蒂加·里丹多”的笔名创作的一个小讽刺剧在斯卡拉剧场的彩排。

德·马凯先生已经开始显示出一副高贵的老者模样了。他平时总是一副彬彬有礼的样子，很“殷勤”。他这一生只有一个嗜好：酷爱戏剧艺术。在他的法官生涯中，他真正感兴趣的只是那些能够为他提供一幕戏的素材的案子。尽管他的婚姻很体面，本来可以在司法界继续高升，但他真正的奋斗目标是“抵达”那浪漫的圣马丁门，或者“沉思”的奥德翁[1]。这样的理想最终把他引向了科尔贝伊预审法官，到了用“卡斯蒂加·里丹多”的笔名撰写那种下三烂剧本的地步。

“黄屋”案件就其离奇怪诞的一面，一定会吸引这位如此有“文学天赋”的人。这个案子确实深深地吸引着他。德·马凯先生全身心地投入，不是作为渴望弄清事实真相的法官，而是作为一个喜欢情节曲折的剧本的业余作者。他全身每一个器官都被调动起来，去揭开情节发展的秘密。而且，他也毫不担忧，因为到最后一幕，一切都会水落石出。

因此，在我们和他相遇的时候，我听见德·马凯先生叹着气对书记官说：

“但愿，亲爱的马莱纳先生……但愿那个承包商不会把一个如此美妙的秘密捣毁！”

“别担心，”马莱纳先生回答，“他的镐或许会把那座小楼捣毁，而我们的案子却会完好无缺地保存下来。我敲打过墙壁，研究过天花板和地板。我是内行，别人骗不了我。放心，我们什么也不会发现。”

说完这番让长官放心的话，他轻轻地用头向德·马凯先生示意我们在这里。后者立刻皱起了眉头。看见鲁尔塔比伊已经脱下帽子，朝他走来，他急忙跳上火车，小声对书记官说：“千

① 巴黎的一家剧院，隶属于巴黎大剧院。——译者注

万不能有记者!”

马莱纳先生回答：“明白!”他拦住跑过来的鲁尔塔比伊，想阻止他进入预审法官的车厢。

“对不起，先生们！这节车厢已经被预订了……”

“我是记者，先生，《时代报》的撰稿人。”我那位年轻的朋友彬彬有礼地说道，“我有句话要对德·马凯先生说。”

“德·马凯先生正在调查案子，脱不开身……”

“啊！我对他的调查丝毫不感兴趣，请您放心……我可不是写马路新闻的记者。”鲁尔塔比伊说道，带着对“社会新闻”无比蔑视的表情，“我是戏剧专栏记者……今晚要写一篇关于斯卡拉剧场的报道……”

“请上车吧，先生，请……”书记官让开路，说道。

鲁尔塔比伊已经进入了车厢。我紧随其后，在他身旁坐了下来。书记官也上了车，关上了车门。

德·马凯先生看着他的书记官。

“啊！先生，”鲁尔塔比伊开始说道，“如果我违反了您的命令，请不要责怪您的书记官。我想见的不是德·马凯先生，而是卡斯蒂加·里丹多先生！……请允许我以《时代报》戏剧专栏记者的身份向您表示祝贺……”

鲁尔塔比伊先把我作了介绍，然后又自我介绍。

德·马凯先生慌乱地捋了捋他那撮尖胡子。他对鲁尔塔比伊说，他是一个没有名气的作者，不希望笔名被公开。他希望记者对戏剧家作品的热情不要引导他向公众泄露，‘卡斯蒂加·里丹多先生’不是别人，正是科尔贝伊的预审法官。

“戏剧家的作品，”他略微迟疑了一下之后，又接着说道，“可能会有损于法官的工作……尤其是在外省，人们还非常墨守成规……”

“啊！请相信，我会守口如瓶的！”鲁尔塔比伊大声说道，还举起手，让老天作证。

这时，火车开了……

“我们走了！”预审法官说道。他看到我们跟他一起旅行，不胜惊讶。

“是的，先生，我们开始向事情的真相前进了，向着橡栗城堡前进……一个漂亮的案子，德·马凯先生，漂亮的案子！……”

“难以捉摸的案子！难以置信，难以理解，荒诞离奇的案子……而且，我最担心一件事，鲁尔塔比伊先生……那就是记者掺和进来破案……”

我的朋友意识到，这一击很巧妙。

“是的，”他简单地说道，“应当担心……他们什么事都要掺和……至于我呢，我之所以能跟您说话，完全出于偶然。预审法官先生，我和您同路，而且跟您坐同一个车厢。”

“您要去哪里？”德·马凯先生问。

“去橡栗城堡。”鲁尔塔比伊不动声色地回答。

德·马凯先生浑身一抖。

“您不能进去，鲁尔塔比伊先生！……”

“您反对吗?”我的朋友说，他已经做好战斗的准备了。

“当然不！我非常喜欢报纸和记者，绝不想冒犯他们。可是，斯坦日松先生向所有的人关上了大门，而且把门守得很严。昨天，没有一个记者走进过橡栗城堡的铁栅栏门。”

“那再好不过了!”鲁尔塔比伊说，“我会进去的。”

德·马凯先生咬了咬嘴唇，看来是准备沉默下去了。直到后来，鲁尔塔比伊告诉他，我们去橡栗城堡是为了跟一位“老朋友”握握手，他的表情才略微松弛了一下。鲁尔塔比伊说出了罗伯尔·达尔扎克的名字，其实，他这一辈子可能只见过罗伯尔一面。

“可怜的罗伯尔!”年轻的记者继续说道，“他会难过死的……他是那么爱斯坦日松小姐……”

“悲伤的罗伯尔·达尔扎克先生，让人看着确实不好受……”德·马凯先生情不自禁地说道。

“不过，应当对斯坦日松小姐的得救抱有希望……”

“但愿如此……她父亲昨天对我说，如果她死去，他也会很快跟她在九泉之下相见……这对科学来说，真是不可估量的损失啊!”

“太阳穴的伤很重，是吗？……”

“那当然！不过，这伤还没有致命，真是天大的幸事……那一下打得太狠了！……”

“这么说，斯坦日松小姐不是被手枪打伤的了……”鲁尔塔比伊说着，向我投来得意的目光。

德·马凯先生显得非常尴尬。

“我什么都没说，什么都不想说。而且，我也什么都不会说!”

说完，他就朝书记官转过身去，好像再也不认识我们了似的……

可是，他不可能就这么轻易地摆脱鲁尔塔比伊。后者又凑近预审法官，从衣袋里掏出《晨报》，对他说道：

“有一件事，预审法官先生，我可以问您，又不会让您泄密。您看过《晨报》的文章了吧？文章写得很荒谬，对不对?”

“一点儿都不荒谬，先生……”

“什么？‘黄屋’只有一个安了铁栅栏的窗户，栅栏没被破坏，门是被撞开的……可是，竟然没找到凶手!”

“就是这么回事，先生！就是这么回事！……问题就是这样的！……”

鲁尔塔比伊不再说什么，陷入了别人无法猜测的沉思……就这样过了一刻钟。

等他从沉思中摆脱出来，就又冲着预审法官说道：

“那天晚上，斯坦日松小姐的发式是什么样的?”

“我不明白。”德·马凯先生说。

“这一点至关重要。”鲁尔塔比伊说，“是中间分开，紧贴两鬓，对不对？我可以肯定，那天晚上，悲剧发生的那天晚上，她梳的是这种发式：中间分开，紧贴两鬓!”

“好吧，鲁尔塔比伊先生，那您就错了。”预审法官说道，“那天晚上，斯坦日松小姐的头发在头上盘成了螺旋形……那大概是她平时习惯梳的发式……整个前额都露出来……这一点我可以肯定，因为我们仔细地检查了她的伤口。头发上没有血……而且，在整个行凶过程中，都没有碰过她的头发。”

“您能肯定吗？您肯定发生凶杀案的那一夜，斯坦日松小姐的头发不是‘中间分开，紧贴两鬓’？……”

“完全肯定。”预审法官微笑着继续说道，“……因为，我还清楚地记得，在我检查伤口的时候，医生说：‘斯坦日松小姐总是把头发盘在头顶，这实在令人遗憾。要是她把头发中间分开，贴在两鬓，那太阳穴上这一击就会轻多了。’现在，我要对您说，您对发式如此重视，实在让人感到奇怪……”

“哦！如果她的头发不是紧贴两鬓，”鲁尔塔比伊咕哝着说道，“那我们该怎么办呢？我们该怎么办呢？我必须去了解一下。”

说完，他做了个遗憾的手势。

“太阳穴的伤很严重吗?”他又问道。

“非常严重。”

“那么，是用什么凶器打的呢?”

“这个嘛，先生，这是调查工作的秘密。”

“你们找到凶器了吗?”

预审法官没有回答。

“那脖子上的伤口呢?”

对于这个问题，预审法官很乐意地向我们证实，脖子上的伤口，正如医生们所说的那样:“如果凶手再多掐几秒钟，斯坦日松小姐就会被掐死了。”

“《晨报》上报道的这个案子，”鲁尔塔比伊紧追不舍，“让我越来越感到离奇。您能不能告诉我，法官先生，小房子有哪些出口，哪些门窗?”

“一共有五个。”德·马凯先生咳嗽了两三下，但还是忍不住想炫耀一下自己调查的这个不可思议的离奇案件，“门厅那道门是小房子的唯一入口，通常都是自动关闭的，不论是从里面还是从外面，都只能用两把特殊的钥匙打开。一把钥匙在斯坦日松先生的口袋里，另一把钥匙在雅克老爹的口袋里。至于小房子的窗户，一共有四个:一个是‘黄屋’那唯一的窗户;实验室有两个窗户;门厅有一个窗户。‘黄屋’和实验室的窗户朝向田野，只有门厅的窗户朝着花园。”

“他肯定是从这扇窗户逃出小房子的!”鲁尔塔比伊大声说道。

“您是怎么知道的?”德·马凯先生用奇怪的目光盯着我的朋友，问道。

“我们以后再看凶手是怎么从‘黄屋’逃走的，”鲁尔塔比伊回答，“但他一定是从门厅的窗户逃出小房子的……”

“我再问一遍，您是怎么知道的?”

“嘿！上帝！这非常简单。既然他无法通过小房子的门逃走，那他就只能通过一扇窗户逃走，而要通过窗户逃走，窗户上就不能有栅栏。‘黄屋’的窗户是安了铁栅栏的，因为它朝着田野！实验室的窗户也一定因为同样的原因而安装了铁栅栏。既然凶手逃走了，我想他一定找到了一扇没有安装铁栅栏的窗户，而这扇窗户就是门厅里那个朝花园的窗户，也就是朝着住宅里面的窗户。这个问题不难理解啊！……”

“不错。”德·马凯先生说，“可是，您猜不到的是，门厅那扇窗户虽然没有安装铁栅栏，却安了非常牢固的铁制百叶窗，而且百叶窗是从里面用铁插销牢牢插住的。不过，我们的确有证据证明，凶手确实是从这扇窗户逃出小房子的！门厅墙上和百叶窗上的血迹以及地上的脚印，跟我在‘黄屋’里测过的脚印完全相同，都证明凶手是从这里逃跑的！然而，他是怎么出去的呢？百叶窗的插销是从里面插上的啊！难道他像影子一样穿过了百叶窗？最后，最让人感到不可思议的根本不是凶手逃离小房子时留下的痕迹，而是你根本无法想象，他是怎么从‘黄屋’里出去的，又是怎样穿过必经之路实验室到达门厅的！啊！是的，鲁尔塔比伊先生，这个让人眼花缭乱的案子……这个漂亮的案子……从现在起，在相当长的时间内，都无法揭开这个谜！我希望如此！……”

“您希望什么，预审法官先生？……”

德·马凯先生更正道：

“我……我不是希望……我认为如此……”

“难道凶手逃走以后，又有人从里面把窗户关上了？……”鲁尔塔比伊问道。

“那当然！尽管这不可思议，但暂时我觉得就是这样……一定有一个同伙或者几个同伙……可又看不出……”

沉默了片刻，他又补充道：

“啊！要是斯坦日松小姐的情况今天能有所好转，可以问她问题的话……”

鲁尔塔比伊顺着自己的思路问道：

“阁楼呢？那房子的阁楼里也应当有个出口啊！”

“对，的确，我没把它计算在内。这样的话，就有六个出口了。阁楼上面有个小窗户，更确切地说，是个天窗。由于这个小窗户朝向宅子外面，所以斯坦日松先生也让人安装了铁栅栏。这个天窗也跟楼下的窗户一样，铁栅栏完好无损。百叶窗——当然是朝里面开的——也被人从里面关紧了。此外，我们在那里没发现任何让人怀疑凶手从阁楼经过的痕迹。”

“对您来说，预审法官先生，毫无疑问，凶手是从门厅的窗户逃跑的，尽管不知道他是怎么跑的！”

“一切都证明了这一点……”

“我也这么想。”鲁尔塔比伊庄重地说。

接下来是一阵沉默。然后，他又说：

“既然您在阁楼里没有找到凶手的任何痕迹，比如在‘黄屋’的地板上找到的黑色足迹，那您一定认为不是他偷了雅克老爹的手枪……”

“阁楼里只有雅克老爹的踪迹。”法官说，并且意味深长地抬了一下头。

接着，他又用语言补充了他的想法：

“雅克老爹跟斯坦日松先生在一起……这对他来说真是幸运……”

“那么，雅克老爹的手枪在这起凶杀案中到底起了什么作用呢？看来，这件武器与其说伤害了斯坦日松小姐，不如说伤害了凶手……”

德·马凯先生没有回答这个大概会让他尴尬的问题，而是告诉我们，已经在“黄屋”里找到了那两颗子弹：一颗在墙上，就是留下血手印（是个男人的血手印）的那面墙；另一颗在天花板上。

“哦！哦！在天花板上！”鲁尔塔比伊轻轻地重复着，“真的……在天花板上！这实在太奇怪了……在天花板上！……”

他默默地抽起烟来，抽得周围烟雾缭绕。等我们到了埃皮纳-絮-奥日站的时候，我不得不碰了碰他的肩膀，让他从沉思中醒来，然后下车，来到月台上。

到了那里，法官和书记官向我们告别，让我们明白，他们跟我们在一起的时间已经够长了。然后，他们急忙登上一辆来接他们的马车。

“从这里步行到橡栗城堡要多少时间?”鲁尔塔比伊问一个铁路员工。

“一个半小时。要是不慌不忙地走，一小时三刻钟吧。”那个人回答。

鲁尔塔比伊看了看天，觉得对他很合适，大概觉得对我也很合适。于是，他挽起我的胳膊，说：

“走吧！……我需要走走路。”

“怎么,”我问道,“理出头绪了？……”

“唉!”他说,“什么都没理出来……比以前更乱了！不过，我确实有个想法。”

“说说看。”

“啊！暂时我还什么都不能说……我的这个想法至少关系到两个人的生死。”

“你相信有同伙吗?”

“我不相信……”

我们沉默了一会儿。然后，他又说：

“能碰到预审法官和他的书记官，真是幸运……嗯！关于那把手枪，我是怎么对你说的来着？……”

他低着头，两只手插在衣袋里，轻轻地吹着口哨。过了一会儿，我听见他喃喃地说道：

“可怜的女人……”

“你是可怜斯坦日松小姐吗？……”

“是啊！她是个非常高尚的女人，完全值得同情！……她是一个非常坚强的人……我可以想象……我可以想象……”

“这么说，你很了解斯坦日松小姐？”

“我？根本不了解……我只见过她一次……”

“那你为什么说她是个非常坚强的人？……”

“因为她敢于反抗凶手，因为她勇敢地进行了自卫！尤其是因为天花板上的那颗子弹！”

我看着鲁尔塔比伊，心里想，他是不是在戏弄我？要么就是他突然发疯了！可是，我清楚地看到，这个年轻人此刻根本没有开玩笑的意思，他那双圆圆的小眼睛里射出的聪慧的目光让我坚信他很理智。而且，我对他那断断续续的话也已经有点儿习惯了。对我来说，那些话断断续续，前后不连贯，很神秘。直到他用几句简短、明确的话把他的思路向我说明，一切才豁然开朗：他前面说过的那些让我觉得毫无意义的话，一下子前后衔接起来，并且是如此合乎逻辑，让我觉得自己怎么没有早点儿明白他的话呢！

四　橡栗城堡

橡栗城堡是法兰西岛地区最古老的城堡之一，那里还耸立着很多著名的中世纪石头建筑。橡栗城堡是“美男子腓力”① 时代的建筑，距圣热娜维芙—布瓦通向蒙雷里的大路只有几百米。城堡有个主塔，其余是一片很不协调的建筑。游客登上古老的主塔那摇摇欲坠的楼梯，来到小平台上，就可以领略十七世纪时，拥有橡栗城堡、梅佐奈夫城堡和其他几个城堡的乔治—菲利普·德·塞基尼让人在这里修建的这座可怕的洛可可式②的顶塔。在这里，可以眺望三里③以外的那座高耸在山谷和平原之上的蒙雷里塔楼。主塔和塔楼在经历了几个世纪的岁月之后，依

① “美男子腓力”（1268—1314），法国国王，因外貌英俊而得此称呼。——译者注

② 十八世纪欧洲盛行的一种华丽、繁琐的建筑装饰和艺术风格。——译者注

③ 法国古代的“里”，约合四公里。——译者注

然遥遥相望，仿佛越过郁郁葱葱的森林和枯死的树木，相互讲述着法兰西那古老的传说。有人说，橡栗城堡的主塔在呵护着一个英勇而又神圣的影子——巴黎的“主保圣人”。在她的圣威面前，阿提拉①退却了。圣热娜维芙在城堡周围那古老的护城河畔安息着。夏日，情侣们手提着野餐篮子来到草地上，在长满虔诚的勿忘草的圣热娜维芙墓前海誓山盟。离墓地不远，有一眼井，传说那井里的水很灵验。感恩戴德的母亲们在这里竖立起圣热娜维芙的雕像，雕像脚下挂满了被圣水救活的孩子们的小鞋和小帽子。

斯坦日松教授和他的女儿正是来到这块看起来完全属于历史的地方安了家，为未来的科学研究做准备。这座位于森林深处的幽静城堡立刻吸引了他们。在这里，只有古老的石头和高大的橡树为他们的科学研究和他们的希冀作证。橡栗城堡——过去叫“格朗迪耶罗姆”——因盛产橡栗而得名。由于历代城堡主人的疏忽、冷落，这块如今因惨案而出名的土地又恢复了它那原始的荒芜状态，只有里面的建筑为这种沧桑之变作证。每一个世纪都在这里留下了自己的痕迹：一座建筑物可能会让人想起一个骇人听闻的事件或者劫后余生的传奇故事。这座被科学选作藏身之处的城堡的这副模样，似乎注定被用作恐怖和死亡的神秘表演的舞台。

---

① 阿提拉（395—453），是侵略过罗马帝国的最伟大的蛮族统治者之一。他曾率军入侵高卢，但在路特兹地区受到圣热娜维芙率众抵抗，只好退却。——译者注

尽管如此，我还是忍不住有了下面的思索。

我用冗长的篇幅描述橡栗城堡，绝不是想乘机“制造”这场即将在读者面前展开的悲剧所必不可少的气氛。事实上，我的第一个心愿，就是在整个事件中做一个最普通的人。我绝没有当作者的野心。“作者”二字，总有点儿“小说家”的意思。感谢上帝，“黄屋的秘密”本身已经有足够的悲剧和恐怖气氛了，用不着再通过虚构来添油加醋。我只是，也只想成为一个忠实的“报告者”。我应当报告这个事件，把事件置于它所发生的环境当中，仅此而已。诸位理应知道事情是在什么地方发生的，这很自然。

我把话题再拉回到斯坦日松先生身上。当他在我们所谈论的这场悲剧发生前十五年买下这座宅第的时候，橡栗城堡已经很久没人居住了。附近有一座由让·德·贝尔蒙建于十四世纪的古老城堡也被人遗弃了。所以，整个地区都几乎渺无人烟，只有通向科尔贝伊的大路边有几座小房子。有一家小客栈——主塔客栈，临时接待过往运货的马车夫。这就是这个被遗忘的地方能够让人想到的全部文明，谁都不会想到这个与首都近在咫尺的地方居然是这么一种景象。然而，正是这种彻底被人遗弃的景象，使斯坦日松先生和他女儿确定了选择。当时，斯坦日松先生已经赫赫有名：他从美国归来，在那里的研究成果引起了极大的轰动。他在费城出版的那本题为《用电子分解物质》的书引起了整个学术界的反响。斯坦日松先生是法国人，但祖籍美国。一笔非常可观的遗产的继承问题使他在美国生活了好几年，在那里继续了他在法国开始的事业。后来，他由于官司全部取得胜利——或者通过法庭判决，或者通过庭外和解——而获得了一大笔财产。所以，他又回到法国来完成这一事业。这笔财产来得正是时候！当然，如果斯坦日松先生愿意，他利用或者转让他的关于新印染工艺的化学发明中的两三项，就能够赚上几百万美元。但是，他始终厌恶利用上帝赐予他的神奇的“发明天才”来谋一己之私利。他从不认为他的天才属于他自己，他认为他的天才属于全人类。出于这种博爱的思想，他的所有成果都应用在造福公众的事业上了。确实，教授毫不掩饰得到这笔出乎意料的财产之后的喜悦，这可以使他终生致力于纯科学研究而无后顾之忧。不过，他如此欣喜，似乎还有一个理由：当父亲从美国回来，并买下橡栗城堡的时候，斯坦日松小姐芳龄二十。她比人们想象的还要美丽，既继承了母亲身上那种巴黎女郎的全部风韵——母亲生下她当天就去世了——又继承了祖父威廉·斯坦日松身上流淌的美国人的血液中的精华部分。威廉·斯坦日松本是费城公民，在他与一位法国姑娘——就是后来那位赫赫有名的斯坦日松教授的母亲——结婚时，由于家庭方面的要求，入了法国籍。斯坦日松教授的法国国籍就是这么来的。

二十岁的妙龄，秀丽的金发，蓝色的眼睛，乳白色的滑润肌肤，生机勃勃，仪态万方，玛蒂尔德·斯坦日松小姐是古老的大陆和新大陆上最漂亮的待嫁姑娘。尽管这种不可避免的分离让她父亲很难过，但做父亲的责任使他必须考虑女儿的婚事。恰在这时，陪嫁来了，这不会让他不高兴。尽管如此，他还是在朋友们期待他把女儿带到社交界的时候，跟女儿一起躲进了橡栗城堡。有人来城堡看望他们，流露出无比的诧异。教授在回答他们的问题时，说道："这是我女儿的意愿。我无论如何都不会拒绝她，是她选择了橡栗城堡。"姑娘自己被询问时，也泰然答道："除了这个幽静的地方，我们还能到哪儿去找更好的工作环境呢?"因为，那个时候玛蒂尔德·斯坦日松小姐已经开始跟父亲合作了。不过，大家没有想到的是，她对科学的这种痴迷竟然让她在以后长达十五年的时间里，拒绝所有的求婚人。尽管这父女俩如此地离群索居，但他们仍然不得不出席一些官方的招待会。每年到了一定的季节，他们都会参加两三次朋友家的聚会。在这些场合，教授的荣誉和玛蒂尔德的美貌总是引起轰动。起初，姑娘那极度的冷漠还不能让求爱者却步。但是，过了几年之后，他们就厌倦了。只剩下一个人，还执着地坚持着，并因此获得了"永远的未婚夫"的称呼，他自己也满怀忧伤地接受了这个称呼——他就是罗伯尔·达尔扎克先生。如今，斯坦日松小姐已经不再年轻了。在三十五岁之前，她没能找到需要结婚的理由，现在看来永远也找不到了。这种托词对罗伯尔·达尔扎克先生来说，显然毫无意义，因为他仍然不停止他的求爱，如果他"不断地给予这个明确声明永远不会结婚的三十五岁的姑娘那无微不至的体贴和温存”还可以被称为“求爱”的话。

突然，就在我们所关心的这个事件发生前的几个星期，一个消息在巴黎传开了。起初，大家对这个消息还不以为然，因为它太难以置信——斯坦日松小姐终于同意“为罗伯尔·达尔扎克先生那永不熄灭的火焰加冕”了！直到罗伯尔·达尔扎克先生本人也在公开场合不再否认有关这桩婚姻的说法，人们才开始觉得，这个令人如此难以置信的传说中，似乎有一点儿可信之处。终于，有一天，斯坦日松先生在离开科学院之前宣布，一旦他和女儿的那篇总结“物质分解”——也就是物质重新变成“能媒”——的全部研究成果的报告最后定稿，他女儿和罗伯尔·达尔扎克先生就在橡栗城堡举行小型婚礼。新婚夫妇将住在橡栗城堡，女婿将加入父女俩为之献身的事业。

科学界尚未从这个消息带来的震惊中恢复过来，又听到了斯坦日松小姐在我们前面概述的那种近乎荒诞的情况下被谋杀的消息。这次城堡之行，将会使我们更加准确地了解这些情况。

我毫不犹豫地向读者介绍了由于我与罗伯尔·达尔扎克先生有过业务往来而得知的全部情况，从而使诸位在迈进“黄屋”的时候，能跟我拥有同样多的翔实的资料。

五　一句令人惊恐万状的话

我和鲁尔塔比伊沿着斯坦日松先生府第的院墙走了几分钟，便看到了栅栏门。这时，我们的目光被一个人吸引住了。那人弯着腰，看着地上，全神贯注，竟然没看见我们。他一会儿弯着腰，几乎贴到地面上；一会儿直起身，仔细地看着墙；一会儿又看着自己的手心，然后大步走起来。接着，他又看着自己的手心，然后又大步走起来。而后，他又跑起来。然后，他又看着自己右手的手心。鲁尔塔比伊做了个手势，拦住我：

"嘘！弗雷德里克·拉尔桑在工作！……我们不要打扰他。"

约瑟夫·鲁尔塔比伊十分崇拜这位大名鼎鼎的侦探。我呢，从来没见过弗雷德里克·拉尔桑，但他的名字对我来说已经是如雷贯耳了。

正当别人都为了造币厂的"金锭事件"感到一筹莫展时，

他却解开了这个不解之谜。那些撬开世界信贷银行保险柜的人的被捕，使他闻名遐迩。那时候，约瑟夫·鲁尔塔比伊还没有用强有力的证据向世人证明他是世界上独一无二的天才。因此，弗雷德里克·拉尔桑被视为侦破错综复杂的神秘凶杀案的高手，已名扬天下。每当本国警察黔驴技穷的时候，伦敦、柏林，乃至美国的警察局便纷纷向他求助。所以，“黄屋”奇案刚一发生，警察局局长就立刻给他这位宝贵的下属往伦敦——弗雷德里克·拉尔桑因为一个证券被盗大案被派往那里——发电报：“速返!”对此，没人感到奇怪。弗雷德里克·拉尔桑——警察局的人都叫他“伟大的弗雷德里克”——立刻赶了回来。想必是经验告诉他，既然人们惊动他，那就是需要他上阵。也正因为如此，我和鲁尔塔比伊才在那天早晨看见他在那里忙活。我们很快就知道他在忙活什么了。

他不停地往手心里看的不是别的，是他的表。他好像正在全神贯注地计算着时间。然后，他又往回走。接着，他又跑了一遍，直到栅栏门前才止步。他推开栅栏门，走进花园，又把栅栏门锁好，抬起头，透过栅栏看见了我们。鲁尔塔比伊跑过去，我紧跟在他后面。弗雷德里克·拉尔桑在那里等着我们。

“弗雷德里克先生，”鲁尔塔比伊一边脱下帽子，一边说道，显示出这个年轻记者对大名鼎鼎的侦探那发自内心的崇拜和深深的敬意，“您能不能告诉我们，罗伯尔·达尔扎克先生此刻在不在城堡？这位是他在巴黎律师界的一个朋友，想要跟他谈谈。”

“我对此一无所知，鲁尔塔比伊先生。”弗雷德里克握着我朋友的手说道，因为他在调查几桩最疑难案件的过程中，曾多次与我的朋友相遇，“……我没看见他。”

“那么，看门人一定能告诉我们吧？”鲁尔塔比伊指着一个门窗紧闭的小砖房问道，那里无疑就是这座宅子的忠实守卫的住所。

“看门人什么都不会告诉你们的，鲁尔塔比伊先生。”

“为什么？”

“因为，半个小时之前，他们被捕了！……”

“被捕了？”鲁尔塔比伊大声说道，“……他们是凶手吗？……”

弗雷德里克·拉尔桑耸了耸肩。

“当你抓不到凶手的时候，”他以颇为讥讽的语气说道，“你总得抓几个帮凶啊！”

“是您下令逮捕他们的吗，弗雷德里克先生？”

“啊！不是！怎么会呢！我没下令逮捕他们。首先，因为我几乎可以肯定，他们在这个案件里是无辜的。其次，因为……”

“因为什么？”鲁尔塔比伊焦虑不安地问。

“因为……没有……”拉尔桑摇着头说。

“因为根本没有帮凶！”鲁尔塔比伊轻轻地说。

弗雷德里克·拉尔桑一下子停下来，饶有兴趣地看着他。

“哦！哦！这么说，您对这个案子有些想法……可您还什么

都没看见呢！年轻人……您还没到这里来过呢……”

“我会进去的。”

“我很怀疑……命令很明确。”

“只要您让我见到罗伯尔·达尔扎克先生，我就能进去……请帮帮忙……您知道，咱们是老朋友了……弗雷德里克先生……我求求您了……您还记得我为您写的那篇关于‘金锭事件’的漂亮文章吧！请您去跟罗伯尔·达尔扎克先生说一声吧，好吗？”

此刻，鲁尔塔比伊脸上的表情看上去很滑稽。因为门里面有一个不可思议的秘密，那张脸上显现出了要迈进这个门槛的不可抑制的强烈愿望。他不仅用嘴巴和眼睛表示恳求，就连脸上的每一根线条都极有说服力。我忍不住笑了起来，弗雷德里克·拉尔桑也跟我一样忍俊不禁。

不过，栅栏门后面的弗雷德里克·拉尔桑还是不慌不忙地把钥匙放进了衣袋。

我观察着他。

这是个五十来岁的人，脸很漂亮，头发灰白，皮肤没有光泽，轮廓显得很刚毅，前额凸起，下巴和两颊刮得很干净，嘴唇上下没有胡须。他眼睛不大，圆圆的，总是用探索的目光盯着对面的人，让人惊异，让人不安。他中等个子，身材很好。总的来说，他的外表潇洒儒雅，给人以好感，一点儿都没有庸俗警察的影子。这是警察界的一位伟大的艺术家，他自己很清楚这一点，别人也能感觉到他的自命不凡。他跟别人说话的语气有点儿怀疑和玩世不恭的味道。按照鲁尔塔比伊的奇怪论调，此人那奇特的职业使他接触了那么多的罪恶勾当，这不可能不使他变得有点儿“铁石心肠”，否则就解释不通了。

拉尔桑听见我们身后传来一辆马车到来的声音，就转过头去。我们认出，这就是在埃皮纳火车站把预审法官和他的书记官拉走的那辆马车。

“瞧！”弗雷德里克·拉尔桑说道，“你们不是想跟罗伯尔·达尔扎克先生谈谈吗？他来了！”

马车已经来到了栅栏门前。罗伯尔·达尔扎克请弗雷德里克·拉尔桑给他打开花园的大门，说他有急事，必须尽快赶到埃皮纳站，乘下一趟火车回巴黎。这时，他看见了我。在拉尔桑开门的时候，达尔扎克先生问我，怎么会在这样一个悲惨的时刻来到橡栗城堡。我注意到，他脸色苍白得可怕，流露出无限的悲痛。

“斯坦日松小姐的情况好些了吗？”我立刻问道。

“是的。”他说，“或许能把她救活。必须把她救活！”

他没有补充说“否则我就会死去”，不过可以看到他那没有血色的嘴唇在颤抖。

鲁尔塔比伊这时插进话来：

“先生，您很忙，但我必须跟您谈谈。我有极为重要的事要跟您说。”

弗雷德里克·拉尔桑打断了谈话。

“我可以走了吗?”他问罗伯尔·达尔扎克,“您是自己有把钥匙呢,还是要我将这把钥匙给您?”

“不,谢谢!我有一把钥匙,我来锁栅栏门。”

拉尔桑往城堡方向走去。我们看到了离我们几百米远的那个庞然大物。

罗伯尔·达尔扎克紧锁双眉,露出了不耐烦的神色。我向他介绍鲁尔塔比伊,说他是一个了不起的朋友。可是,达尔扎克先生一听说这个年轻人是个记者,就用颇为谴责的目光看着我,借口说要在二十分钟之内赶回埃皮纳火车站,向我们致意,然后就抽了马一鞭子。然而,让我大为惊讶的是,鲁尔塔比伊抓住马缰绳,用有力的手止住了马车。同时,他说出了一句在我看来没有任何意义的话:

“本堂神甫宅第魅力未减,花园风光依旧。”

鲁尔塔比伊刚一说完这句话,我就看见罗伯尔·达尔扎克身子趔趄了一下。他那本来就很苍白的脸变得更加苍白了。他用惶恐的目光盯着年轻人,立刻神色慌乱地从车上下来了。

“走吧!走吧!”他喃喃地说。

接着,他蓦地发疯似的喊道:

“走吧!先生!走吧!”

然后,他不再说话,走上了通往城堡的路。鲁尔塔比伊跟着他,手里仍然牵着马。我对达尔扎克先生说了几句话……可是,他不回答我。我用目光询问鲁尔塔比伊,他也根本不看我。

六　橡林深处

我们来到了城堡。古老的主塔连接着路易十四时代完全重新修建的另外一部分维奥莱·勒·迪克[①]式的现代化建筑，城堡的大门就在那里。我还从没见过这么特别、这么难看，尤其是这么奇怪的建筑，把一群风格极不谐调的房屋胡乱地拼凑在一起，既奇丑无比，又魅力无穷。我们走近城堡时，看见两个警察在主塔底层的一个小门前散着步。我们很快就得知，在这个从前做监狱、如今堆放杂物的主塔底层，关押着两个门房：贝尼耶夫妇。

罗伯尔·达尔扎克先生把我们从一个凸出的“挑棚”房间那宽敞的大门领进了城堡的现代化部分。鲁尔塔比伊已经把马

① 维奥莱·勒·迪克（1818—1879），古建筑修复者、建筑家和理论家，曾参与很多中世纪建筑的修复工作。——译者注

车交给了一个仆人，眼睛紧盯着达尔扎克先生。我随着他的目光，注意到他在盯着巴黎大学教授那双戴着手套的手。等我们走进一间摆着旧家具的小客厅之后，达尔扎克先生朝鲁尔塔比伊转过身，颇为唐突地问道：

“说吧！您想从我这里得到什么？”

记者也同样唐突地回答：

“想握握您的手！”

达尔扎克向后退了一步：

“什么意思？”

很明显，他明白了我刚刚明白的意思：我的朋友是怀疑他进行了这次可憎的谋杀。“黄屋”墙上的血手印让他觉得……我看着这个外表清高，目光一向率直，但此刻却莫名其妙地慌乱起来的人。他伸出右手，指着我，说道：

“您是圣克莱尔先生的朋友。圣克莱尔先生曾在一件正义的事情上帮了我很大的忙。所以，我看不出有什么理由拒绝跟您握手……”

鲁尔塔比伊没有握住这只手。他肆无忌惮地说着谎话：

“先生，我在俄罗斯生活过几年，在那里养成了一个习惯——从来不跟戴手套的人握手。”

我本来以为巴黎大学的教授会把满腔的怒火爆发出来，但是，正相反，他显然做出了极大的让步，努力让自己平静下来，脱下手套，伸出双手——手上没有一点儿伤痕。

“您满意了吗?”

“不!”鲁尔塔比伊回答，“亲爱的朋友,”他朝我转过身，说道，“我不得不请您出去！让我们单独在一起待一会儿!”

我向他们点头致意，走了出去。我不禁为自己刚刚看到的这一幕大惑不解，不明白罗伯尔·达尔扎克先生为什么不把我那位放肆、粗鲁而又愚蠢的朋友赶出门去……因为，此刻，我真要责怪鲁尔塔比伊。他不该胡乱怀疑，而导致这种摘手套的尴尬局面……

我在城堡前面溜达了大约二十分钟，努力把当天早晨发生的几件事联系起来，但做不到。鲁尔塔比伊到底是怎么想的?难道罗伯尔·达尔扎克先生会让他觉得是凶手吗?怎么能够设想，这个再过几天就要跟斯坦日松小姐结婚的人，竟会溜进“黄屋”，去刺杀他的未婚妻呢?而且，没有任何迹象告诉我们，凶手是怎么从“黄屋”逃出去的。我认为，只要这个不可思议的谜仍然没被解开，每个人都不能怀疑其他人。最后，这句仍然在我耳边回响的莫名其妙的话“本堂神甫宅第魅力未减，花园风光依旧”究竟是什么意思?我真想尽快单独跟鲁尔塔比伊在一起，好问个究竟。

这时，年轻人跟罗伯尔·达尔扎克先生一起从城堡里走了出来。奇怪的是，我一眼就看出，他们成了世界上最要好的朋友。

“我们到‘黄屋’去。”鲁尔塔比伊对我说，“跟我们一起去吧！再说，亲爱的朋友，你知道我要留你一整天。咱们一块儿在附近吃午饭。”

“跟我一起在这儿吃午饭吧，先生们……”

“不，谢谢。”年轻人回答，“我们去主塔客栈吃午饭……”

“你们在那儿吃不好……那儿什么都没有。”

“您真的这么想吗？……我可是希望能在那儿找到点儿什么。”鲁尔塔比伊说，“我们将在那儿工作。我写我的文章，你受累给我把文章送到报社去……”

“那你呢？你不跟我一起回去吗？”

“不，我在这里过夜……”

我朝鲁尔塔比伊转过身。他说话的语气很严肃，而罗伯尔·达尔扎克对他的话一点儿都不感到惊讶……

于是，我们从主塔前面走过，听见里面有人呻吟。鲁尔塔比伊问道：

“为什么要逮捕这些人？”

“这多少有点儿……是我的过错。”达尔扎克先生回答，“我昨天对预审法官说，看门人听见手枪声，穿上衣服，跑过从门房到那座小房子之间的这一大段路，这一切只用了两分钟。这实在不可理解，因为从枪响到雅克老爹碰上他们，这中间只过了不到两分钟。”

“这显然非常可疑。”鲁尔塔比伊说，“……而且他们还穿戴整齐……”

“正是这一点让人难以置信……他们穿戴整齐……全副武

装，严严实实，暖暖和和……身上一件衣服也不缺。那个女人穿着木鞋；那个男的穿着皮鞋，系着鞋带。但是，他们却声称，他们像每天晚上一样，九点钟就上床睡觉了。今天早晨，预审法官从巴黎带来一把跟作案的那把手枪口径相同的手枪（因为他不想动用那把作为证据的手枪），让他的书记官在门窗紧闭的‘黄屋’里开了两枪。我们跟他一起待在门房里。我们什么都没有听见……也不可能听见。看门人肯定是说谎了，这一点毫无疑问……他们早就准备好了，已经待在了屋子外面，在离那座房子不远的地方。他们在等待着什么。当然，没人指控他们是杀人凶手，但作为凶手的同伙，这不是不可能的……德·马凯先生立刻下令逮捕了他们。”

“如果他们是同伙，”鲁尔塔比伊说，“那他们应当衣冠不整地跑过来，或者根本不来。既然他们带着那么多‘同伙的迹象’冲向法警的怀抱，这就说明他们不是同伙。我不认为这个案件中有同伙。”

“那么，他们为什么那么快就出来了？让他们说说好了！……”

“他们自有不说的道理。问题就在于，要弄清是什么道理！……即使他们不是同伙，弄清这一点也很重要。这一夜发生的一切都很重要……”

我们走过护城河上那座破旧的小桥，走到了花园中被称为“橡林”的地方。那里有很多百年老橡树。秋天，黄色的树叶“蜷缩”起来。那高高的弯弯曲曲的黑色树枝仿佛是蓬乱的头发。树干像巨大的蟒蛇似的互相纠缠在一起，盘成很多大结，又好像被古代的雕塑家在它那墨杜萨[①]式的头上扭了一下似的。这个地方被斯坦日松小姐选作消夏的住所，因为她觉得这里很明快。但是，到了现在这个季节，它却让我们感到阴郁、凄凉。土地是黑色的，因为刚刚下过雨，地上又有很多落叶，所以变成了烂泥塘。树干也是黑的，就连我们头上那载着厚厚的乌云的天空也显得无比哀伤。就在这个阴暗、悲凉的氛围里，我们看到了那座房子的白墙。一座怪怪的建筑！从我们所在的位置，看不到一扇窗户，只有一个小门表明那是房子的入口。它仿佛是一座被遗弃在森林深处的坟墓，一座大陵墓……随着我们逐渐走近这座房子，我们也就更加看清了它的布局。中午，房子可以从朝向田野的那一边采到足够的光。一旦把通向花园的门关上，满脑袋科研的斯坦日松先生和小姐便会觉得这里是他们理想的生活牢笼。

我马上就向诸位介绍一下那座小房子的平面图。那座小房子只有一层，门口有几级台阶通向院子。屋顶有个相当高的小阁楼，跟我们“毫无关系”。下面，我就把这座房子底层的简单平面图奉献给读者。

① 希腊神话中的蛇发女妖。被其目光触及者，即化为石头。——译者注

1. “黄屋”以及它那安了铁栅栏的唯一一扇窗户，和通向实验室的唯一一扇门。

2. 实验室及其两个装有铁栅栏的大窗户和两个门，一个通向门厅，另一个通向“黄屋”。

3. 门厅以及它那没安铁栅栏的窗户和通向花园的大门。

4. 盥洗室。

5. 通向阁楼的楼梯。

6. 房子里用来做实验的唯一一个壁炉。

在走上房子门口那三级台阶之前，鲁尔塔比伊突然拦住我们，问达尔扎克：

“那么，作案动机是什么?”

“对我来说，先生，这一点毋庸置疑。”斯坦日松小姐的未婚夫无比忧伤地说，“斯坦日松小姐胸前和颈部的指痕以及深深的抓伤都可以证明，那个恶棍是来谋杀的。医学专家昨天检查了那些伤口，肯定就是在墙上留下血手印的那只手干的。一只大手，先生，我这副手套装不下那只手……”他又带着凄苦而又难以形容的微笑补充道。

“这个血手印，”我问道，“会不会是斯坦日松小姐流血的手……倒地之前碰到墙，由于滑动而留下的一个被放大的手印呢?”

“别人把她抬起来的时候，斯坦日松小姐手上没有一滴血。”达尔扎克先生回答说。

“现在，我们可以肯定，”我说，“是斯坦日松小姐使用了雅克老爹的手枪，因为是她打伤了凶手的手。这么说，她在害怕什么人。”

“这是可能的……”

“您不怀疑任何人吗?”

“不……”达尔扎克看着鲁尔塔比伊，回答道。

这时，鲁尔塔比伊对我说道：

“您应当知道，我的朋友，调查进行得远比那个故弄玄虚的德·马凯先生所告诉我们的深入。现在，调查结果不仅已经表明那把手枪是斯坦日松小姐用来自卫的武器……而且立刻就辨认出了那个被用来袭击斯坦日松小姐的凶器。达尔扎克先生告诉我，那是一块羊骨头。德·马凯先生为什么要让这块羊骨头笼罩上那么浓重的神秘色彩呢？显然是为了方便保安局的警探们进行调查。他大概以为，警察会在巴黎的盗贼圈子里那些善于使用大自然制造的这种最可怕的武器的家伙当中，找到凶器的主人吧……再说，谁能知道一个预审法官的脑袋里都想些什么呢?”鲁尔塔比伊又用轻蔑而讥讽的口吻补充了一句。

我问道:“这么说，在‘黄屋’里找到了这根羊骨头?”

“是的，先生，”罗伯尔·达尔扎克先生说道，“在床脚下找到的。不过，请您不要对别人说这件事。德·马凯先生要求我们保密。于是，我做了个表示异议的手势。那是一块很大的骨头。在骨头的一头，说得更确切些，在骨头的关节部位，还保留着用它在斯坦日松小姐头上砸开的伤口里流出的鲜血。这是一块很旧的骨头，看样子一定是多次被当作凶器。德·马凯先生就是这么想的，才让人把它送到市政府的化验室做了化验。人们不但确实在这块骨头上发现了最后一个受害者的鲜血，而且发现了很多红色的痕迹，那是已经干了的血迹，是以往犯罪的见证。”

“在一个‘训练有素’的凶手手里，一块羊骨头就成了一件可怕的凶器，”鲁尔塔比伊说道，“一件比锤子更有用、更可靠的武器。”

“这个恶棍证明了这一点。”罗伯尔·达尔扎克先生痛苦地说道，“羊骨头狠狠地击在斯坦日松小姐的额头上。羊骨头的关节跟伤口很吻合。我认为，要不是斯坦日松小姐那一枪迫使凶手中途撒手的话，这一击肯定会要了她的命。小姐用枪击中了他的手，他丢下羊骨头，逃走了。不幸的是，骨头那一击已经发出，并且击中目标……斯坦日松小姐在差点儿被掐死之后，又几乎被砸死。要是斯坦日松小姐第一枪就能打伤凶手的话，她也许就能躲过骨头这一击了……但是，她出手太晚了。再说，由于搏斗，第一枪偏离目标，打在了天花板上。第二枪才击中了目标……”

达尔扎克先生说着，敲了敲那座房子的门。我还需要向诸位描述一下我渴望进入犯罪现场的迫切心情吗？尽管羊骨头的故事意义重大，但我还是等得不耐烦了。我们那没完没了的谈话，还有那房子的门总是不开，真急得人火烧火燎。

门终于开了。

一个人站在门口。我想，他大概就是雅克老爹吧。

他看上去足有六十岁，留着长长的白胡子，雪白的头发上戴着一顶巴斯克人[①]的贝雷帽，身穿一套栗色衣服，脚上穿着木鞋，嘴里咕咕哝哝，脸上的表情让人讨厌，但一看见罗伯尔·达尔扎克先生，那张脸立刻舒展开了。

“是两位朋友。”我们的向导简单地说，“房子里没人吧，雅克老爹？”

“我不能放任何人进来，罗伯尔先生。当然，这命令不包括

① 巴斯克人生活在法国与西班牙交界的地区。——译者注

您……为什么呢？法院的那些先生已经看了所有需要看的东西。他们已经画了那么多的图，做了那么多的笔录。”

“对不起，雅克先生，首先问您一个问题。”鲁尔塔比伊说。

“说吧，年轻人，只要我能回答……”

“那天晚上，您的女主人的发式，是不是中间分开、紧贴两鬓？”

“不是，小先生。我的女主人从来不梳您说的那种中间分开、紧贴两鬓的发式，无论是那天晚上，还是别的时候。她总是把头发盘在头顶，从而露出她那漂亮的前额，像刚出生的婴儿一样的纯洁的前额……”

鲁尔塔比伊咕哝了一句，立刻查看起门来。他发现门是自动关闭的，还发现那扇门从来不会开着，必须用钥匙才能把它打开。然后，我们走进门厅——一个很漂亮的小房间，地上铺着红色的方砖。

“啊！这就是那扇窗户！”鲁尔塔比伊说，“凶手就是从那里逃走的。”

“他们这么说，先生，他们这么说！可是，如果他真的是从那里逃走的，那我们肯定能看见他啊！我们又不是瞎子！无论是斯坦日松先生，还是我，还是那两个门房——他们把他们俩关起来了！他们为什么不把我也关起来呢？那可是我的手枪！”

鲁尔塔比伊把窗户打开，查看着百叶窗。

“凶杀案发生的时候，百叶窗是关着的吗？”

“从里面用铁插销插着呢，”雅克老爹说，“……而我呢，我可以肯定，凶手是穿过……”

“有血迹吗？……”

“有，瞧，那里，石头上，外面……可是，那究竟是谁的血呢？……”

“啊！”鲁尔塔比伊说，“瞧那脚印……那边，路上……当时地很泥泞……我们等一会儿再来看这里……”

“别干蠢事了……”雅克老爹打断了他的话，“凶手不是从那里逃走的！……”

“那他是从哪里逃走的呢？……”

“我怎么知道！……”

鲁尔塔比伊什么都能看穿，什么都能嗅出。他跪在地上，迅速地查看了门厅那脏兮兮的地板。雅克老爹继续说道：

“啊！您什么也找不到，我的小先生，他们什么也没发现……再说，现在，地板也脏了……进来的人太多了！他们不让我擦地板……可是，出事那天，我用水冲洗过地板。我，雅克老爹……如果凶手那双‘脏脚’从上面走过，那一定能看出来。他那双破皮鞋在小姐的房间里留下了很多脚印！”

鲁尔塔比伊站起来，问道：

“您最后一次清洗地板是什么时候？”

“就是出事的那天，我对您说过了！那天下午五点半左右……小姐和她父亲在这里吃晚饭之前，到外面转了一圈儿。

他们是在实验室里吃晚饭的。第二天，法官来的时候，他看到了地板上留下的所有痕迹，就像留在白纸上的墨迹一样……无论在明亮如镜的实验室，还是在门厅，都没发现他的脚印……那个男人的脚印！……既然在窗户外面找到了他的脚印，那他一定是穿破天花板，通过阁楼，又穿破屋顶，然后再跳到门厅的窗户……可是，‘黄屋’的天花板上没有洞……我的阁楼里当然也没有！……所以，您看，他们什么都不知道，一点儿都不知道！……而且，永远不会知道什么。我敢发誓！……这是魔鬼的秘密！”

鲁尔塔比伊突然跪在地上，几乎面对门厅深处那间小盥洗室的门。他就这样跪了一分多钟。

“怎么样？”等他站起来时，我问道。

“无关紧要……一滴血。”

年轻人朝雅克老爹转过身来。

“您打扫实验室和门厅的时候，门厅的窗户开着吗？”

“是我把窗户打开的，因为我为先生点燃了实验室炉子里的木炭。我是用报纸点的，所以屋子里有烟，我就把实验室和门厅的窗户都打开了，好让空气对流。然后，我把实验室的窗户关上，让门厅的窗户开着。后来，我出去了一会儿，到城堡里去找了个墩布。回来以后，正如我刚才对你们说的那样，在五点半左右，我开始擦地板。擦完之后，我又走了，门厅的窗户仍然开着。最后，等我再回到这幢房子的时候，窗户已经关上

了，先生和小姐已经在实验室里工作了。”

“那么，大概是斯坦日松先生和小姐回来以后……把窗户关上的吧？”

“大概是吧。”

“您没问过他们吗？”

“没有！”

仔细查看了小盥洗室和通向阁楼的楼梯以后，鲁尔塔比伊——在他眼里，我们已经不存在了——钻进了实验室。我承认，我无比激动地跟着他走了进去。罗伯尔·达尔扎克不漏过我朋友的每一个动作……我呢，我的目光一下子就投向了“黄屋”的门。那扇门关着，或者说靠在实验室的墙上。我立刻就注意到，那扇门已经被撞坏了，不能用了……出事的时候，那些用力向它撞去的人把它撞坏了……

我的那位年轻的朋友有条不紊地进行着他的检查，一声不响地查看着我们走进的这个房间……这房间很宽敞，很明亮。两个安装着铁栅栏的大窗户——简直就跟落地窗一样高大——朝着无边的田野。那里是森林中的一个缺口，从那里可以望见整个山谷、平原。阳光灿烂的时候，还能看到天尽头的那个大都市。可是，今天，只能看到地上的烂泥、天上的乌云……还有这个房间里的血污……

实验室的整个一边都被一个大壁炉、几个坩埚和几个做各种化学实验用的炉子占去了，到处都是曲颈瓶和物理仪器。几张桌子上堆满了小玻璃瓶、纸张和文件，一个电动机器……电池……还有一个仪器。罗伯尔·达尔扎克先生告诉我，那是斯坦日松教授用来做阳光作用下的物质分解实验的仪器。

沿着墙摆满了柜子，有实木的柜子，也有玻璃柜，让人看到里面放着显微镜、特殊照相机和无数的水晶玻璃。

鲁尔塔比伊把身子伸进壁炉里看着，伸出手指，在坩埚里的灰烬中翻动着……突然，他直起身子，手里拿着烧了一半的小纸片……我们正靠在一个窗户前面聊天，他走过来，说道：

“请帮我们保存好这个，达尔扎克先生。”

我弯下腰，去看达尔扎克先生从鲁尔塔比伊手里接过的那张烧煳了的小纸片。

我清楚地看到了那仅有的几个能够辨认的字：本堂神甫宅第魅……未减，花……风光依旧。

下面写着：10 月 23 日。

从今天早晨以来，这几个奇怪的字已经第二次让我大惑不解了。而且，我又一次看到这几个字让巴黎大学的教授惊恐万状。达尔扎克先生的第一个动作，就是朝雅克老爹看了一眼。后者根本没注意到我们，在另外一个窗户前面看着什么……于是，斯坦日松小姐的未婚夫打开他的皮夹子，把那张纸片塞了进去，又叹了口气，说：“我的上帝！”

这时候，鲁尔塔比伊爬到壁炉上面，也就是说，他站在一个炉子的砖台上，仔细查看这个越往上越窄的壁炉。壁炉在他头上五十厘米的地方，被几根固定在砖里的铁板封住了，只有三根直径十五厘米的管子穿过铁板。

“根本不可能从那里逃走。”青年人跳到实验室的地板上，说道，“此外，如果‘他’真的试图从那里逃走的话，那么这些铁管子就掉到地上了。不可能！不可能！不应当在这里寻找……”

接着，鲁尔塔比伊又查看家具，打开了柜门。然后，他又查看窗户，并声明无法从窗户通过，也“没有从那里通过”。到了第二扇窗户前面，他看见雅克老爹正在全神贯注地朝外面看。

“喂！雅克老爹！您在那儿看什么啊？”

“我在看那个警察，他不停地围着池塘转……又是一个笨蛋！他也不比别人强！”

“您连弗雷德里克·拉尔桑都不认识，雅克老爹！”鲁尔塔比伊伤心地摇了摇头说，“否则，您就不会这么说了……如果这儿有谁能找到凶手的话，那就是他了。请相信这一点！”

说完，鲁尔塔比伊又叹了口气。

“在找到他之前，先得弄清是怎么把他给丢了的……”雅克老爹固执地说。

最后，我们来到了“黄屋”门口。

“就是在这扇门后面发生的那件事！”鲁尔塔比伊神色庄重地说道。如果换一种场合，他的样子肯定会惹人发笑。

七　床下探险

鲁尔塔比伊推开“黄屋”的门，在门口停住脚，说了一句我日后才明白的话：“啊！黑衣女士的香水味！”房间里很暗，雅克老爹要打开百叶窗，但鲁尔塔比伊拦住了他：

“凶杀是不是在黑暗中进行的？”

“不是，年轻人，我认为不是。小姐总是希望桌子上有一盏小灯。她每天晚上睡觉以前，都是我给她把灯点着……到了晚上，我几乎成了她的用人！真正的用人只有早晨才来。可小姐每天工作到很晚……到深夜！”

“放灯的那张桌子在哪里？离床远吗？”

“离床很远。”

“您现在能把那盏灯点着吗？”

“那盏灯已经给砸坏了。桌子倒的时候，灯里的油都流出来

了。况且，屋子里的一切都保持着原样。我只要把百叶窗打开，你们就会看到……”

“等一等！”

鲁尔塔比伊又走进实验室，把那两扇窗户的百叶窗和通向门厅的门都关上了。等我们陷入黑暗中以后，他就点着一支蜡烛，把它递给雅克老爹，让他拿着蜡烛走到“黄屋”中间，就是那天夜里放小灯的地方。

雅克老爹穿着袜子（他总是把木鞋脱在门厅里），手拿蜡烛，走进了“黄屋”。在那盏灯的微弱灯光的照耀下，我们模模糊糊地看到了倒在地板上的东西。屋角有一张床，正对着我们。偏左边一点儿，有一面镜子，挂在离床不远的墙上。这一切行动只用了很短的时间。

鲁尔塔比伊说道：“可以了！您可以打开百叶窗了！”

“你们千万别往里走，”雅克老爹恳求道，“你们的鞋会在地板上留下脚印的……什么都不能碰……这是法官的命令。这是他的一个主张，尽管他都已经查看过了……”

说完，他就把百叶窗打开了。窗外的阴暗光线使人能够看到四面橘黄色的墙壁之间这阴森森的混乱情景。木地板——虽然门厅和实验室的地上都铺的是方砖，但“黄屋”的地上却铺的是木地板——上面铺了一整块黄色的席子，几乎铺满了整个地面，一直铺到床下和梳妆台下面。梳妆台和床是仅有的两件还立在那里的家具。房子中间的圆桌、床头柜和两把椅子都倒在地上。但是，这并没有妨碍我们看到席子上面有一大块红色的血迹。雅克老爹说，那是从斯坦日松小姐前额的伤口里流出来的血。此外，屋子里到处都有血迹，好像是随着凶手那明显的黑色大脚印的移动而滴下的。一切都让人觉得这血是从凶手的伤口里滴出来的，他还把他的血手印留在了墙上。墙上还有这只手留下的其他痕迹，但远不如这个这么清楚。很明显，这是一个男人的大血手印。

我忍不住大声说道：

“瞧！……瞧墙上的血印……那个人用那么大的力气按墙啊！大概是因为在黑暗中，他以为这里是门，想把它推开，才那么用力，以致在黄色的壁纸上留下了这个可怕的血手印。我真不知道世界上还有这样的手，又大又壮，几个手指几乎一般长！可是，却没有大拇指！只有一个手心的印子。如果我们跟随这只手的‘踪迹’，”我接着说道，“那我们就可以看到，那个人在墙上按了一下之后，又摸索着寻找门。找到门以后，又找到锁……”

“大概是这样吧！”鲁尔塔比伊讥讽地打断我，说道，“可是，无论是锁上，还是把插销插上，都没有血迹！……”

“这又能说明什么呢？”我用一种颇为得意的语气说道，“他可能是用左手打开的门锁和插销。这很自然，因为他右手受伤了……”

“他什么也没打开！”雅克老爹喊道，“我们大概还不是疯子吧！我们是四个人一起把那道门撞开的！”

我又说道：

“多么奇怪的手啊！你们看一看这只奇怪的手！”

“这是一只非常正常的手。”鲁尔塔比伊反驳我说，“只不过是手在墙上滑动，把手印放大了而已。那个人在墙上擦了一下他那只受伤的手！他身高大约一米八。”

“您是怎么看出来的？”

“从他的手按在墙上的高度……”

接着，我的朋友就研究起了子弹射在墙上的痕迹，那是一个圆形的小洞。

“子弹……”鲁尔塔比伊说道，“是从正面射过来的。也就是说，既不是从上面射的，也不是从下面射的。”

然后，他让我们看那个洞，比手印低几厘米。

鲁尔塔比伊又回到门前，这一次他是把鼻子紧贴着锁和插销。他注意到，门确实是被人从外面撞坏的。在这扇被撞开的门上，锁依然锁着，插销依然插着，而墙上那两个“门横头”几乎被拉了出来，仅仅被一只螺丝拉着吊在那里。

《时代报》的年轻记者仔细地观察着它们，举起那扇门，从正、反两面看着，证实了不可能从“外面”关上或者打开门闩，也证实了钥匙在锁上，在“里面”。他再次证实，钥匙在里面的锁上，别人无法从外面再用另外一把钥匙把锁打开。最后，他注意到，这扇门没有任何自动关闭装置。总之，这是一扇再普通不过的门，上面只有一个很结实的锁和一个很结实的插销。锁依然锁着，插销依然插着。然后，他说了这么几个字：“这就好了！”接着，他坐在地上，匆忙地把鞋脱掉了。

于是，他就穿着袜子往房间里走去。他做的第一件事，就是朝那些倒在地上的家具俯下身，极为仔细地端详着。我们默默地看着他。雅克老爹用越来越讥讽的语气对他说道：

“啊！我的孩子！啊！我的孩子！你可真卖力气！……”

可是，鲁尔塔比伊却抬起头，说道：

“您说的对，雅克老爹！那天晚上，您的女主人没有把头发从中间分开，贴在两鬓！是我非常愚蠢地那么想！……”

说完，他灵活得像条蛇似的，钻到了床下面。

雅克老爹又说道：

“凶手就藏在那下面！我十点钟进来关百叶窗、点油灯的时候，他就躲在那里。因为，从那时候起，一直到谋杀发生，无论是斯坦日松先生、玛蒂尔德小姐，还是我，都没离开过实验室。”

从床下传来鲁尔塔比伊的声音：

“雅克先生，斯坦日松先生和小姐是几点钟回到实验室就再没出去的？”

“六点钟！”

鲁尔塔比伊继续说道：

“是的，他躲到床下……这是肯定的……而且，他也只能在这里藏身……当你们四个人进来的时候，你们往床底下看过吗？”

“立刻就看了……我们甚至把床搬开，然后又把它放回原处。”

“床垫中间呢？”

“这张床上只有一个垫子。我们把小姐放到床垫上，门房和斯坦日松先生立刻把垫子抬到了实验室里。床垫下面就是金属弹簧，那上边既不能藏东西，也不能藏人。最后，先生，请不要忘了：我们是四个人，什么都不会逃过我们的眼睛。房间这么小，又没有什么家具，而且整座房子都门窗紧闭。”

我提出了一个大胆的设想：

“他肯定是跟床垫一起出去的！说不定就躲在床垫里面……在这么一个离奇的案子里，什么都是可能的！慌乱中，斯坦日松先生和门房可能没发现自己抬的是两个人的重量……再说，如果门房是同伙……我的这种假设完全没有根据，可是它却能解释这一切……特别是因为实验室和门厅都没有发现在‘黄屋’里发现的脚印。当人们把小姐从实验室往城堡里抬的时候，可能在窗前停了一下，从而使那个人逃走……”

“还有什么呢？还有什么呢？还有什么呢？”鲁尔塔比伊冲着我说道。他在床底下大笑起来。

我的自尊心受到了伤害：

“我确实再也不知道什么了……什么都是可能的……”

雅克老爹说道：

“预审法官也有过这个想法，先生，他让人仔细检查了床垫。最后，他不得不为自己的这个想法感到好笑，先生，就像您的朋友现在笑您一样。因为，这不是双层床垫！……再说，要是床垫里藏着个人，我们也一定会看见他啊！……”

我也禁不住笑了起来。我发现自己确实说了句荒唐话。可是，这么一个离奇的案子，它是从哪里开始，又是在哪里结束的呢？

只有我的朋友才有能力解开这个谜。而且，还远远不止这些……

“告诉我！”记者依然待在床底下，大声说道，“这个席子被掀开过吗？”

“是我们掀的，先生。”雅克老爹解释说，“由于我们没有找到凶手，我们就想，地板上会不会有个洞……”

“没有。”鲁尔塔比伊说道，“你们这里有地窖吗？”

“没有，没有地窖……不过，这并没有妨碍预审法官，尤其是他的书记官……一块一块地检查地板，就好像下面真有个地窖似的……”

这时，记者从床下面出来了。他两只眼睛闪闪发光，鼻孔翕动，简直就像一只刚刚找到猎物踪迹的小猎犬一样……他手足着地。说真的，我心里想，把他比作一只找到猎物踪迹的小猎犬，那是再合适不过了……他在努力嗅着那个人的脚印，那个他发誓要带给他的主人——《时代报》的总编——的猎物。我们不应当忘记，鲁尔塔比伊是个记者！

他就这样手足着地爬遍了屋子的四个角落，闻着每一件东西，围着每一件东西转：每一件我们看得见，但毫无意义的东西；每一件我们看不见，却似乎意义重大的东西。

梳妆台是个很普通的小桌子，有四条腿，不可能把它变成一个临时的藏身之处……这里没有衣柜……斯坦日松小姐的衣柜在城堡里。

鲁尔塔比伊用鼻子和双手顺着墙往上搜索着。墙上到处都是厚厚的砖。当他检查完所有的墙壁，用他那灵活的手指触摸过所有黄色的壁纸之后，又把一把椅子放到了梳妆台上。他站在上面，打量着天花板，用这个巧妙的梯凳在屋子里转了一圈儿。他检查完天花板，又仔细观察了那上面的另一个弹孔之后，来到窗前，看了看铁栅栏和百叶窗。两样东西都很牢固，并且没有被动过。最后，他发出“满意”的叹息，说现在他放心了！

“那么，您认为可怜的小姐被人刺杀和向我们求救的时候，她的房间确实是紧闭着的吗？……”雅克老爹呻吟着问道。

“是的……”年轻的记者擦着额头，说道，“‘黄屋’关得就像保险箱一样严实……”

“的确，”我又说道，“这是我所知道的最离奇的案子了，甚至超过了人的想象力。在《莫格街凶杀案》里，爱伦·坡可没编出这么神的故事。那个故事的作案地点被关闭得严严实实，人无法从那里逃走。可是，毕竟还有一扇窗户，那双重凶杀案的凶手——一只猴子——可以从那里钻出去。[①] 可是在这里，不存在任何形式的出口。门关得那么紧，百叶窗关得那么严，窗户关得那么死，连一只苍蝇都休想飞进飞出！”

“的确！的确！”鲁尔塔比伊表示赞成。他还在不停地擦着额头上的汗，与其说是因为耗费体力使他流汗，不如说是因为耗费了脑力。“的确！这是一个非常重大、非常漂亮、非常离奇的案子！……”他说。

“就连‘上帝之兽’，”雅克老爹咕哝着说，“如果是它作的案的话，也逃不出去……听！……你们听见了吗？……安静一点儿！……”

雅克老爹做了个让我们住口的手势，把手伸向墙壁，伸向远处的森林，倾听着某种我们听不到的声音。

“它走了，”他最后说道，“我得把它杀了……它太不吉利了，这个畜生……可是，它是‘上帝之兽’。它每天夜里都到圣热娜维芙的墓前祈祷。没人敢碰它，怕阿日努大娘降灾……”

“这个‘上帝之兽’有多粗？”

“就跟一只短腿猎犬那么粗壮……我跟你们说，它是个魔鬼。啊！我曾不止一次地想过，是不是它把爪子伸向小姐的喉

① 我想，柯南·道尔在那篇题为《斑点带子案》的小说里，也曾触及过同样的秘密。在一个门窗紧闭的房间里，发生了一场谋杀。凶手怎么样了？夏洛克·福尔摩斯很快就揭开了秘密。原来，在那个房间里，有一个通气孔，只有一枚硬币那么大，但足以使“斑点带子”，或者说毒蛇，从那里逃走。

咙……可是，‘上帝之兽’不穿破皮鞋，不会开枪，也没有那么大的手……”雅克老爹又指了指墙上的血手印，大声说道，“再说，我们也能看见它，就像能看见人一样。而且，它也会跟人一样，被困在这间屋子里，困在这座小房子里……”

“那当然。”我说，“在没看见‘黄屋’以前，我就怀疑会不会是阿日努大娘的猫……”

“连您都这么想！”鲁尔塔比伊大声说道。

“那么您呢？”我问道。

“我可没有，一分钟也没有……从我看了《晨报》那篇文章以后，我就知道那不是动物干的！现在，我敢发誓，这是一场可怕的悲剧……可是，您怎么没提到在这里找到的贝雷帽和手帕呢，雅克老爹？”

“当然是法官把它们拿走了。”后者迟疑地回答。

记者很严肃地说道：

“我既没有见过那个手帕，也没有见过那个贝雷帽。但是，我却能说出它们是什么样的。”

“啊！您可真够厉害的……”雅克老爹说着，尴尬地咳嗽了一下。

“手帕是带红格子的蓝色粗布手帕；贝雷帽是个破旧的巴斯克帽子，就像这顶帽子一样。”鲁尔塔比伊指着雅克老爹的帽子说道。

“这是真的……您是个巫师……”

雅克老爹想笑，但没笑出来。

“您怎么会知道那手帕是红格子的蓝手帕呢?”

“因为，如果不是红格子的蓝手帕的话，那就等于根本没找到过手帕!”

我的朋友不再理睬雅克老爹，从衣袋里掏出一张白纸，打开一把剪刀，朝脚印俯下身，把纸放在一个脚印上，剪了起来。他剪了一个轮廓清晰的脚印纸样，交给我，嘱咐我不要丢了。

然后，他朝窗户转过身，给雅克老爹指了指仍然在池塘边的弗雷德里克·拉尔桑，想知道那个警察是不是也要到“黄屋”来看看。

“不!”罗伯尔·达尔扎克先生回答，自从鲁尔塔比伊把那张烧焦的小纸片交给他以后，他就再没说过一句话，“他说他不需要查看‘黄屋’，说凶手用非常正常的方式离开了‘黄屋’，说他将在今天晚上对此作出解释。”

奇怪的是，听罗伯尔·达尔扎克先生这么一说，鲁尔塔比伊的脸色顿时变得十分苍白。

“弗雷德里克·拉尔桑是不是已经掌握了我刚刚猜到的东西?”他喃喃地说道，“弗雷德里克·拉尔桑非常厉害……我很崇拜他……可是，今天所要做的，还不仅仅是警察的侦破工作……还不仅仅能凭经验办事！问题是要符合逻辑！请你们听清楚，当上帝说‘2+2=4’的时候，是符合逻辑的！问题在于，推理要得法!”

说完，记者就冲出了屋子。一想到那位伟大的、大名鼎鼎的弗雷德里克可能先于他解开“黄屋”奇案之谜，他就急得发疯。

我在房门口追上了他。

“喂!”我对他说，“镇静一下……难道您不满意吗?”

“不,”他叹了一大口气，说道，“我非常满意。我发现了不少东西……”

“是精神方面的，还是物质方面的?”

“有些是精神方面的，有一个是物质方面的。喏，比如这个。”

说完，他迅速地从背心口袋里掏出了一张纸。他在床底下时，一定把它紧紧地抓在了手里。纸里包着一根女人的金发。

八　预审法官讯问斯坦日松小姐

五分钟之后，约瑟夫·鲁尔塔比伊正弯着腰打量人们在门厅的窗户下面发现的那些脚印时，一个人——想必是城堡里的仆人——大步向我们走来，对从房子的台阶上走下来的罗伯尔·达尔扎克先生说道：

“罗伯尔先生，预审法官正在跟小姐谈话。”

罗伯尔·达尔扎克先生向我们投过略带抱歉的目光，然后朝城堡的方向跑去，那个人跟在他后面跑着。

“如果尸体开口说话，”我说道，“那事情就变得有意思了。”

“必须了解这个情况。”我的朋友说道，“走，去城堡！”

说完，他就拉着我往城堡走。可是，到了城堡，一个在门厅里值班的警察不让我们走上通往二楼的楼梯，我们只好在那里等待。

下面，就是这个时候在受害人的房间里发生的事。家庭医生发现斯坦日松小姐的伤情好多了，但是又担心突然恶化，就会使询问她成为不可能，觉得自己有义务把这个情况告诉法官……后者决定立即进行简短的讯问。参加的人有德·马凯先生、书记官、斯坦日松先生和医生。我是后来在案件诉讼时，才得到这份讯问报告的。下面就是用干巴巴的司法语言写的报告。

问：在不会使您过度疲劳的情况下，小姐，您能不能向我们提供一些情况——有关您作为受害人的这次可怕谋杀的必要的情况？

答：我觉得自己好多了，先生。我把自己知道的都告诉您。当我走进我的房间的时候，没有发现任何异常情况。

问：对不起，小姐，如果您允许的话，还是我来向您提出问题，您来回答。这样，可能不会像进行长篇叙述那样使您疲劳。

答：请吧，先生。

问：那一天，您自己的时间是怎么安排的？我希望您说得越具体、详细越好。如果我的要求不过分的话，小姐，我希望跟踪您那一天的每一个行动。

答：我那天起得很晚，十点钟才起床，因为我和父亲前一天晚上出席了总统为欢迎费城科学院代表团举行的晚宴，回来得很晚。等我十点半走出我的房间时，父亲已经在实验室里工作了。我们一起干到中午，然后到花园里散了半个小时的步。我们在城堡里吃了午饭。随后，像每天一样，又散了半个小时的步，直到一点半。而后，我和父亲就回到了实验室。在那里，我们看到了刚刚为我整理过房间的女仆。我走进“黄屋”，向女仆做了几点无关紧要的叮嘱，她很快就离开了小房子。我和父亲又开始工作了。五点钟，我们离开小房子，又去散步、喝茶了。

问：您在五点钟出门的时候，有没有去过您的房间？

答：没有，先生。是我父亲应我的请求，去给我拿帽子……

问：他没有发现任何可疑之处吗？

斯坦日松先生：没有，当然没有，先生。

问：而且，几乎可以肯定，那时候，凶手还没藏到床下。你们出门的时候，“黄屋”的门没锁吧？

答：没有，我们没有任何理由锁门……

问：斯坦日松先生和您，你们离开小房子一共多长时间？

答：大约一小时。

问：凶手肯定是在这一个小时里溜进小房子的。可他是怎么进去的呢？这还不得而知。我们确实在花园里发现了他的脚印，是他从门厅窗户离开时留下的脚印，但是没找到他进来时的脚印。您和您父亲离开的时候，是否注意到门厅的窗户是开着的呢？

答：我不记得了。

斯坦日松先生：窗户是关着的。

问：你们回来的时候呢？

答：我没注意。

斯坦日松先生：窗户还是关着的……我记得很清楚，因为我回来的时候，还大声说道："真是的，在咱们出去的时候，雅克老爹应当开一会儿窗户啊！……"

问：奇怪！奇怪！您记得吧，斯坦日松先生，你们不在的时候，雅克老爹出门之前打开了窗户。你们是六点钟回到实验室的，而后开始工作的，是吗？

答：是的，先生。

问：从那个时候起，直到您走进自己房间以前，你们再没有离开过实验室，是吗？

斯坦日松先生：先生，无论是我的女儿，还是我，都没有离开过。我们的工作很紧张，一分钟都不能浪费，我们忙得什么都顾不上了。

问：你们是在实验室里吃的晚饭？

答：是的，也是出于同样的原因。

问：你们有在实验室里吃晚饭的习惯吗？

答：我们很少在那里吃晚饭。

问：凶手大概不会知道你们那天晚上会在实验室里吃晚饭吧？

斯坦日松先生：我的上帝！先生，我想不会吧……我是在我们六点钟回到小房子的时候，才决定我和女儿在实验室里吃晚饭的。这时候，我的警卫追上我们，请我马上跟他到树林里去一下，因为我决定把那片小树林给伐掉。但我当时不能去，就把这件事推迟到了第二天。既然警卫要经过城堡，我就请他顺便跟膳食总管打个招呼，说我们要在实验室里吃晚饭。警卫离开我，去给我传信，我来到了女儿身边。刚才我把小房子的钥匙给了她，她把钥匙留在了门外的锁上。我女儿已经开始工作了。

问：小姐，您父亲继续在实验室工作，您是几点钟回到自己的房间的？

答：半夜。

问：那天晚上，雅克老爹去过“黄屋”吗？

答：跟每天晚上一样，去关百叶窗和点燃小油灯……

问：他没发现任何可疑之处吗？

答：要是发现了，他会跟我们说的。雅克老爹是个老实人，他非常爱我。

问：斯坦日松先生，您可以肯定，从那以后，雅克老爹再也没离开过实验室，对吗？他一直跟您在一起吗？

斯坦日松先生：我可以肯定，在他身上没有任何值得我怀疑的地方。

问：斯坦日松小姐，您回到自己的房间以后，立刻把门锁上了，是吗？既然您知道自己的父亲和仆人就在旁边，还这么小心。您是害怕吗？

答：我父亲很快就会回城堡，雅克老爹也很快就回去睡觉了。再说，我也确实有点儿害怕。

问：您竟然如此害怕，以至于借用了雅克老爹的手枪，也没告诉他？

答：是这样的，我不想惊动任何人，尤其是我的恐惧可能会显得非常幼稚。

问：您到底害怕什么？

答：我也说不清楚。有好几夜了，我都听见花园里、花园外面、小房子周围有奇怪的声音，有时还有脚步声和树枝被折断的声音。出事的前一夜，我们从爱丽舍宫回来，直到凌晨三点才睡觉。睡觉前，我在窗前待了一会儿，我觉得看见了人影……

问：几个人影？

答：两个。围着池塘转……后来，月亮被云彩遮住了，我也就什么都看不见了。平常，到了这个季节，我都会搬回我在城堡里的套间住，开始按照冬天的习惯生活。但是，今年，我暗中决定，一直要坚持到父亲完成他要呈交给科学院的那份报告——那份关于“物质分解”的研究成果的报告，再离开这座房子。我不希望这个再过几天就要完成的工作，由于我的生活习惯产生的某种变化而受到干扰。您应当理解我为什么没有向我父亲讲过我心里那种幼稚的恐惧，也没敢告诉雅克老爹，怕他管不住自己的嘴。不管怎么说，由于我们知道雅克老爹有一把手枪，放在他床头柜的抽屉里，我就趁他白天不在的时候，赶紧走上阁楼，把枪拿走，放进我床头柜的抽屉。

问：您有仇人吗？

答：一个也没有。

问：您知道，小姐，您的这种不寻常的预防措施是会让人吃惊的。

斯坦日松先生：当然，我的孩子，这些预防措施实在让人吃惊。

答：不，我要对你们说，有两个夜晚了，我心里都很不安宁，一点儿都不安宁。

斯坦日松先生：你应当把这件事告诉我。你是不可原谅的。我们本来可以避免这个不幸！

问：小姐，您把“黄屋”的门锁上以后，就上床睡觉了，是吗？

答：是的，我太累了，马上就睡着了。

问：那盏小油灯还点着吗？

答：是的，但灯光微弱……

问：现在，小姐，说说后来发生的事吧。

答：我不知道自己是否睡了很久，但我突然醒了……我叫了一声……

斯坦日松先生：是的，一声可怕的叫喊……抓凶手！……这喊声现在还在我耳边回响着……

问：您大叫了一声？

答：一个男人在我的房间里。他向我冲过来，用手掐住我的脖子，企图掐死我。我已经开始感到窒息了。突然，我的手在床头柜那开着的抽屉里抓到了手枪——我放在里面的，子弹已经上膛的手枪。这时候，那个人把我推到床下，用一个很大的东西朝我头上砸来，但我已经开了枪。我立刻感到头上被人狠狠地砸了一下。这一切都发生在转眼之间，我无法跟您说清楚。而且，很快我就什么都不知道了。

问：什么都不知道！……凶手是如何从您的房间里逃走的，您有什么想法吗？

答：没有任何想法……我什么都不知道了。已经昏死过去的人是无法知道身边发生的事的。

问：这个人个子是高还是矮？

答：我只看见一个人影，让我觉得很可怕……

问：您不能向我们提供任何线索吗？

答：先生，我什么都不知道了。一个男人向我冲过来，我向他开了枪……以后，我就什么都不知道了……

对斯坦日松小姐的讯问记录就这样结束了。约瑟夫·鲁尔塔比伊耐心地等待着罗伯尔·达尔扎克先生，后者很快就出现了。

他在斯坦日松小姐卧室的隔壁房间里听完了讯问，现在来向我的朋友汇报了。其准确性之强、记忆力之好，还有那顺从劲儿，至今还让我惊叹不已！由于他用铅笔匆匆地做了记录，所以他几乎全文转述了那些问答。

的确，达尔扎克先生的样子很像我这位年轻朋友的秘书，行动上有求必应。更确切地说，达尔扎克先生像个“替他干事的人”。

“窗户是关着的”这一事实令记者十分震惊，正如这也让预审法官震惊一样。此外，鲁尔塔比伊还让达尔扎克先生给他重复一遍斯坦日松先生和小姐那天的活动安排，就像斯坦日松小姐和先生在法官面前所讲的那样。“在实验室里吃晚饭”这一细

节似乎最让他注意。他又让达尔扎克先生重复了两遍，以确信只有警卫一个人知道教授和他的女儿要在实验室里吃晚饭，以及他是怎样知道这件事的。

等达尔扎克先生讲完，我说道：

“这次讯问并没有使问题的解决有多大进展。”

“反倒使它后退了。”达尔扎克先生说。

“使它变得明朗了。”鲁尔塔比伊思考着说。

九　记者与警探

我们三个都朝那座小房子走去。在离房子一百米的地方，记者把我们拦住，指着右边的一片小树林，对我们说道：

“凶手就是从那里出来，走进那座小房子的。”

在大橡林之间还有很多这样的小树丛，所以我不明白凶手为什么选择了这片树丛，而不是别的树丛。鲁尔塔比伊指着这片树丛旁边的一条通向那座房子的小路，回答我说：“正如你们看到的那样，这条小路上铺了砾石。既然人们没在泥地上找到那人去小房子的脚印，那他一定是从这条路走的。他没有翅膀，是在路上走的，但他是踩在砾石上走的。砾石在他脚下滚动着，没留下脚印。实际上，这条砾石小路被很多人踩过，因为它是从小房子到城堡最近的一条路。至于那片小树丛，它是由那些冬天也有叶子的树木——月桂和卫矛——组成的，从而为凶手提供了一个不错的藏身之处。他躲在那里，等待适当的时机走进小房子。那人就是躲在这个小树丛里，看到斯坦日松先生和小姐从屋子里出来，然后又看到雅克老爹出来。人们把石子几乎一直铺到了门厅的窗前。那人的一个跟墙平行的脚印——我们刚才都看到了那个脚印，而我早就看到了——证明他只要迈一大步，就能到门厅那扇被雅克老爹打开的窗前。于是，那人用双臂撑着身子，爬进了门厅。”

“总之，这是可能的！”我说。

“什么总之？什么总之？……”我无意之中惹得鲁尔塔比伊怒不可遏，“……您为什么说：总之，这是可能的……”

我请求他不要发火，但他已经怒气冲天，根本听不进我的话，还说他很欣赏某些人（我）的那种谨慎的怀疑态度，用这种态度从远处触及最简单的问题，从来不敢说“这是”或者“这不是”。因此，他们的智慧所能达到的高度，就如同大自然忘记给他们的脑壳里装进一点儿灰色的物质似的。我年轻的朋友看见我生气了，就挽起我的手臂，说这些话不是说我的，因为他一向特别尊重我。

“可是，”他又说道，“如果你在可能的情况下，不敢果断地进行推理，那有时就是犯罪！……假如，我面对砾石小路，不是像我刚才那样推理，那我就只能借助于汽艇了！亲爱的，汽艇制造和驾驶科学还不够发达，还不足以让我在推理的过程中想到它。凶手从天而降！因此，当一件事不可能发生的时候，就不能说这是可能的。现在，我们知道凶手是怎样从窗户进入房子的了，也知道他是在什么时间进去的了。他是在五点钟散步的时候进去的。教授和他女儿在一点半回来的时候，在实验室里碰到了刚刚打扫完‘黄屋’的女仆。这一事实向我们证明，在一点半的时候，凶手还没有进入房间，不在床下，除非女仆是他的同伙。您怎么看，罗伯尔·达尔扎克先生?”

达尔扎克先生摇了摇头，说他相信斯坦日松小姐的女仆是忠实的。

“再说，斯坦日松先生还去那个房间给他女儿拿过帽子呢！……”他补充道。

“是啊！还有这个呢!”鲁尔塔比伊说道。

“这么说，那人是在您说的那个时间从这个窗户进去的。”我说道，“我接受这个假设。可是，他为什么又把窗户关上了呢？这肯定会引起开窗人的注意啊!”

“那窗户有可能不是马上就关上的。”年轻的记者回答道，“不过，他之所以关上窗户，是因为那条铺满砾石的小路在离房子二十米远的地方拐了一个弯儿，还因为那里有三棵大橡树。”

“您这话是什么意思?”罗伯尔·达尔扎克先生问道。他听着我们的谈话，并且几乎屏气凝神地听着鲁尔塔比伊的分析。

“我以后再给您解释，先生，在我认为适当的时候。不过，如果我的假设成立的话……那么，对这个案子最重要的看法，我还没谈呢!”

“您的假设是什么？”

“如果这个假设不被证明就是事实，那你们就永远也不会知道它了。您看，这个假设的性质……实在太严重了。所以，在它还仅仅是一种假设时，我不能告诉您。”

“那么，您是不是对凶手已经有了点儿想法呢？”

“没有，先生，我不知道谁是凶手。不过，请不要担心，罗伯尔·达尔扎克先生，我会知道的。”

我注意到，罗伯尔·达尔扎克先生十分激动。而且，我觉得鲁尔塔比伊的这种肯定的答复并不让他高兴。可是，如果他真的害怕人们找到凶手（我是在问我自己），那么他为什么还要帮助记者追查凶手呢？我那位年轻的朋友似乎也有同样的感觉，所以他猛然说道：

“我找到凶手不会让您不高兴吧，罗伯尔·达尔扎克先生？”

“啊！我真想亲手杀死他！”斯坦日松小姐的未婚夫用一种让我吃惊的激动语气说道。

“我相信您！”鲁尔塔比伊严肃地说道，“可是，您并没有回答我的问题。”

我们来到年轻的记者刚刚对我们说到的那个小树丛旁边。我走了进去，指给他看“确实有人曾在那里藏匿过”的明显痕迹——鲁尔塔比伊又一次说对了。

“那当然！”他说道，“那当然！……我们是在跟一个有血有肉的人打交道，他也只有跟我们差不多的本事。所以，事情必须得到解决!”

说着，他向我索要他交给我的那个脚印的纸样，把它放在树丛后面的一个非常明显的脚印上。然后，他站起身，嘴里说着：“当然!”

我本以为他现在要按照这个线索，从门厅的窗前开始追查凶手逃跑的路线，但他却拉着我们往左边走了很远，并且对我们说，没有必要再在这个烂泥塘里寻找了，现在他已经知道凶手逃走的全部路线了。

“他一直走到墙的尽头，有五十米远。然后，他翻过栅栏，跳过了壕沟。喏，就是对面那条通向池塘的小路——那是从这座宅院去池塘最近的路。”

“您怎么知道他往池塘那边去了?”

“因为弗雷德里克·拉尔桑从今天早晨起就没离开过那里，那里一定有很多重要线索。”

几分钟之后，我们来到了池塘边。

这是一小片沼泽地，周围长着很多芦苇，里面还残留着几片枯黄的睡莲叶子。伟大的弗雷德里克也许看见我们过来了，但他对我们大概不感兴趣，因为他根本就不注意我们，继续用他的手杖在水里拨弄着什么——我们看不见的东西。

“瞧，”鲁尔塔比伊说道，“又出现那人逃跑的脚印了。他在这里绕过池塘，最后在池塘附近，在这条通向埃皮纳大道的小路边消失了。那人继续向巴黎逃跑……”

“是什么让您这么想呢?”我打断了他的话,“因为小路上已经没有那人的脚印了……”

“是什么让我这么想?是这些脚印啊!这些我希望找到的脚印!”他指着一个很讲究的皮鞋留下的清晰的脚印,大声说道,“瞧!”

然后,他招呼弗雷德里克·拉尔桑。

“弗雷德里克先生,”他喊道,“……路上这些‘讲究的皮鞋脚印’是不是发现凶杀案时就有啊?”

“是的,年轻人!是的,它们已经被仔细地提取过了。”弗雷德里克没有抬头,“您看,有朝这里走来的脚印,也有从这里离开的脚印……”

“那个人有一辆自行车!”记者大声说道。

这时,在看过“那双讲究的皮鞋来、去的脚印后面的自行车印迹”之后,我觉得自己可以发表意见了。

“自行车只能解释那个穿破皮鞋的人离去了。”我说,“穿破皮鞋的凶手骑上了自行车……他的同伙——那个‘穿讲究皮鞋的人’,骑着自行车来到池塘边等他。我们是否可以设想,凶手是为那个穿讲究皮鞋的人做事呢?”

“不是,不是!”鲁尔塔比伊面带狡黠的微笑回答道,“从案件发生起,我就一直等待着这些脚印。现在,我找到了它们,就不会再放弃它们了。这就是凶手的脚印!”

“那另外的脚印呢?破皮鞋的脚印,您怎么想呢?”

“也是凶手的脚印。”

“这么说，有两个人？”

“不！只有一个人，根本就没有同伙……”

“厉害！厉害！”弗雷德里克·拉尔桑大声说道。

“喏，”年轻的记者给我们指着被破皮鞋践踏过的地面，继续说道，“那人坐在那里，脱下他那为了蒙骗警察而套上的一双破鞋（想必，他把它们带走了），然后穿着自己的鞋站起来，推着自行车不慌不忙地走到了大路上。他不敢在这条泥泞的小路上骑自行车。尽管这里地面很软，但自行车留下的印迹仍然很轻、很浅，就证明了这一点。如果自行车上坐着一个人，那么车轮会在地面上轧出很深的印……不，不，那里只有一个人：凶手，站在地上！”

“好极了！好极了！”伟大的弗雷德里克又说道。

突然，他向我们走过来，站在罗伯尔·达尔扎克先生面前，对他说道：

“如果我们现在能有一辆自行车的话……那我们就能证明这个年轻人的推理有多么正确了，罗伯尔·达尔扎克先生……城堡里有没有自行车？”

“没有，”达尔扎克先生回答，“没有自行车。四天前，凶杀案发生前，我最后一次来城堡时，把我的自行车带到巴黎去了。”

“这太遗憾了！”弗雷德里克用极为冷漠的语气说道。

然后，他转向鲁尔塔比伊。

"如果这样继续下去,"他说道,"您会看到,我们两个人将得出相同的结论。您对凶手是如何从'黄屋'里出去的,有什么想法吗?"

"是的,"我的朋友说,"有个想法……"

"我也一样,"弗雷德里克说道,"而且一定是相同的想法。在这个案子上,不可能有两种推理。我等待我的上司的到来,以便向法官作出解释。"

"啊!警察局局长要来?"

"对!今天下午,在实验室里,要让所有在案件当中扮演过角色或者可能扮演过角色的人在预审法官面前对质,这非常有趣。您要是不参加的话,那将是十分遗憾的事。"

"我一定参加。"鲁尔塔比伊肯定地回答。

"真的……在您这个年纪……您真是很不寻常!"警探用一种不无讥讽的语气说道,"您可以成为一个了不起的警察……如果您能有更多一点儿的工作方法……如果您能少一点儿'听凭自己的直觉和想象'。这一点,我已经注意到很多次了。鲁尔塔比伊先生,您过多地推理……您不太依靠观察……您对沾满血迹的手帕和墙上的血手印怎么看?您呢,看见了墙上的血手印;我呢,只看见了手帕……说说看……"

"噢!"鲁尔塔比伊有些窘迫地说道,"凶手被斯坦日松小姐的手枪打伤了手!"

"啊!一种单凭直觉的、武断的看法……当心,您的推理方式有点儿过于‘直接’了，鲁尔塔比伊先生！如果您如此武断，那么推理会捉弄您的。在很多情况下，都应当不慌不忙地进行推理，‘从远处’进行推理……鲁尔塔比伊先生，当您说到斯坦日松小姐的手枪时，您是对的。很明显，‘受害者’开了枪。但是，当您说是她的枪打伤了凶手的手时，您就错了……”

“这我可以肯定!”鲁尔塔比伊大声说道。

弗雷德里克镇定地打断他道：

“这是个错误的看法……我对手帕进行了检查，那上面留有无数鲜红的圆圆的血迹。我在凶手的脚印上也看到了这种血迹。这些都证明，凶手没有受伤。凶手，鲁尔塔比伊先生，只是流了点儿鼻血！……”

伟大的弗雷德里克是严肃的，但我仍然忍不住发出了一声惊叹。

记者严肃地看着弗雷德里克，后者也严肃地看着记者。接着，弗雷德里克很快就得出了一个结论。

“那个人用手和手帕擦他的鼻血，并且在墙上擦了擦他的手。这一点非常重要，”他补充道，“鲁尔塔比伊先生，因为凶手不需要被打伤手才成为凶手！……”

鲁尔塔比伊看上去在深深地思索着。然后，他说道：

“有一种情况，弗雷德里克·拉尔桑先生，比武断推理的后果更严重，这就是某些警察所特有的思维定式。这种思维定式使他们非常真诚地、不慌不忙地‘让推理服从他们的设想’。您已经对凶手有了自己的看法，弗雷德里克先生，请不要否认……不能让您的凶手的手受伤，否则您的设想就不成立了……于是，您就寻找。于是，您就找到了别的东西。这种先对凶手有了想法，再去寻找自己所需要的证据的做法是非常危险的，弗雷德里克先生，非常危险……这可以使您走得很远……当心犯司法错误，弗雷德里克先生……”

说完，鲁尔塔比伊轻轻地冷笑了一下，双手插在口袋里，用他那双略带挖苦的小眼睛盯着伟大的弗雷德里克。

弗雷德里克·拉尔桑默默地看了看这个自以为比他高明的小男孩。他耸了耸肩，向我们点头告别，然后就迈开大步走了，边走边用他的大手杖敲打着路上的石子。

鲁尔塔比伊看着他走远，然后转向我们，兴高采烈，非常得意。

“我要战胜他！”他冲我们说道，“我要打倒伟大的弗雷德里克，不管他多么强大！我要战胜所有的人！……而这个伟大的弗雷德里克，大名鼎鼎、英名远播的弗雷德里克……独一无二的弗雷德里克，竟然这么笨……这么笨……这么笨！”

他得意地跳了一下，但他猛地停止了这个舞蹈动作……我的目光追随着他的目光，而他则盯着罗伯尔·达尔扎克先生。后者脸色都变了，正看着小路上他自己在那双“讲究的皮鞋”印迹旁边留下的脚印：一模一样！

我们真以为他会晕倒！有一阵儿，他那双由于恐惧而圆睁着的眼睛躲闪着我们，而他那只痉挛的右手则揪着他那张老实、温和却变了形的脸上的络腮胡子。最后，他镇静下来，向我们点头告别，用变了调的声音对我们说，他必须回城堡。然后，他就走了。

“见鬼!”鲁尔塔比伊说道。

记者自己也变得很沮丧。他从皮夹子里拿出一张白纸，就像我上一次看见的那样，用剪刀把凶手那“讲究的皮鞋”留下的脚印剪了下来——那脚印就留在地上。然后，他把这个新脚印的纸样放到达尔扎克先生的脚印上。两者完全一样！鲁尔塔比伊站起来，嘴里不停地说着：“见鬼!”

我一句话也不敢说，知道鲁尔塔比伊的脑袋里此刻正想着十分重要的事。

他说：“可我觉得罗伯尔·达尔扎克先生是个老实人……”

说完，他拉着我朝主塔客栈走去。那客栈离这里大约一公里，我们能看见它，在大路边的一片小树林旁。

十 “现在，只好吃带血的肉了！”

主塔客栈其貌不扬，不过我很喜欢那些房梁被炉火冒出的烟熏得黑黢黢的破旧房屋。这种“驿车时代”的客栈，其建筑已经摇摇欲坠，过不了多久就只会存在于人们的记忆之中了。这些客栈属于过去，与历史紧密相关。不过，它们也还继承着某种东西。每当大路上发生了什么事情的时候，就会让人们联想到当年关于大路的古老传说。

我立刻就注意到，主塔客栈确实有两个世纪甚至更长的历史了。有很多地方，石头和灰泥残片已经从那坚硬的木质骨架上剥落下来，那 X 形和 V 形的骨架依然勇敢地支撑着破破烂烂的屋顶。屋顶已经向支架微微倾斜，就像醉鬼头上歪戴着帽子一样。在大门的上方，有一个铁招牌，在瑟瑟秋风中吱嘎作响。当地的一位艺术家在上面画了个带尖屋顶的塔楼，上面还有一个跟橡栗城堡一样的顶塔。招牌下面，一个人站在门槛上，样子让人讨厌。他额头上那一道道深深的皱纹和紧锁的浓眉，让人觉得他好像陷入了阴郁的沉思。

等我们走到他身边的时候，他总算屈尊看了我们一眼，还用一种不太欢迎的语气问我们是否需要点儿什么。这无疑就是这个可爱的客栈那不太可爱的主人了。我们表示，希望在这里吃午饭。他向我们承认，他什么吃的也没有，实在无法满足我们的要求。这样说着，他用一种我无法理解的怀疑的目光看着我们。

“您可以接待我们，”鲁尔塔比伊对他说道，“我们不是警察。”

“我不怕警察。”那人回答，“我谁都不怕。”

我已经用眼神向朋友示意，我们最好不要再坚持了，但我的朋友从那人的胳膊下面钻了过去，走到了屋里。显然，他非要进这家客栈不可。

“来，”他说，“里面很暖和。”

确实，壁炉里炉火正旺。我们凑过去，朝那热乎乎的炉膛伸出手。那天早晨，人们感到冬天来了。房间很大，里面有两个用厚厚的木板做的桌子、几个凳子，还有一个柜台，上面摆着果汁、酒瓶。三个窗户朝着大路。墙上贴着一张彩色招贴画，上面有个巴黎姑娘，放肆地高举着酒杯，吹嘘着一种新的苦艾酒如何开胃。在壁炉那高高的炉台上，客栈老板摆放了很多粗陶和细陶的坛坛罐罐。

“这可是烤鸡的好炉火啊!”鲁尔塔比伊说道。

“我们根本没有鸡,”主人说,“连只破兔子都没有。”

“我知道,”我的朋友回答道,那嘲弄的语气让我吃惊,“现在,只好吃带血的肉了!”

我承认,我一点儿都不明白鲁尔塔比伊的话是什么意思。他为什么对这个人说‘现在,只好吃带血的肉了’?为什么客栈老板一听到这句话就骂了一句,又立刻把话咽了回去?然后,这个人就像罗伯尔·达尔扎克先生听到那句带有预言性的话‘本堂神甫宅第魅力未减,花园风光依旧……’之后一样,马上就乖乖地为我们服务了。毫无疑问,我的朋友是要以一种完全不可思议的语言来让别人理解他的天才。我给他指出了这一点,他只是笑了笑。我本来希望他能给我解释一下,可是他却把手指放到了嘴上。很明显,这意味着不仅他不能说,而且嘱咐我保持沉默。在此期间,那人推开一扇小门,大声喊着让人给他拿六个鸡蛋和“那块牛腰肉”来。这道命令很快就由一个十分讨人喜欢的少妇执行了。少妇满头漂亮的金发,瞪着她那双漂亮的大眼睛,好奇地看着我们。

店主用粗暴的语气对她说道:

“走开!如果绿衣人来了,我不希望看见你!”

她立刻走开了。鲁尔塔比伊急忙接过别人给他拿来的放在碗里的鸡蛋和放在盘子里的肉,把它们小心翼翼地放在自己身边的壁炉里,然后从墙上摘下一个煎锅和一个烤架,又向店主要了两瓶苹果酒。他对那个人带搭不理，就像对我带搭不理一样。那个人一会儿紧盯着他，一会儿不安地看着我，还竭力想掩饰自己的目光。他让我们自己烧菜，把我们的杯盘放到了窗户旁边的桌子上。

突然，我听见他喃喃地说：

“啊！他来了！”

接着，他的脸色完全变了，满脸都是凶残、仇恨的表情。他走到窗前，把脸贴在玻璃上，看着大路。我无须提醒鲁尔塔比伊，年轻人已经放下他的煎鸡蛋，来到窗前，站在了店主身边，我也跟着他走了过去。

一个穿着一身绿丝绒衣服、头戴同样颜色圆帽子的人，嘴里叼着烟斗，迈着四方步，从大路上走来。他背着一支猎枪，走路的样子简直像贵族一样潇洒。这个人大约四十五岁，头发和小胡子有些花白，长得非常漂亮，戴着夹鼻眼镜。从客栈前经过的时候，他显得有些犹豫，不知自己是否应当进去。他朝我们这边看了一眼，吐了几口烟，又迈着同样悠闲的步子继续向前走去。

鲁尔塔比伊和我看了店主一眼，只见他眼睛喷火，双拳紧握，嘴唇颤抖。这一切都告诉我们，他怒火中烧。

“他今天不进来就算对了！”他轻轻地说。

“他是什么人?”鲁尔塔比伊又翻动着他的煎鸡蛋，这样问道。

“绿衣人!”店主满腔怒气地低声说道,“你们不认识他？那对你们来说再好不过了。认识这种人没什么好处……嗯，他是斯坦日松先生的警卫。”

“看来，您不太喜欢他!”记者把鸡蛋倒进了锅里。

“没人喜欢他，先生。再说，这家伙很傲慢。他以前大概很富有，所以他为自己今天不得不靠劳动过活……不得不给别人当仆从，而仇恨所有的人。因为，警卫也跟别的下人一样，是个仆从！不是吗？真是的！就好像他是橡栗城堡的主人，就好像所有的土地、森林都是他的似的。他竟然不让穷人在那里的草地上吃顿只有一块面包的午饭，不让人待在‘他的草地’上!”

“他偶尔也到这里来吗?”

“他来得太多了。不过，我已经让他明白，我不喜欢他那张脸。一个月以前，他还不那么让我讨厌。那时候，主塔客栈对他来说还不存在！……他没工夫！他需要向圣米歇尔的‘三朵百合’旅店的老板娘献殷勤。现在，他们闹翻了，他就开始到别的地方打发时间了……色狼、淫棍、小流氓……没一个正派人能忍受他，这个家伙……喏，城堡的两个门房就不愿意看见他，‘绿衣人’！……”

“这么说，城堡的门房是正派人了，老板先生?”

“请叫我马蒂约老爹吧，那是我的名字……嗯，就像我叫马蒂约一样，先生，我认为他们是正派人。”

“可他们却被逮捕了。”

“那又能说明什么呢？不过，我不想管别人的闲事……”

“您对谋杀怎么看？”

“对可怜的小姐的谋杀？一个好姑娘，这里的人都非常喜欢她。我怎么看？”

“对，您怎么想？”

“没什么想法……有不少事情……但与别人无关。”

“与我也无关吗？”鲁尔塔比伊追问道。

店主斜着眼睛看了看他，咕哝了一句：

“与您也无关……”

鸡蛋煎好了。我们坐到桌子前面，默默地吃了起来。这时，门开了，一个衣衫褴褛的老太太出现在门口，手里拄着根棍子，头颤颤巍巍，蓬乱的白发一缕一缕地搭在肮脏的额头上。

“啊！是您，阿日努大娘！好久没看见您了。”店主说。

“我病了一场，差点儿死了。”老太太说道，“您有没有残羹剩饭，喂喂‘上帝之兽’……”

说着，她走进客栈，后面跟着一只又高又大的猫。我不再怀疑世界上真会有这样的猫了。那畜生看了我们一眼，发出绝望的“喵喵”声，令人不寒而栗。我还从没听见过这么阴森的叫声呢！

仿佛被这声音所吸引，一个男人跟在老太太身后走了进来。他就是“绿衣人”。他向我们敬了举手礼，在我们旁边的桌子前边坐了下来。

“请给我一杯苹果酒，马蒂约老爹!”

当“绿衣人”进来的时候，马蒂约老爹做了一个全力向他冲过去的动作。但是，很明显，他克制住了自己，回答道：

“没有苹果酒了，我把最后几瓶给了这两位先生。”

“那就给我一杯白葡萄酒吧!”“绿衣人”又说，没有流露出丝毫的惊讶。

“白葡萄酒也没了，什么都没了!”

马蒂约老爹用低沉的语调重复了一遍：

“什么都没了!”

“马蒂约太太好吗?”

听到“绿衣人”的这个问题，店主攥紧了拳头，朝他转过身，表情是那么可怕！我真以为他要动手打人了，可是他却说道：

“她很好，谢谢。”

这么说，我们刚才看见的那个长着一双温柔的大眼睛的少妇，就是这个让人讨厌的、粗暴的乡下人的妻子。此刻，他外貌的种种丑陋都被一种精神的丑陋所控制，那就是嫉妒。

店主一摔门，离开了房间。阿日努大娘始终站在那里，靠在她的拐杖上，那只猫在她的裙摆下。

“绿衣人”问她：

“您病了吗，阿日努大娘？我们有一个星期没看见您了。”

“是的，警卫先生。我只起来过三天，是去为我们的保护神圣热娜维芙祈祷。其余的时间，我都躺在病床上。只有‘上帝之兽’照顾我！”

“它没离开过您吗？”

“无论是白天还是夜晚，它都没离开过我。”

“您能肯定吗？”

“就像对‘上有天堂’一样肯定。”

“那么，阿日努大娘，为什么出事的那一夜，人们一整夜都能听见‘上帝之兽’的叫声呢？”

阿日努大娘走到警卫面前，用拐杖敲打着地板：

“我什么都不知道。不过，您希望我告诉您吗？世界上没有第二只猫能发出这样的叫声……可是，出事的那一夜，我也听见外面确实有‘上帝之兽’的叫声！可它明明趴在我的膝盖上，警卫先生。而且，它一声都没叫。我可以向您保证，我一听见那叫声，就赶紧在胸前画十字，就像听见魔鬼的叫声似的！”

警卫提最后一个问题的时候，我紧盯着他。我清楚地看到，他嘴角露出了讥讽的微笑。

这时候，传来了激烈的争吵声。我们甚至听到了沉重的撞击声，就好像在打人，就好像用重物猛击什么人的头部。“绿衣人”站起身，朝炉膛旁边的门跑去。可是，门先开了，店主走出来，对警卫说道：

“不要担心，警卫先生，是我妻子牙疼！”

说完，他冷笑了一声。

“喏，阿日努大娘，这是给您的猫吃的小牛肺。”

他把一包东西递给老太太。她急忙接过去，走了，身后跟着她的猫。

“绿衣人”问道：

“您什么都不想给我拿吗？”

马蒂约老爹再也按捺不住心头的怒火：

“什么都没有！什么都没有！滚吧！”

“绿衣人”不慌不忙地装了一烟斗烟，把烟点着，向我们点点头，走了。他刚迈过门槛，马蒂约老爹就“嘭”的一声把门关上，朝我们转过身来，两眼充血，口吐白沫，冲着刚刚被他关在门外的那个他所憎恨的人挥着拳头，说道：

“我不知道你们是谁！你们来到这里，对我说：‘现在，只好吃带血的肉了。’那么，如果你们感兴趣的话，凶手就是他！”

马蒂约老爹说完这句话，就离开了我们。鲁尔塔比伊朝炉膛转过身，说道：

“现在，咱们来烤牛排吧！您觉得苹果酒怎么样？有点儿烈，但我很喜欢。”

那一天，我们再也没有看见马蒂约老爹。当我们在桌子上留下五个法郎作为饭费，然后离开的时候，客栈里一片寂静。

鲁尔塔比伊立刻拉着我，围着斯坦日松教授的宅子转了几里地。他在一条铺着厚厚的烟炱的小路上停了十分钟。周围都是烧炭人的小屋，分布在从埃皮纳到科尔贝伊的大路旁边的圣热娜维芙森林里。他对我说，鉴于凶手“那双破皮鞋的状况”，他在进入教授宅第并藏在小树丛里之前，肯定是经过这里了。

“您不认为警卫也染指这件事了吗?”我问道。

“我们以后再研究这个问题。”他回答道，“目前，客栈老板对这个人的评论……我不感兴趣。他是怒气冲冲地说这些话的。我不是为了‘绿衣人’才拉您到主塔客栈吃午饭的。”

鲁尔塔比伊这样说着，小心翼翼地钻进了栅栏门旁边的一个小屋，那是那天早晨被捕的两个看门人住的地方。我紧紧地跟在他后面。他用令人赞叹的杂技演员般的技巧，从一个开着的天窗钻了进去。十分钟之后，他从里面出来，说出了那两个含义深刻的字：“当然!”

正当我们准备踏上回城堡的路时，栅栏门前一片混乱。一辆马车到了，城堡里的人迎了出来。鲁尔塔比伊给我指着从车上下来的人，说道：

“那就是警察局局长！我们马上就能知道弗雷德里克·拉尔桑的葫芦里装的是什么药了，如果他真的比别人更精干的话……”

在警察局局长的马车后面，还跟着三辆坐满记者的车，他们也想进入花园。但是，人们在门口留下了两名警察并发出了不准放人进去的命令。警察局局长安慰了一下焦躁不安的记者，向他们保证，在不影响案件调查的前提下，他将在晚上向报界提供尽可能多的情况。

十一　凶手是如何出去的

在我那一堆关于“黄屋”奇案的材料、文件、回忆录、剪报和司法证据中，有一份材料最重要，那就是那天下午在斯坦日松教授的实验室里，在警察局局长面前，对有关人员进行的那场著名审讯的描述。这份描述报告出自书记官马莱纳先生之手，他也跟预审法官一样，业余从事文学创作。这份描述报告是一本从来没出版过的书的一部分，书名为《我的审讯记录》。那是在那场司法大事记中独一无二的诉讼“以闻所未闻的方式结束”之后不久，书记官亲自送给我的。

下面就是这份描述报告。这不再是一份干巴巴的问答记录，书记官在这里经常加进个人的感想。

书记官的描述

一个小时以来，我和预审法官跟那个按照斯坦日松教授的图纸建造这座房子的承包商一起待在“黄屋”里。承包商带来了一个工人。德·马凯先生让那个工人把墙壁清洗干净，也就是说，他让那个人揭掉所有的壁纸。用十字镐和尖嘴镐在墙上敲敲打打，没能使我们发现任何出口。我们又对地板和天花板进行了探测，也是什么都没发现——也没有什么可发现的。德·马凯先生显得很高兴，不停地说着：

“多棒的案子啊！承包商先生，多棒的案子啊！您瞧好了，我们永远也不会知道凶手是怎么从这间屋子里出去的！”

德·马凯先生喜形于色，是因为他弄不清这个案子。不过，他还是想起来，自己的责任是弄清楚这个案子。所以，他突然冲宪兵队队长喊道：

“队长，到城堡去一下，请斯坦日松先生和罗伯尔·达尔扎克先生到实验室来找我！还有雅克老爹！再让人把两个看门人也给我带来！”

五分钟之后，所有人都聚集在实验室里，刚刚来到橡栗城堡的警察局局长也来到了我们身边。我坐在斯坦日松先生的办公桌前，准备记录。这时，德·马凯先生向我们发表了下面这番别出心裁的，甚至出人意料的讲话：

“如果诸位愿意，先生们……”他说道，“既然审讯毫无结果，那么我们就放弃古老的审讯方式。我不会让你们一个一个地到我面前来！不，我们大家都待在这里……斯坦日松先生、罗伯尔·达尔扎克先生、雅克老爹、两个门房、警察局局长先生、书记官，还有我！而且，我们大家都是平等的。希望看门人能够暂时忘记他们被捕了。我们大家聊聊天儿！我是请你们来聊天儿的。既然我们是在凶杀现场，那么我们不谈凶杀，又能谈什么呢？我们就谈谈这件事吧！尽情地谈，聪明地谈，或者愚蠢地谈。让我们说出脑子里所有的想法！不要讲究方式方法，因为方式方法不能把我们聚集在一起。我热诚地祈求‘偶然’这个上帝……我们想象中的‘偶然’！开始吧！”

说完这番话，他从我面前经过，低声地对我说道：

“嘿！您想象一下，这将是怎样的一个场面！您能想象得出来吗？我将把这个情景写成歌舞剧的一幕。”

他得意地搓着手。

我把目光投向了斯坦日松先生。根据医生的最新诊断，斯坦日松小姐已经没有生命危险了。但是，给他带来的希望并没有使他脸上的痛苦完全消除。

他本以为女儿一定会死的，直到现在他还在为此忧心忡忡。他那双温和的、清澈如水的蓝眼睛里充满了忧伤。我曾在很多公开场合见过斯坦日松先生。我从一开始就被他那种孩子般纯洁的目光所打动。那是充满幻想的目光，是一个发明家或者狂人的既高尚又无邪的目光。

在这些场合中，人们总是在他身旁或身后看到他女儿，因为他们总是形影不离，多年来一直共同从事同样的研究工作。当时，这位把全部身心都献给科学的圣女三十五岁，但看上去最多三十岁，依然能以她那完好的、高贵的美貌赢得人们的赞叹。那光滑的脸战胜了时间和爱情，没有一丝皱纹……谁会想到后来的一天，我会带着一堆纸张，守在她的床头，听着几乎奄奄一息的她用尽最后的气力叙述我一生中听到的最残忍、最神秘的谋杀？谁能告诉我，在后来的一天下午，我会面对一位绝望的父亲，徒劳地竭尽全力想对我说出杀害他女儿的凶手是如何从他眼前逃走的？你们何必躲在这昏暗的森林深处默默地奉献呢？既然这种奉献不能使人免遭危及生命的巨大灾难，那么这些灾难只应当降临在都市里的那些追名逐利的人们[①]头上！

“喏，斯坦日松先生！”德·马凯先生加重了语气说道，“请坐到斯坦日松小姐离开您时，您所在的准确位置！”

斯坦日松先生站起身，走到离“黄屋”的房门五十厘米远的地方，用一种没有声调、没有语气的死人般的腔调说道：

“我当时就在这里。快到十一点的时候，我在实验室的炉子上做完了一个小化学实验，让雅克老爹把办公桌拖到这里，因为雅克老爹整个晚上都在清洗我的几个仪器，他需要我身后的

① 我提醒读者，我在这里只是照抄书记官的描述。我不想做任何删改，因为这样做会破坏其严肃性。

地方。我女儿也在这个房间里工作。当她站起身，拥抱了我，向雅克老爹道了晚安，想回自己的房间时，费了很大力气才从我的办公桌和房门之间挤过去。我是想告诉您，我离即将发生凶杀案的地方非常近。”

“那么，这个办公桌呢?”我打断了他的话，我是奉我上司的命令介入这场“谈话”的，“在您听见有人喊‘抓凶手’，又听见枪响之后，斯坦日松先生，这张办公桌怎么样了呢?”

雅克老爹回答道：

“我们把它推到墙边……就是这里，差不多就是现在这个位置。为了不妨碍我们撞门，书记官先生……”

我按照自己的推理——其实那只是一种很不可靠的假设——继续问道：

“办公桌离房门很近，如果一个人弯着腰从房间里出来，钻到桌子底下，会不会不被察觉?”

“你们总是忘记，”斯坦日松先生无奈地说，“我女儿把房间的门锁上了，插了插销，门是紧闭的。我们从凶杀一开始，就不停地撞这个门。我们撞门的时候，凶手和我可怜的女儿之间的搏斗还在继续。我们还能听见他们搏斗的声音，以及我那可怜的女儿在凶手掐住她脖子时的喘息声。她的脖子上至今还留着凶手掐她时留下的血印。虽然凶手的攻击很迅猛，但我们的动作也很快。我们一下子就堵在了把我们与凶手隔开的这道门的前面。”

我站起身，走到门前，再一次仔细地打量了一遍，然后做了个无可奈何的手势。

“如果……”我说道，“用不着把门打开就能把下面那块门板摘下来的话，那么问题就可以解决了！可惜，看过这扇门以后，我发现这个假设不成立。这是一扇又厚又结实的橡木门，是用一整块木板做的……这很明显。尽管门被人撞坏了……”

“啊!”雅克老爹说道，“这是城堡里的一扇很结实的旧门，给安到了这里……这种门现在已经没有了。我们四个人用这根铁棍子把它砸开了……因为女门房也跟我们一起撞门，法官先生，这个勇敢的女人！现在，看见他们被抓起来，让人很难过!”

雅克老爹刚刚说完这几句表示同情、抗议的话，两个看门人就又开始哭泣和哀诉了。我从没见过这么爱哭哭啼啼的犯人，对此颇为反感。即使承认他们是无辜的，两个大人在不幸面前也不能这么没有骨气。在这种情况下，鲜明的态度要远远胜过这些泪水，胜过这种绝望的样子。后者常常是装出来的，是虚假的表演。

“喂!”德·马凯先生喊道，“再说一遍，别这么哭哭啼啼了！为了你们自己的利益，告诉我们，有人杀害你们的女主人的时候，你们在小房子的窗下干什么呢……”

“我们是来救人的!”他们呻吟着说。

而那个女人，在两声哭泣之间，尖声叫道：

“啊！要是我们能抓到他——那个凶手，非宰了他不可！……”

我们从他们嘴里还是一句有条理的话也掏不出来。他们依旧赌咒发誓，坚持说他们听见一声枪响时，还躺在床上。

“不是一声枪响，而是两声。你们看，你们明明是在这儿说谎。既然你们听见了其中一声，那你们就肯定能听见另外一声！”

“上帝啊！法官先生，我们只听见了第二声。第一声枪响的时候，我们肯定还在睡觉……”

“肯定是开了两枪！”雅克老爹说道，“我可以肯定，在这以前，我手枪里的子弹一粒都没用过。我们找到了两颗爆炸了的子弹壳——两颗弹壳。而且，我们听到门后传出两声枪响。您说是不是，斯坦日松先生？”

“是的，”教授说，“两声枪响。第一声很沉闷，第二声很清脆。”

“你们为什么要继续说谎呢？”德·马凯先生朝看门人转过身，大声说道，“你们以为警察也跟你们一样蠢吗？一切都证明，凶杀案发生的时候，你们是在外面，离小房子很近。你们在那里干什么？你们不想说吗？你们的沉默证明，你们是同伙！至于我呢，”他又转向斯坦日松先生，说道，“……我只能认为是两个门房帮助了凶手，使他能够逃跑。门一被撞开，您——斯坦日松先生，就忙着抢救您那可怜的孩子；门房就帮助那个坏蛋从他们身后溜出去，跑到门厅的窗前，逃到花园里。门房在他身后关上窗户，又关上了百叶窗。因为，这些百叶窗总不会自己关上吧！这就是我的发现……如果谁有别的想法，请说出来！……”

斯坦日松先生干预道：

“这不可能！我既不相信我的门房有罪，也不相信他们是同伙，尽管我不知道他们深夜在花园里做什么。但我要说：这不可能！因为，看门的女人手里拿着灯，一步也没有离开过门坎。门一被撞开，我就跪到了我女儿身边。谁要想从这扇门出去或者进来，都不能不从我女儿的身上跨过去，都不能不碰到我！这是不可能的！因为，雅克老爹和男门房只消朝屋子里看一眼，朝床底下看一眼，就像我进去时做的那样，就能发现，除了我那奄奄一息的女儿以外，房间里已经没有别人了。”

“您怎么想，达尔扎克先生？您还一言未发呢！”法官说道。

达尔扎克先生说他没有任何想法。

“您呢，警察局局长先生？”

警察局局长达克斯先生直到这时都只是在倾听，在观察现场。现在，他终于开口说话了。

“在抓到凶手之前，应当先弄清作案动机，这样会有助于我们破案。”他说。

“局长先生，看起来，这是一场卑劣的情杀。”德·马凯先生解释道，“凶手留下的痕迹——那个粗糙的手帕和那个破烂的贝雷帽，都让我们认为，凶手不属于社会上层。看门人或许会为我们提供一些这方面的情况……”

警察局局长朝斯坦日松先生转过身，依然用冷静的语气——在我看来，这种冷静是智慧和久经考验的坚强个性的体现——说道：

“斯坦日松小姐不是快要结婚了吗？”

教授伤心地看了看罗伯尔·达尔扎克先生。

“跟这位我很想叫他女婿的朋友……跟罗伯尔·达尔扎克先生……”

“斯坦日松小姐的伤好多了，很快就会康复。婚礼只不过是延期而已，对不对，先生？”警察局局长追问道。

“我希望如此。”

“怎么，您不能肯定吗？”

斯坦日松先生不说话了。罗伯尔·达尔扎克先生显得惴惴不安，从他拿表链的颤抖的手可以看出这一点——什么都休想逃过我的眼睛。达克斯先生咳嗽了一下，就像德·马凯先生在尴尬时那样。

“您会理解的，斯坦日松先生。”他说道，“在一个如此复杂的案子里，我们什么都不能忽略。我们必须知道一切与受害者有关的事，哪怕是最微小、最无足轻重的事……哪怕是表面上看来毫无价值的情况……我们现在几乎可以肯定，斯坦日松小姐会活下来。在这种情况下，是什么原因使您觉得婚礼可能不会举行呢？您刚才说：‘我希望如此。’这种希望在我看来是一种怀疑。您为什么会怀疑呢？”

斯坦日松先生明显地在努力克制着自己：

“是的，先生。”他终于说道，“您说的对，您最好知道这件事。我如果隐瞒，您反而会以为它很重要。而且，罗伯尔·达尔扎克先生也会同意我的意见。”

达尔扎克先生——他那苍白的脸色让我觉得不正常——示意他同意教授的意见。我认为，既然达尔扎克先生只能用动作来回答，那么就说明他此刻说不出话来。

“您知道，警察局局长先生，”斯坦日松先生继续说道，“我女儿曾发誓永远不离开我。尽管我一再请求，她仍然坚守着这一誓言，因为我曾多次劝她结婚，这也是我的义务。我们认识罗伯尔·达尔扎克先生很多年了。罗伯尔·达尔扎克先生很爱我的女儿。有一段时间，我以为他也被我女儿爱着。因为，我最近听我女儿亲口对我说，她终于同意了这桩我期望的婚姻。我年纪很大了，先生。当我终于得知斯坦日松小姐身边将有一个我所喜欢、我所尊敬的心地善良、学识渊博的人来爱她，并继续我们共同的事业的时候，那真是上帝赐福的一刻。可是，凶杀案发生的前两天，不知为什么，她又反悔了。我女儿对我说，她不会嫁给罗伯尔·达尔扎克先生了。”

接下来是一阵令人压抑的沉默。沉默的那一分钟，大家是很严肃的。达克斯先生又说道：

“斯坦日松小姐没向您作任何解释，没对您说是什么原因吗？……”

“她对我说，她现在结婚，年龄已经太大了……她等待的时间太长了……说她考虑了很多……说她很敬重，甚至很爱罗伯尔·达尔扎克先生……但最好还是保持现在这种关系……延续过去……说她更愿意看到我们与罗伯尔·达尔扎克先生之间的纯洁友谊使我们的关系变得更加亲密。但是，以后永远不要再跟她谈结婚的问题了。”

“这太奇怪了！”达克斯先生轻轻地说道。

“太奇怪了。”德·马凯先生也重复道。

斯坦日松先生脸色苍白，面带苦笑地说道：

“您绝不可能从这方面找到作案动机。”

“总之，”达克斯先生不耐烦地说道，“作案动机不是行窃！”

就在这时，实验室的门开了，宪兵队队长把一张名片交给了预审法官。德·马凯先生看了看名片，发出一声愤怒的惊叹，然后说道：

“啊！这太过分了！”

“是什么？”警察局局长问道。

“《时代报》一个小记者的名片，约瑟夫·鲁尔塔比伊，上面写着：‘作案动机之一是盗窃！’”

警察局局长微微一笑。

“啊！啊！年轻的鲁尔塔比伊……我早就听说过了……都说他非常机敏……请他进来，预审法官先生！”

于是，人们让约瑟夫·鲁尔塔比伊先生进来了。我已经在今天早晨来埃皮纳-絮-奥日的火车上认识他了。他几乎是不容分说地登上了我们的车厢。我愿意现在就说，他那种随随便便、无拘无束的样子，那“自以为在一件连司法机关都一无所知的案件中知道点儿什么”的表情，很让我讨厌。我一点儿都不喜欢记者，这些人都是糊涂虫，而且胆大妄为，应当像防瘟疫似的防着他们。这种人自以为可以为所欲为，无所顾忌，谁要是不幸答应了他们点儿什么，让他们沾上边，就再也无法摆脱他们了，什么麻烦都会碰到。这个记者看上去只有二十来岁，他询问我们案件的情况、跟我们讨论问题时的那种厚脸皮，使我对他特别讨厌。此外，他表达看法时的样子，说明他在公然讽刺我们。我知道《时代报》是一份很有影响的报纸，跟这种报纸打交道要会“妥协”。可是，这家报纸也不该招聘吃奶的孩子来当记者啊！

约瑟夫·鲁尔塔比伊先生来到实验室，向我们致意。然后，他等着德·马凯先生请他发表意见。

“您自称知道作案动机，先生，”后者说道，“而这个动机与事实相反，是盗窃？”

“不，预审法官先生，我没有这样说。我没有说作案动机是盗窃，而且我也不相信这一点。”

“那么，这个名片是什么意思？”

“名片上的意思是，作案动机之一是盗窃。”

“是什么使您这样认为?”

“是这个！请你们跟我走一趟!”

年轻人让我们跟他去门厅，我们照办了。到了那里，他走到盥洗室门前，让预审法官先生跪到他身边。这个盥洗室靠它的玻璃门采光，如果把门打开，盥洗室里就会有足够的光线。德·马凯先生和约瑟夫·鲁尔塔比伊先生跪在了门口。年轻人指着一块地板砖说：

“雅克老爹好久没有清洗这些地板砖了，从上面那厚厚的灰尘可以看出这一点。可是，您看，在这里，有两个大脚印，还有凶手走到哪里就留在哪里的黑灰。这黑灰不是别的，是从埃皮纳直接到橡栗城堡来时要穿过的那条小路上覆盖的木炭粉。您知道，在那里，有一座烧炭人的小房子，有人在那儿烧木炭。凶手可能是这样做的：下午，他趁这座小房子里没人的时候溜了进来，进行了盗窃。”

“什么盗窃？您从什么地方看出有行窃的迹象?”我们大家齐声问道。

“我找到的盗窃迹象是……”记者继续说道。

“是这个!”德·马凯先生打断了他的话。他依然跪在那里。

“当然!”鲁尔塔比伊先生说道。

于是，德·马凯先生解释说，在地板砖的灰尘上，在两个脚印旁边，有一个明显的长方形包裹印，还能清晰地看见捆包裹的绳子印……

“这么说，您到这里来过了，鲁尔塔比伊先生。可我曾命令雅克老爹，不准放任何人进来——他在这里看管房子。”

“请不要责怪雅克老爹，我是跟罗伯尔·达尔扎克先生一起来的。”

“啊！真的……”德·马凯先生不高兴地大声说着，朝达尔扎克先生看了一眼，后者始终不吭声。

“当我看到脚印旁边的包裹印迹时，我对盗窃深信不疑。盗贼不会带着包裹来……他是在这里打的这个包裹，无疑是用偷来的东西包的，把它放到这个角落里，准备逃跑时把它带走。他还把他那双笨重的大鞋放在包裹旁边……因为，请看，没有任何脚印朝这些鞋印走过来，而这两个鞋印是并排的，像两只空鞋放在那里。因此，我们可以明白，为什么凶手从‘黄屋’里逃出来时，没有在实验室和门厅里留下任何脚印。他穿着这双大鞋进入‘黄屋’以后，就把它们脱下来了，大概是因为这双鞋碍事，或者因为他想做得尽量没有声响。凶手进来时穿过门厅和实验室的痕迹，被雅克老爹后来给清洗掉了，这就使我们想到，凶手是在雅克老爹五点半清洗地板以前离开房子的时候，从打开的窗户进来的！

“凶手在脱下那双碍事的鞋以后，用手提着，把它们送到盥洗室，放到了门口。因为，在盥洗室那布满灰尘的地上，既没有赤脚印，也没有穿袜子的脚印，更没有穿别的鞋子的脚印。因此，他是把那双鞋放在了包裹旁边。这个时候，盗窃已经完成了。然后，那个人又回到‘黄屋’，钻到了床底下。他的身体留在地板上，乃至席子上的痕迹都很明显。在他趴过的地方，席子有点儿卷曲，而且皱皱巴巴的。席子上新脱落的草屑，也证明凶手在床底下待过。”

“是啊，是啊，这我们都知道了……”德·马凯先生说道。

“凶手回到床下，”这个令人惊奇的小记者继续说道，“证明盗窃不是他来这里的唯一目的。请不要对我说，他是在窗口看到雅克老爹，或者斯坦日松小姐和先生，准备回小房子时，才急忙藏到床底下的。对他来说，爬到阁楼上面，躲在那里，逃跑的机会比这里更多，如果他的目的仅仅是逃跑的话。不！不！凶手必须等在‘黄屋’里……”

这时，警察局局长插话了：

“很不错嘛，年轻人！祝贺你……虽说我们还不知道凶手到底是怎么逃走的，但我们现在几乎是一步一步地跟踪着他走进了这座房子，并且看到了他的所作所为：他偷了东西。但是，他到底偷了什么呢？”

“极为宝贵的东西。”记者回答道。

这时，我们听到从实验室里传来一声惊叫。我们都跑了过去，看到斯坦日松先生目光惊慌，四肢发抖，给我们指着一个他刚刚打开的书柜似的家具，里面空空如也。

与此同时，他倒在一个被拖到办公桌前面的大沙发里，呻吟着说：

“我又一次被盗了……”

接着，一颗泪珠——一颗硕大的泪珠从他的脸颊上流下来：

“千万别跟我女儿提这件事……”他说道，“她会比我更难过……”

他深深地叹了一口气，用一种我永远也不会忘记的痛苦语调说道：

“管它呢，无论如何……只要她能活下去。”

“她会活下去的！”罗伯尔·达尔扎克用特别感人的声音说道。

“我们会帮助您找到被盗的东西的。”达克斯先生说，“不过，这个家具里到底放的是什么呢？”

“是我二十年的生命，”这位著名教授语气沉重地回答，“或者说是我女儿和我——两个人的生命。是的，那是我们最珍贵的资料，二十年来所做的实验和最机密的研究成果都在里面。这个文件里，收集的是我们从无数资料中筛选出来的最精华的东西。对我们来说，这是个不可弥补的损失。我敢说，这也是科学的重大损失。我为了得到物质消亡的最后证据所走过的每一个阶段，我们都进行了详细的阐述，贴上标签，用照片或者图解加以说明。这一切都收藏在这里。我们那三个新仪器的图纸，一个用来研究事先充电的物质在紫外线中的消耗现象；另外一个，将可以使这种在火焰中不断分解的物质的粒子的电消耗能被肉眼看到；第三个仪器非常精巧，是一个新的电容差别

验电器，那里面装着我们为说明介于有重量物质与不可称量能媒之间的中介物质的基本性能所画的各种曲线图、二十年来关于原子内化学和物质的未知平衡方面的实验材料，还有我将用如下题目出版的教材：《受苦的金属》。我怎么能知道呢？我怎么能知道呢？进来的那个人可能拿走了我的一切……我女儿和我的成果……我的心和我的灵魂……”

说完，这位伟大的斯坦日松先生竟然像个孩子似的哭了起来。

我们默默地围着他，深深地被他那巨大的悲痛感染了。罗伯尔·达尔扎克先生倚在斯坦日松先生躺倒在里面的那个沙发椅上，竭力克制着，但还是泪流满面。这差一点儿引起我对他的同情，尽管他那奇怪的态度和常常难以解释的激动让我本能地对这个神秘人物很反感。

只有约瑟夫·鲁尔塔比伊一个人——仿佛他那宝贵的时间和他在人世间的使命不允许他对人类的痛苦表示同情似的——非常镇静地走到那个家具前面，指给警察局局长看，并很快就打破了我们在斯坦日松先生的绝望面前所保持的这种恭敬的沉默。他向我们说明——其实我们并不需要——他是如何因为同时发现了我前面描述过的盥洗室里的踪迹和实验室里的这个空柜子，才想到盗窃的。他告诉我们，他刚刚走进实验室，首先引起他注意的，就是这个奇形怪状的家具。它很坚固，并且是用铁做的，从而可以防火。还有，这个用来储存最宝贵的东西的柜子的门上，竟然挂着钥匙。一般情况下，人们是不会让保险柜开着的……最后，这个形状极为复杂的铜头小钥匙引起了约瑟夫·鲁尔塔比伊先生的注意，却麻痹了我们。我们这些人已经不是孩子了，挂在一个家具上的钥匙最多让我们想到安全问题，但是对约瑟夫·鲁尔塔比伊先生来说，钥匙挂在锁上就会让他想到盗窃。他显然是个天才，就像约瑟·杜普伊在《斗士的五个亿》中所说的那样："他是多么了不起的天才啊！多么了不起的牙科大夫啊！"我们很快就知道了其中的原因。

但是，在让诸位知道这个原因之前，我还应当说明一下，德·马凯先生显得非常窘迫，不知道是该为这个小记者给调查带来的进展感到高兴呢，还是该为这个进展不是由他带来的而感到难过。我们的职业中就包括这类失望，但我们不能因此而变得怯懦。当事关公共利益时，我们应当摒弃自己的自尊心。德·马凯先生不知是战胜了自我呢，还是觉得最好是跟着达克斯先生一起夸奖一下，后者可是对鲁尔塔比伊赞不绝口。那孩子耸了耸肩，说了句："没什么！"我真想给他一个耳光，特别是因为他又补充了一句：

"先生，您最好问问斯坦日松先生，平时是谁保管这个钥匙的！"

"我女儿。"斯坦日松先生回答道，"这个钥匙，她从不离身。"

"啊！这就使问题的性质有了变化，也就和鲁尔塔比伊先生的设想不一致了。"德·马凯先生大声说道，"如果这个钥

匙……斯坦日松小姐从不离身，那么，那天夜里凶手就应当等着斯坦日松小姐回到自己的房间，好偷她的钥匙。这样，盗窃也就应当发生在凶杀之后！但是，凶杀之后，实验室里有四个人！……我实在是一点儿都不明白！……”

接着，德·马凯先生怀着一种绝望的愤怒重复了一遍。对他来说，这愤怒就意味着兴奋到了极点，因为我不知道自己是否已经说过，他只有在不明白的时候，才显得格外兴奋：

“……我一点儿都不明白！”

“盗窃，”记者说道，“只能发生在凶杀之前。这是毋庸置疑的，无论是基于您认为的那个原因，还是基于我认为的其他原因，都是如此。凶手在进入这座房子之前已经拥有了那把铜头钥匙。”

“这不可能！”斯坦日松先生轻轻地说。

“这是可能的，先生，这就是证据。”

这个鬼机灵从衣袋里掏出一张10月21日的《时代报》（我提醒大家，凶杀案发生在10月24日到25日的夜里），给我们指着上面的一个小启事，念道：

“昨日有人在卢弗商店丢失了一个黑色女式小手提包，里面装着几件东西，其中有一枚很小的铜头钥匙。拾到者将得到丰厚的酬金。请按下列留局自取地址写信：MATHSN，第四十号邮局。这不是指的斯坦日松小姐吗？这枚铜头钥匙不就是这把钥匙吗？……我经常阅读小启事。干我们这一行的，就像干你们那一行的一样，应当经常阅读私人小启事……因为，可以从中发现很多情况！……而且，往往是关键①情况。我们那‘铜脑袋’往往想不出来，但却非常有意思。这个小启事，特别是启事里有个女人丢了一把钥匙——这东西倒不怎么影响名誉——的秘密，引起了我的注意。她怎么那么在乎这把钥匙啊！于是，我就开始考虑‘MATHSN’这几个字母。前面四个字母让我想到一个名字。‘很明显，’我心里想，‘Math，是Mathild②……那个从一个小手提包里丢了一把铜头钥匙的人叫玛蒂尔德！……’可是，我却怎么也猜不出后面两个字母的含义。所以，我就把报纸扔在一边，开始考虑别的事了……直到四天之后，各种晚报都在头版用大标题报道了玛蒂尔德·斯坦日松小姐被谋杀的消息。玛蒂尔德的名字让我毫不费力地想到了启事上那几个字母。这让我很感兴趣，于是我就到办公室寻找那一天的报纸，因为我忘了后面两个字母：SN③。当我再一次看到这两个字母时，忍不住叫了一声：‘斯坦日松！’我立刻跳上一辆马车，跑到了第四十号邮局。我问道：‘请问，有没有一封收信人为‘MATHSN’的信？’邮局的员工回答我：‘没有！’由于我再三坚持，再三要求，甚至请求他好好找找，他才对我说：‘啊！这个嘛，先生，这是个玩笑！……是的，我曾经接到过一封写给

① 法语里，“钥匙”一词也有“关键”之意。这里显然是在玩弄文字游戏，用铜头钥匙比喻预审法官的“铜脑袋”。——译者注

② “Mathild”即为玛蒂尔德名字的原文。——译者注

③ “SN”即为斯坦日松（Stangerson）这个姓开头和结尾的两个字母。——译者注

缩写字母为‘MATHSN’的信，但三天以前，我已经把它交给来跟我要这封信的女士了。今天，您又来要了。而昨天，有一位先生也像您一样，非跟我要这封信不可！……我对这种恶作剧已经够了……’我想向这位职员打听前面两个来要这封信的人的情况，可是不知道是为了保守职业秘密（他大概觉得泄露得已经太多了），还是他真的被一个可能的玩笑给弄得心烦意乱，总之他不再理我了……”

鲁尔塔比伊住口了，我们大家也都默不作声。每个人都在心里努力通过这封留局自取的信的奇怪故事得出自己的结论。事实上，人们似乎觉得已经抓住了解开这个不解之谜的线索。

斯坦日松先生说道：

“现在几乎可以肯定，我女儿丢了那把钥匙。她不想告诉我，怕我担心。她可能请求那位拾到钥匙的先生或女士给她寄留局自取的信。她显然很担心，留下我们的地址会带来麻烦，从而让我知道丢钥匙的事。这很符合逻辑，也很自然。因为，我已经被盗过一次了，先生！”

“在什么地方？什么时候？”警察局局长问道。

“啊！那是很多年以前的事了。在美国，在费城，有人从我的实验室里偷走了两项可以使一个民族发财的发明……我不仅始终不知道是谁偷了我的发明，而且从来没听见过人们谈论那次盗窃。为了推翻盗贼的如意算盘，我公开了这两项发明，从而使赃物变得毫无价值。从那时起，我就变得非常多疑。每当我工作的时候，总是把自己关得严严实实。这些窗户上的铁栅栏，这座远离人群的小房子，这个我亲自让人制造的柜子，这把特殊的锁，这唯一的钥匙，这一切都表明了我对这种可悲后果的极大担心。”

达克斯先生表示：“很有意思！”约瑟夫·鲁尔塔比伊先生要求得到关于那个小手提包的情况，可是无论是斯坦日松先生，还是雅克老爹，都好几天没看见斯坦日松小姐的那个手提包了。几个小时以后，我们从斯坦日松小姐的口中得知，那个手提包被人偷走了，或者是被她弄丢了。事情的经过如同她父亲告诉我们的那样，她于10月23日到了第四十号邮局。他们交给她一封信，是个开玩笑的家伙写的。她立刻就把信烧了。

现在，回到我们的审问，或者说我们的“谈话”。我应当指出的是，警察局局长问斯坦日松先生，他女儿是在什么情况下，在10月20日——也就是丢掉手提包的那天——去巴黎的。我们得知，她是由罗伯尔·达尔扎克先生陪着去的。从那时起，直到凶杀案发生后的第二天，人们再也没有在城堡里见过他。斯坦日松小姐在卢弗商店里丢手提包时达尔扎克先生在场这一事实，没有被我们忽略。应当说，它引起了我们的极大注意。

这场有司法官员、犯人、证人和记者参加的谈话快要结束的时候，发生了一个真正的戏剧性事件。这是绝不会让德·马凯先生扫兴的。宪兵队队长来告诉我们，弗雷德里克·拉尔桑要求进来。这个要求立刻得到了应允。他手里拿着一双沾了很多泥巴的破皮鞋，扔到了实验室的地上。

“这就是凶手穿的那双鞋。您认识这双鞋吗，雅克老爹?”

雅克老爹弯下腰，审视着这双散发着臭气的皮鞋。他惊讶地认出，这是他的破鞋，早就被他扔到阁楼里的一堆废品里了。他是那么激动，以至于用手帕擦着鼻涕，掩饰自己的感情。

这时，弗雷德里克·拉尔桑指着雅克老爹的手帕说道：

“这手帕太像人们在‘黄屋’里找到的那一条了。”

“啊！这我知道。”雅克老爹颤抖着说，“这两条手帕基本上是一样的。”

“最后，那顶也是在‘黄屋’里找到的贝雷帽，大概原来也是戴在雅克老爹头上的。这一切，在我看来，警察局局长先生和预审法官先生，这一切都证明凶手想要隐瞒自己的真实身份。不过，他乔装打扮的手段太拙劣了，至少在我们看来是这样的。我们可以肯定，凶手不是雅克老爹，他始终没离开过斯坦日松先生。但是，我们可以假设，那天晚上斯坦日松先生没有工作到那么晚。女儿离开以后，他也回到了城堡。而斯坦日松小姐被谋杀时，实验室里已经没人了，雅克老爹正在阁楼上睡觉。那么，谁都不会怀疑，雅克老爹就是凶手。雅克老爹由于凶杀过早地发生而得救了，因为隔壁一片寂静，凶手一定以为实验室已经人去屋空了，动手的时间到了。那个神秘地潜入这里，并采取了那么多模仿雅克老爹的手段的人，无疑是个十分熟悉这个家的人。他到底是什么时候进来的？下午？晚上？我不知道……一个对这座房子里的人与物都这么熟悉的人是可以随时进来的。”

“但是，他不能在实验室里有人的时候进来啊!”德·马凯先生大声说道。

“请问，我们又能知道些什么呢?”拉尔桑反驳道，“……为了实验室里的这顿晚饭，仆人来来去去端茶送饭……为了从十点到十一点的一次化学实验，斯坦日松先生、他的女儿和雅克老爹围着炉子忙活……就在大壁炉的这一角……谁能对我说，凶手……一个熟人！……没有趁这个机会，在盥洗室里脱掉那双破皮鞋以后溜进‘黄屋’呢?”

“这不太可能!”斯坦日松先生说。

“也许是吧，但这也不是不可能的……因此，我不想肯定任何事。至于他是如何出去的，那就是另外一件事了！他是怎么逃走的？是用世界上最自然的方式!”

弗雷德里克·拉尔桑沉默了一会儿。这一瞬间，让我们觉得非常漫长。我们怀着可以理解的急迫心情等待着他继续说下去。

“我没有进过‘黄屋’，”弗雷德里克·拉尔桑又说道，“但我能够想象，你们一定掌握了他只能从门口出去的证据。凶手是从门口出去的。然而，既然他无法从别处出去，他也就只能这么办了！他犯了罪，然后从门口走了出去！什么时候出去的？在他认为最方便的时候，在最不可思议的时候！这是如此地不可思议，因此也就无法对此做出别的解释。让我们来看看凶杀案发生后的几段时间。第一段时间，斯坦日松先生和雅克老爹在门口，准备好挡住他的去路。第二段时间，雅克老爹离开了一会儿，只剩下斯坦日松先生一个人站在门口。第三段时间，看门人来到斯坦日松先生身边。第四段时间，门前有斯坦日松先生、看门人和他妻子、雅克老爹。还有第五段时间，门被撞开了，'黄屋'里挤满了人。逃跑最为合理的时间，是门口人最少的时候。有一段时间，门口只剩下了斯坦日松先生一个人。除非认为雅克老爹是他的同伙，但我不相信。因为，如果他看见门开了，凶手从里面出来了，那他就不会离开房子去检查窗户了。门只能是在门口只有斯坦日松先生一个人的时候打开的，而且，那个人走了出去。在这里，我们认为斯坦日松先生有足够的理由不去抓或者不让人抓住凶手。因为，他让那个人走到门厅的窗户前面，然后让他关上窗户……这以后，鉴于雅克老爹快要回来了，而且必须让他看到一切都跟原来一样，斯坦日松小姐虽然伤势很重，但还是挣扎着起来了。她无疑是在父亲的恳求之下，又把'黄屋'的门锁上、插上，然后就又摔倒在地，奄奄一息……我们不知道是谁进行的谋杀，我们也不知道斯坦日松先生和小姐是哪一个恶棍的目标，但他们自己毫无疑问是知道的！这个秘密是可怕的，因为，它让父亲忍心把奄奄一息的女儿关在她自己锁上的门后面；这个秘密是可怕的，因为，它使他让凶手逃跑了……但是，世界上再也没有别的方式可以解释凶手是如何从‘黄屋’逃走的了！”

大家听完这个悲惨而又精辟的分析之后的沉默，显得有点儿可怕。我们都为这位杰出的教授感到难过，他被弗雷德里克·拉尔桑这番无情的逻辑分析逼上了绝路。要么，他向我们承认他深受折磨的真相；要么，他保持沉默，而这是一种更可怕的承认。我们看到他站起身，宛如一尊真正的痛苦的塑像。他庄严地伸出手，动作是那么庄严，我们在他面前就像在圣像面前似的低下了头。他以仿佛耗尽了他全部力量的响亮声音，说出了下面的话：

“我以我女儿那垂危的生命发誓，自从听见我女儿那绝望的呼救声以后，我就没离开过这道门。在我一个人留在实验室里的时候，这个门根本就没打开过。最后，在我和我的三个仆人进入‘黄屋’以后，凶手已经不在了！我发誓：我不认识凶手！”

我是否需要说明一下，尽管这誓言庄严神圣，但我们仍然不太相信斯坦日松先生的话呢？弗雷德里克·拉尔桑刚刚让我们看到了事实真相，我们可不想这么快就把它丢掉。

正当德·马凯先生向我们宣布“谈话”已经结束，我们都准备离开实验室的时候，年轻的记者——那个小孩子约瑟夫·鲁尔塔比伊走到斯坦日松先生身边，无比尊敬地拉起了他的手。我听见他对他说道：

“我，我相信您，先生！”

我在此停下我自认为应当转述的科尔贝伊法院的书记官马莱纳先生的描述。我没有必要告诉读者，刚刚在实验室里发生的这一幕，鲁尔塔比伊本人也很快就如实地向我转告了。

十二　弗雷德里克的手杖

我是在晚上十点钟左右才准备带着我的朋友在罗伯尔·达尔扎克先生让我们使用的那间小客厅里匆匆写完的文章离开城堡的。记者要在城堡里过夜，他在充分享受罗伯尔·达尔扎克先生那不可思议的好客。在这种悲伤的时刻，斯坦日松先生把所有家务事都交给达尔扎克先生了。不过，我的朋友想要送我到埃皮纳火车站。在穿过花园的时候，他对我说：

"弗雷德里克·拉尔桑确实名不虚传，果然非常厉害。您知道他是怎么找到雅克老爹的破皮鞋的吗？就在我们发现'讲究皮鞋的脚印'和'破皮鞋的脚印'消失的那个地方旁边。地上新留下的一个长方形的痕迹证明，不久前那里曾有一块石头。拉尔桑竭力寻找这块石头，但是没找到。他立刻想到，凶手可能利用这块石头捆住那双他想摆脱掉的破皮鞋，把它沉到池塘的水底。弗雷德里克的分析是完全正确的，搜寻工作的成功证明了这一点。但是，我却忽略了这个。不过，应当公道地说一句，我的思想已经转移到别处去了。因为，凶手经过时留下的大量假踪迹，以及对那些黑脚印的测量——那些脚印与雅克老爹的脚印完全一致，我是在他不注意时，在‘黄屋’的地板上测量的——都明显地证明，凶手想嫁祸于这个老仆人。正因为如此，我才对他说，您还记得吧，既然人们在这个不幸的房间里找到了一顶贝雷帽，那它一定很像他的帽子。我还给他描绘了一下跟我看见他使用的那条一模一样的手帕。迄今为止，我和拉尔桑的意见还是完全一致的。但是，正是从这个时候起，事情就变得非常可怕了。因为，他死心塌地地走向错误的道路。我只消随便一碰，就会把他击倒！”

我深深地为我的朋友说最后几句话时那异常严肃的语气而感到惊异。

他重复道：

“是的，可怕，可怕！……但是，我是用思想击倒他的，这难道真的是随便的一击吗？”

这时，夜幕已经降临。我们从城堡后面经过，发现二楼有一扇窗户半开着，里面露出微弱的灯光，还传出一些声响。这引起了我们的注意，我们一直走到那扇窗户下面的一道门旁边。鲁尔塔比伊轻声告诉我，这扇窗户朝着斯坦日松小姐的房间。刚才吸引我们的声音停止了。过了一会儿，又开始传出来了。

那是压得很低的说话声……我们只能清楚地听见几个字：“我可怜的罗伯尔！”鲁尔塔比伊用手按住我的肩膀，俯在我耳边：

“要是我们能知道这个房间里的人在说些什么，那我的调查很快就会结束了……”

他朝四周看了一下。黑暗包围着我们，我们只能看见城堡后面的一块被树木包围着的狭窄草坪。低低的说话声又停止了。

“既然我们听不见，”鲁尔塔比伊又说，“那我们至少应当想办法看见……”

说着，他拉起我，示意我脚步放轻。我们穿过草坪，来到一棵高大的桦树的白色树干下。在黑暗中，可以看到桦树那白色的轮廓。这棵白桦树恰好面对着我们感兴趣的那扇窗户，最低的树枝刚好跟城堡二楼一样高。从树枝上一定能看到斯坦日松小姐房间里发生的事——鲁尔塔比伊正是这么想的。他让我待在那里不要动，自己抱住树干，用他那年轻的粗壮手臂向上爬去。他很快就消失在树枝中，接下来是一片寂静。

我对面那扇半开的窗户里，灯光依然亮着，看不到一个人影。我头顶的树上一点儿声音都没有。我等待着。突然，我听见树上传来这样的声音：

“您先下！……”

“请您先下！”

有人在我头上对话……他们还彬彬有礼。当我看到两个人影从光滑的树干上滑下来，很快就落到地面的时候，我是多么惊讶啊！鲁尔塔比伊上去的时候是一个人，下来的时候却是两个人！

“您好，圣克莱尔先生！”

是弗雷德里克·拉尔桑……当我那年轻的朋友自以为一个人爬上树干时，这位警探早已占领了那个观察的位置……他们俩谁都不理睬我的惊讶。我猜想，他们在上面一定看到了一幕充满温存而绝望的动人场面：斯坦日松小姐躺在床上，达尔扎克先生跪在她的床头。他们俩已经从中得出截然不同的结论了。可以想象，这个场面在鲁尔塔比伊心里产生了很大的影响，这有利于罗伯尔·达尔扎克先生。但是，在拉尔桑心里，这只能证明斯坦日松小姐的未婚夫用高超的技艺进行了虚伪的表演……

我们来到栅栏门前的时候，拉尔桑拦住了我们。

“我的手杖！”他大声喊道。

“您忘了您的手杖？”鲁尔塔比伊问道。

“是的，”警探回答，“……我把它落在那边了，在那棵树旁边……”

说着，他离开我们，说回头就来找我们……

“您注意到弗雷德里克·拉尔桑的手杖了吗？”剩下我们两个人的时候，记者问我，“那是一根很新的手杖……从来没见他拿过……看上去，他非常珍惜这根手杖，很担心这根手杖落到别人手里……在此之前，我从来没见过弗雷德里克·拉尔桑用过手杖……他是从哪儿弄来的这根手杖？一个从不用手杖的人，在橡栗城堡凶杀案发生以后，突然变得寸步不离手杖，这很不正常！……我们来到城堡的那一天，当他看见我们的时候，他把表放进衣袋，从地上拾起了手杖。我没有留心，这个动作可能是个错误！”

现在，我们来到花园外面，鲁尔塔比伊一言不发……他的思想肯定还没离开弗雷德里克·拉尔桑的手杖。在走下埃皮纳山坡的时候，证实了这一点。他对我说：

“弗雷德里克·拉尔桑在我之前到达了橡栗城堡。他在我之前开始调查，有时间知道我还不知道的事情，找到我还不知道的东西……他是从哪儿找到这根手杖的呢？……”

接着，他补充道：

“他那直接指向罗伯尔·达尔扎克的怀疑——不仅是他的怀疑，还有他的推理——一定有一种能够触摸得到的东西做依据，一种他正在触摸，而我却摸不到的东西……是不是这根手杖呢？……他到底是从哪儿弄到这根手杖的呢？……”

在埃皮纳，我们还得等二十分钟火车。于是，我们走进一家小酒店。几乎就在同时，我们身后的门开了。弗雷德里克·拉尔桑出现了，手里举着那根有名的手杖……

“我找到了！”他笑着对我们说。

我们三个人坐到了一张桌子前面。鲁尔塔比伊的目光不离那根手杖。他如此地专注，以致没有注意到拉尔桑对一个铁路员工的暗示。那是一个年轻的员工，下巴上留着一撮没有梳理

的金色小胡子。那个员工站起来，结了账，点了点头，就走了出去。如果不是几天之后，那个小胡子又在这个故事最悲惨的时刻出现的话，我自己也不会重视这个暗示。我得知那个小黄胡子是拉尔桑的眼线，负责监视埃皮纳火车站来来往往的旅客，因为拉尔桑不放过任何可能对他有用的东西。

我又把目光投向鲁尔塔比伊。

“啊！这个嘛！弗雷德里克先生！”他说道，“您是从什么时候开始有这根手杖的？……我总是看见您双手插在衣袋里散步……”

“这是别人送给我的一个礼物。”警探回答道。

“时间不长吧……”鲁尔塔比伊追问道。

“不长。这是人家在伦敦送给我的……”

“真的？您从伦敦归来，弗雷德里克先生……我能看看吗，您的手杖……”

“那当然！怎么不能呢？……”

弗雷德里克把手杖递给了鲁尔塔比伊。这是一根很大的乌鸦啄状的黄色竹手杖，上面装饰着一个金环。

鲁尔塔比伊仔细端详着那根手杖。

“嘿！”他抬起头，满脸嘲弄地说道，“有人在伦敦送了您一根法国手杖！”

“这是可能的。”弗雷德里克不动声色地回答道。

“请看看这个用小字写的商标：卡塞特，歌剧院，六号乙……”

“伦敦也需要晾晒衣服……”弗雷德里克说，“英国人也可以在巴黎买竿子……”

鲁尔塔比伊把手杖还给了他。等他来到我的车厢时，他问我：

“您记住那个地址了吗?”

“是的，‘卡塞特，歌剧院，六号乙……’。请相信我好了，明天早晨您就能接到回话。”

果然，我在当天晚上，在巴黎，看到了卖手杖、雨伞的商人卡塞特先生。我给朋友写道：

“那人回答说，有一个跟罗伯尔·达尔扎克先生特征一致的人——同样的身材，有点儿驼背；同样的络腮胡子；灰黄色的大衣；圆顶礼帽——曾在凶杀案发生的那天晚上八点钟左右，来买过一根跟我们感兴趣的那根手杖相同的手杖。

“卡塞特先生两年来没再卖出过这样的手杖。弗雷德里克的手杖是新的，肯定就是他手里的那个。不是弗雷德里克买的手杖，因为他当时还在伦敦。我也跟您一样，认为他是在罗伯尔·达尔扎克先生周围找到的这根手杖……但是，如果像您说的那样，凶手在‘黄屋’里待了五个甚至六个小时，因为凶杀案是在半夜里发生的，那么，买这根手杖就为罗伯尔·达尔扎克先生提供了一个不在现场的不可反驳的证据。”

十三　神甫宅第魅力未减

前面描述的那些事件过去一周之后，也就是11月2日，我在巴黎的家中收到了一封有如下措辞的电报：“乘第一班火车来橡栗城堡。带手枪。请接受我的友谊。鲁尔塔比伊。”

我记得好像对诸位说过，我那个时候是个年轻的实习律师，手里没有案子。我去法院，与其说是为了给孤儿寡母辩护，不如说是为了熟悉我的业务。鲁尔塔比伊如此随便地支配我的时间，我一点儿都不感到奇怪。而且，他也知道我对他日常的记者活动是多么感兴趣，尤其是与橡栗城堡事件有关的活动。除了报纸上没完没了的无稽之谈和鲁尔塔比伊在《时代报》上的只言片语以外，我已经一个星期没得到关于这件事的消息了。这些只言片语泄露了“羊骨头”的秘密，并且告诉我们，化验表明，骨头上的血迹中有“人的血迹”，其中有“斯坦日松小姐刚刚留下的血迹”，也有几年前杀人时留下的血迹。

诸位可以想象，这个事件已经成了全世界报界的话题，从来没有哪一个著名的案件引起过这么多人的兴趣。但是，我觉得调查进展得很缓慢。因此，我接到朋友约我去橡栗城堡找他的邀请后，非常高兴。如果电报上没有“带手枪”这句话就好了。

这可真让我好奇。鲁尔塔比伊让我带手枪，就意味着他认为它可能会派上用场。然而，我毫不惭愧地承认，我不是英雄。可是，那又怎么样？这一天，我的朋友遇到了麻烦，他在呼唤我的帮助。我毫不犹豫地检查了一下我那把唯一的手枪，子弹确实已经上膛了。然后，我朝奥尔良车站走去。路上，我想，手枪只是一个武器，而鲁尔塔比伊的电报上要我带手枪，用的是复数。于是，我走进一家武器店，买了一把非常小巧、非常好用的手枪。我很高兴能把它送给我的朋友。

我希望能在埃皮纳火车站见到鲁尔塔比伊，可是他没来。不过，有一辆马车在等我。我很快就来到了橡栗城堡。栅栏门前没有一个人，直至来到城堡门口才见到这个年轻人。他向我友好地致意，立刻跟我拥抱。

我们来到那个破旧的小客厅的时候，他让我坐下，立刻对我说道：

“事情很糟！”

“什么很糟？”

“一切都很糟！”

他走到我身旁，俯在我耳边说道：

“弗雷德里克·拉尔桑坚决地冲着罗伯尔·达尔扎克先生来了。”

自从我看到斯坦日松小姐的未婚夫在自己的脚印旁边面如土色以后，这就一点儿都不让我感到意外了。

不过，我还是马上问道：

“嗯，那根手杖呢？”

“手杖还在弗雷德里克·拉尔桑手里，跟他形影不离……”

“可是……它不能成为达尔扎克先生不在现场的证据吗？”

“根本不能。我曾用温和的语气询问过达尔扎克先生，他否认那天晚上或者别的时候在卡塞特商店买过手杖……不管怎么说，”鲁尔塔比伊又说道，“我不想作出任何判断，因为达尔扎克先生那奇怪的沉默，真不知道让人怎么揣摩他的想法和他的说法！……”

“在弗雷德里克·拉尔桑心里，这根手杖一定非常宝贵，是个可以作为罪证的手杖……可是，凶手是怎么使用它的呢？鉴于购买它的时间，当时它不可能在凶手手里……”

“时间不会让拉尔桑为难……他不一定非得像我那样，认为凶手是在五点至六点之间进入‘黄屋’的。有什么能阻止他让凶手在晚上十点至十一点之间进去呢？那个时候，斯坦日松先生和小姐在雅克老爹的帮助下，正忙于在实验室的炉子旁边做一个有趣的化学实验。拉尔桑说，凶手是从他们身后溜进去的，尽管这看起来不太可能……但他已经这么跟预审法官说了……从近处看，这个推理是荒谬的，因为那个熟人——如果真有那么一个熟人的话——应当知道教授很快就会离开小房子。为了他自己——这家的熟人——的安全，他也应当把动手的时间拖到教授离开以后……他为什么要在教授还在里面的时候冒险穿过实验室呢？再说，那个熟人究竟是什么时候进入小房子的呢？……在接受拉尔桑的想象之前，还有很多问题需要澄清。至于我呢，我不会为此浪费我的时间，因为我有一个无可辩驳的推理体系，它使我可以不去理睬拉尔桑的想象！只是，由于我有时不得不保持沉默，而拉尔桑则可以开口说话……很可能会导致一切都对达尔扎克先生不利……假如我不在那里的话！”年轻人不无自豪地补充说，“因为，还有对达尔扎克先生不利的‘外部因素’，也跟那根手杖的故事同样可怕。这个故事对我来说不可理解，尤其是……拉尔桑竟然毫无顾忌地拿着这个可能曾经属于达尔扎克先生的手杖出现在达尔扎克先生面前！我明白拉尔桑推理体系的很多事情，但我还没弄清这根手杖的秘密。”

“弗雷德里克·拉尔桑始终在城堡里吗？”

“是的，他没怎么离开过城堡！他跟我一样，在这里过夜，应斯坦日松先生的请求。斯坦日松先生对他做了罗伯尔·达尔扎克先生对我做的事。尽管斯坦日松先生被弗雷德里克·拉尔

桑指控，说他认识凶手、放走凶手，但他还是愿意尽一切努力帮助指控他的人揭示事实真相。也是这个原因……罗伯尔·达尔扎克先生愿意帮助我。”

“可是，您确信罗伯尔·达尔扎克先生是无辜的吗？”

“有一阵，我也曾怀疑过他是有罪的，在我们刚到这里的时候。现在，我应当向您讲述达尔扎克先生和我之间发生的事情。”

说到这里，鲁尔塔比伊停下来，问我是不是带枪来了。于是，我把两把手枪都拿给他看。他检查了一下，说：“好极了！”然后，他把枪还给了我。

“我们需要这些枪吗？”我问道。

“今天晚上可能会有用，我们在这里过夜。您不会感到有什么不便吧？”

“正相反。”我说道，脸上的表情让鲁尔塔比伊笑了起来。

“好了！好了！这不是开怀大笑的时候。咱们谈点儿严肃的事情吧。您还记得这个充满神秘色彩的城堡的那句‘芝麻开门’式的暗语吧？”

“记得。”我说，“记得非常清楚：本堂神甫宅第魅力未减，花园风光依旧。这也是您在实验室的炭灰里找到的那张烧焦的纸上写的话。”

“对。在那张纸下面，火焰还对一个日期留了情：10 月 23 日。请记住这个重要的日期！现在，我要告诉您这句奇怪的话的含义。我不知道您是否记得，凶案发生的前一夜，斯坦日松先生和小姐去爱丽舍宫参加过一个招待会。我记得，他们还在那里吃了晚饭。总之，他们出席了招待会，因为我看见他们了。我也在场，是出于职业需要。我要采访那天晚上被宴请的费城科学院的科学家中的一位。在那之前，我还从来没有见过斯坦日松先生和小姐。我在使节厅前面的一个大厅里，为自己总是被这么多名人拥来挤去而感到厌烦，就坐在那里遐想起来。这时，飘来一阵黑衣女士香水的芬芳。您可能会问我：什么是'黑衣女士香水'？您只要知道这是一种我非常喜欢的香水就行了，因为它是一个曾在我的童年给予过我母爱的、总是身穿黑色衣服的女士用的香水。那一天，身上洒了一点儿'黑衣女士香水'的女士身穿白色衣裙，天姿国色，绝世无双。我忍不住站起身，跟了过去，跟着她和她的香水。一个男人——一个老者，把手臂伸给了这个美人。他们经过这里的时候，每个人都把头转向他们。我听见人们轻轻地说：'那是斯坦日松教授和他的女儿！'就这样，我才知道我跟踪的是谁。他们遇到了我只是脸熟的罗伯尔·达尔扎克先生。斯坦日松教授被一位叫阿图尔·威廉·朗斯的美国学者叫住，坐到了长廊的一把扶手椅上，而罗伯尔·达尔扎克先生则带着斯坦日松小姐朝花窖走去。我依然跟在他们后面。那天晚上，天气非常暖和，朝花园的门都敞开着。斯坦日松小姐把一条方围巾披在了肩上。我看得很清楚，是她请达尔扎克先生跟她一起到花园的那个幽静之处去的。我被罗伯尔·达尔扎克先生的激动吸引着，仍然跟在他们后面。

现在，他们在沿着马里尼大街修建的那面墙缓缓而行。我走上中央小径，跟那两个人平行前进。然后，我穿过草坪，以便跟他们擦肩而过，草地淹没了我的脚步声。他们在晃动的路灯的灯光下停住了脚步。两个人好像都朝斯坦日松小姐手里拿着的一张纸俯下身，读着什么颇使他们感兴趣的东西。我身处昏暗和僻静之处，他们没有注意到我。我清楚地听见，斯坦日松小姐重复着纸上的话‘本堂神甫宅第魅力未减，花园风光依旧’，同时把那张纸折叠起来。她刚才重复那句话时的语气，既充满了讥讽，又充满了绝望。接着，她发出一阵神经质的笑声，让我觉得这句话将会永远在我耳边回响。但是，接下来又传来另外一句话，是罗伯尔·达尔扎克先生说的：‘难道为了得到您，我非得杀人不可吗?’罗伯尔·达尔扎克先生处于极度的激动之中。他拉起斯坦日松小姐的手，长久地放在唇边。从他肩膀的颤动，我判断他一定是在哭泣。然后，他们就走开了。

“等我来到长廊时，没再见到罗伯尔·达尔扎克先生。直到凶杀案发生以后，我才在橡栗城堡再次见到他。但是，我看见了斯坦日松小姐、斯坦日松先生和费城科学院代表团的人。斯坦日松小姐在阿图尔·朗斯身边，后者表情激动地跟她说着话。谈话的过程中，美国人的眼睛里闪着异样的光。我相信斯坦日松小姐根本就没听阿图尔·朗斯跟她说的话，她脸上的表情非常冷漠。阿图尔·威廉·朗斯是个多血质的人，长着酒糟鼻子，大概很喜欢杜松子酒。等斯坦日松先生和小姐走了以后，他走到吧台前，不再离开。我走到他身边，在拥挤的人群里帮了他点儿忙。他向我表示感谢，告诉我，他三天之后就回美国，也就是 26 日（凶杀案发生后的第二天）。我对他说起费城，他说他在这个城市生活了二十五年，他是在那里认识斯坦日松教授和他的女儿的。说完，他又端起了香槟酒。我想，他大概会不停地喝下去。我离开他时，他差不多已经醉了。

“这就是我那天晚上的经历，亲爱的朋友。我不知道是出于什么样的先知先觉，那一整夜，罗伯尔·达尔扎克先生和斯坦日松小姐的双重形象就没离开过我的脑海。我请您来想象一下斯坦日松小姐被谋杀的消息对我产生的影响！让我怎么能不想起那句话：‘难道为了得到您，我非得杀人不可吗？’不过，当我们在橡栗城堡看到罗伯尔·达尔扎克先生的时候，我对他说的不是这句话。我说的是斯坦日松小姐看着手里那张纸读的关于‘本堂神甫和花园’的那句话。那句话足以使城堡的大门为我们敞开。那个时候，我相信罗伯尔·达尔扎克先生是凶手吗？不！我不认为自己真的相信了那句话。那个时候，我什么都没想。我掌握的材料太少了……但我需要他马上向我证明他的手没受伤。只剩下我们两个人的时候，我告诉他，我偶然在爱丽舍宫的花园里听到了他跟斯坦日松小姐之间的谈话。当我告诉他我听见了‘难道为了得到您，我非得杀人不可吗？’这句话的时候，他心慌意乱，但是远远不如听见那句关于‘本堂神甫’的话以后那么神色张皇。不过，真正让他惊骇万分的是，他听我说，就在他与斯坦日松小姐在爱丽舍宫相会的那天，后者曾在下午到四十号邮局去过，拿到了那封他们俩在爱丽舍宫花园里一起阅读的那封信。那封信的结尾是：‘本堂神甫宅第魅力未减，花园风光依旧！’而且，这个假设，后来也被我在实验室的炭灰里的发现所证实。您还记得吧，那个落款为 10 月 23 日的信。那封信是在同一天写的，在邮局被取走了。毫无疑问，从爱丽舍宫回来以后，斯坦日松小姐连夜就想把那封会使人受到牵连的信烧掉。罗伯尔·达尔扎克先生矢口否认那封信跟谋杀有关系。我对他说，在一个如此神秘的案件中，他没有权利向司法部门隐瞒那封信的事。我深信这封信有十分重要的意义……斯坦日松小姐用绝望的声音说的那句带有预言性的话、罗伯尔·达尔扎克的哭泣、他在读了那封信以后说的那句关于杀人的威胁性的话，都使我对此毫不怀疑。罗伯尔·达尔扎克显得越来越激动了，我决定利用我的优势。

“‘您快要结婚了，先生。’我心不在焉地说道，眼睛不再看和我对话的人，‘可是，突然，这婚姻由于这封信的作者而变得不可能了。因为，在读完信以后，您就说了那句为了得到斯坦日松小姐必须杀人的话。这么说，在您和斯坦日松小姐之间还有一个人，一个她结婚要取决于他的人，一个要在她结婚之前就把她杀死的人！’

“我用下面的话结束了我的这番长谈：

“现在，先生，您就把凶手的名字告诉我吧！

“我大概下意识地说出了非常可怕的话。当我再抬起头来看罗伯尔·达尔扎克的时候，发现他的脸变了样，前额上浸满了汗水，目光惶恐不安。

“‘先生，’他对我说道，‘我请您答应我一件可能会被认为很荒诞的事。为此，我愿以生命作为交换条件：请不要在法官面前谈起您在爱丽舍宫花园里看见和听见的事……不要告诉法官，也不要告诉世界上任何人。我向您发誓，我是清白的。我知道，而且能感觉到您是相信我的。但我情愿被人当作有罪的人，也不愿意看到法院把疑点转向这句话：本堂神甫宅第魅力未减，花园风光依旧。不能让法院知道这句话！这件事全靠您了，先生！我把它拜托给您了，您必须忘掉爱丽舍宫的那个夜晚。除了这件事以外，您还有千百条别的线索可以发现凶手！我将鼎力相助，为您打开所有的方便之门。您想住在这里吗？想在这里发号施令吗？想在这里吃、住，监视我的行动和所有人的行动吗？您可以像主人那样待在橡栗城堡，但您必须忘掉爱丽舍宫的那个夜晚。’”

为了喘口气，鲁尔塔比伊说到这里，停了下来。现在，我明白罗伯尔·达尔扎克先生对我朋友的那种令人费解的态度了，明白了我的朋友为什么那么顺利地在犯罪现场住了下来。我刚刚听到的这一切，都更加激起了我的好奇心。我请求鲁尔塔比伊再次满足我的好奇心。这一个星期以来，橡栗城堡到底发生了什么事？我的朋友不是说过，除了拉尔桑找到的那根手杖以外，现在又有了比那更可怕的指控达尔扎克的外部因素吗？

“一切看起来都对他不利。”我的朋友回答道，“情况变得非常复杂。看上去，罗伯尔·达尔扎克先生对此不太在意。他错了，只想着斯坦日松小姐的身体。小姐的身体一天天好起来，却突然发生了一件比‘黄屋’奇案更神秘的事！”

“这不可能！”我大声说道，“还有什么事能比‘黄屋’奇案更神秘的呢？”

“咱们还是再说说罗伯尔·达尔扎克先生吧！”鲁尔塔比伊说着，示意我平静下来，“我刚才对您说了，一切都对他不利。弗雷德里克·拉尔桑提取的那些‘讲究的皮鞋印’看来确实是‘斯坦日松小姐未婚夫的脚印’，自行车印也可能是‘他的’自行车印。事情已经得到了证实。自从有了这辆自行车以来，他一直把它放在城堡里。为什么他偏偏在这个时候把它带到巴黎去？难道他不再回城堡了吗？难道婚约的解除也将破坏他跟斯坦日松一家的关系吗？每个与此有关的人都认为这种关系将继续下去。但是，弗雷德里克·拉尔桑呢，则认为一切都中止了。从罗伯尔·达尔扎克陪同斯坦日松小姐去卢弗商店的那天起，直到凶杀案发生，这位前未婚夫再也没有回过橡栗城堡。不要忘记，斯坦日松小姐是在罗伯尔·达尔扎克先生的陪同下丢掉手提包和铜头钥匙的。从那天起，直到爱丽舍宫的晚会，这位巴黎大学的教授和斯坦日松小姐就再也没有见过面。不过，他们可能互相写信了。斯坦日松小姐曾到四十号邮局去取一封留局自取的信。弗雷德里克·拉尔桑认为这封信是罗伯尔·达尔扎克写的，因为他一点儿都不知道爱丽舍宫花园里发生的事。他以为就是罗伯尔·达尔扎克本人偷走了手提包和钥匙，目的是通过窃取父亲的宝贵资料迫使斯坦日松小姐改变主意，因为这些资料可以在结婚的前提下偿还。这一切本来只是一种不可靠的，甚至是荒谬的假设，就像伟大的弗雷德里克自己跟我说的那样。但是，又发生了一件事——更加严重的事。首先，这件事很奇怪。我至今还没弄明白：达尔扎克先生亲自在24日到邮局去取那封斯坦日松小姐前一天已经取走的信，别人对取信人样子的描述完全符合达尔扎克先生的特征。后者在回答预审法官为了解情况而提出的问题时，否认自己去过那个邮局。而我呢，我是相信罗伯尔·达尔扎克先生的。因为，就算那封信是他写的（其实我不这样认为），他也应该知道斯坦日松小姐已经把信取走了。原因很简单，他在她手里看到了这封信，在爱丽舍宫的花园里。因此，显然不是他在第二天，即24日，到四十号邮局去取那封他明明知道已经不在那里的信。在我看来，那是个跟他极为相像的人，就是那个偷手提包的人。他在信里向手提包的主人——斯坦日松小姐提出要一件东西，但没有送来。他大概感到很奇怪，心想，他寄出的那封收信人为'MATHSN'的信是不是没被取走？因此，他才跑到邮局，非要那封信不可。然后，他就怒气冲冲地走了。信已经被取走了，而他的要求却没有得到满足！他到底要求什么？除了斯坦日松

小姐以外，谁都不知道。不过，第二天，大家得知斯坦日松小姐在前一天夜里差点儿被人杀死。我在第二天发现，斯坦日松教授也为了那把钥匙，因为那封留局自取的信而被窃。所以，我认为，去邮局的那个人就应当是凶手。对去邮局那个人的行为目的的推理（这是最符合逻辑的推理），弗雷德里克·拉尔桑也掌握了，但他针对的是罗伯尔·达尔扎克。您可以想象，预审法官、拉尔桑和我本人都尽了最大的努力，从邮局得到了关于10月24日那个人的详细特征。但是，我们没能知道他是从哪里来的，到哪里去了！除了得知他与罗伯尔·达尔扎克先生特征相似以外，我们一无所获！我在所有的大报上都刊登了如下启事：'巨额酬金寻找10月24日上午十时许拉一乘客去四十号邮局的马车夫。请与《时代报》编辑部M. R. 联系。'但是，毫无结果。总之，那个人可能是步行去的。不过，既然他很着急，也有可能是坐车去的。这是一种运气，应当试一试。我在报上的启事中，没有指出那个人的特征，为的是让所有可能在那段时间里拉过一个客人到四十号邮局的车夫都来找我。但是，一个都没来。于是，我日夜都在想：'那个跟罗伯尔·达尔扎克先生出奇相像的人，那个我查出购买了如今落在弗雷德里克·拉尔桑手里的手杖的人究竟是谁呢？'然而，最严重的是，就在那个酷似他的人去邮局的时候，达尔扎克先生本来在巴黎大学有课，可他没去上课。他的一个朋友替他上了课。当别人问他那个时候干什么去了的时候，他回答说去布洛涅树林散步了。您怎么看这位教授呢？他让人代课，自己竟然去布洛涅树林散步了。最后，应当让您知道，既然罗伯尔·达尔扎克先生说，他24日上午去布洛涅树林散步了，那他就根本无法说出他在24日至25日的夜里干了什么！……他平静地回答弗雷德里克·拉尔桑说，他这段时间在巴黎干了什么，完全是他自己的事……听了这话，弗雷德里克·拉尔桑信誓旦旦地说，用不着任何人帮助，他也能查出达尔扎克这段时间干了什么。这一切似乎都使伟大的弗雷德里克的假设变得更为可信了。特别是，如果罗伯尔·达尔扎克当时在'黄屋'里，那么就证实了这位警探对凶手逃跑的方式所作的解释：斯坦日松先生为了避免可怕的丑闻而让他逃走了！而恰恰是这个我认为错误的假设，使弗雷德里克·拉尔桑误入歧途。要是这个案子里没有无辜的人受到牵连的话，我也不会不喜欢他的这种假设！现在，这个假设是不是真的使弗雷德里克·拉尔桑误入歧途了呢？唉！唉！唉！"

"嗯，说不定弗雷德里克·拉尔桑是对的呢！"我大声说着，打断了鲁尔塔比伊的话，"……您能肯定达尔扎克先生是清白的吗？既然有那么多令人遗憾的巧合……"

"巧合，"我的朋友回答说，"是事实真相'最可恶的敌人'。"

"预审法官现在怎么想？"

"预审法官德·马凯先生认为没有任何可靠的证据，所以对马上向罗伯尔·达尔扎克先生摊牌有点儿犹豫不决。因为，那样一来，整个舆论界，且不说巴黎大学，还有斯坦日松先生和

斯坦日松小姐，都会起来反对他。斯坦日松小姐很喜欢罗伯尔·达尔扎克先生。尽管她没怎么看清凶手，但德·马凯先生也很难让公众相信她没认出他来。当时，‘黄屋’肯定很昏暗，但毕竟点着一盏小油灯，请不要忘记这一点。喏，我的朋友，事情本来差不多就是这样的：三天之前，或者说三夜之前，发生了我刚刚跟您说的那件事。”

十四　“今晚，我等待凶手。”

“我必须带您去现场看看，”鲁尔塔比伊对我说道，“好让您能够理解，或者说，让您知道这是无法理解的。至于我呢，我觉得自己已经找到了别人正在寻找的东西：凶手是如何从‘黄屋’里出去的，既没有任何同谋，也与斯坦日松先生毫无关系。不过，在我断定谁是凶手之前，我还不能说出自己的假设，但我相信这个假设是正确的。而且，无论从哪个角度看，它都是很自然的。我想说，这是很简单的。说到三夜之前在城堡里发生的事，在整整二十四小时里，它都让我觉得已经超出了所有人的想象。虽说从我内心深处诞生的那个假设现在看来还显得很荒谬，但这件事就更加不可思议了。”

说完，年轻的记者就让我跟他一起出去了。他领着我，围着城堡转了一圈儿。落叶在我们脚下飒飒作响，这是我听到的

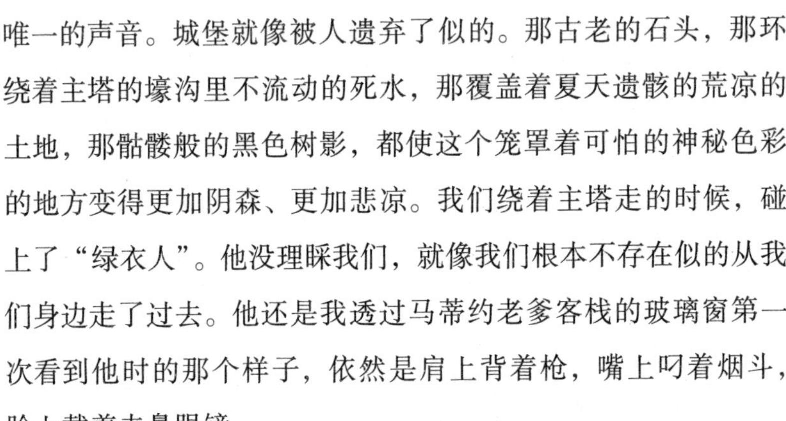

唯一的声音。城堡就像被人遗弃了似的。那古老的石头，那环绕着主塔的壕沟里不流动的死水，那覆盖着夏天遗骸的荒凉的土地，那骷髅般的黑色树影，都使这个笼罩着可怕的神秘色彩的地方变得更加阴森、更加悲凉。我们绕着主塔走的时候，碰上了“绿衣人”。他没理睬我们，就像我们根本不存在似的从我们身边走了过去。他还是我透过马蒂约老爹客栈的玻璃窗第一次看到他时的那个样子，依然是肩上背着枪，嘴上叼着烟斗，脸上戴着夹鼻眼镜。

“一个古怪的家伙！”鲁尔塔比伊小声对我说道。

“您跟他谈过话吗？”我问。

“谈过。但是，从他嘴里什么也问不出来……他总是嘟嘟囔囔，耸耸肩膀，然后就走了。平时，他住在主塔二楼的一间从前做祈祷室的宽敞的屋子里。他像只熊似的住在里面，不带枪，不出门。他只有在女人面前才显得可爱。他借口抓偷猎者，经常在半夜起床，但我怀疑他是跟女人约会。斯坦日松小姐的女用人希尔维娅就是他的情妇。现在，他又爱上了客栈老板马蒂约老爹的妻子。不过，马蒂约老爹对老婆看得很紧。我觉得，正是由于‘绿衣人’根本无法靠近马蒂约太太，他才变得悒悒不欢、沉默寡言。他是个很漂亮的小伙子，穿戴整齐，甚至风流潇洒……方圆几里地的女人都为他神魂颠倒。”

绕过城堡左翼尽头的主塔之后，我们来到城堡的后院。鲁尔塔比伊指着一个窗户，我认出那是斯坦日松小姐套房的窗户之一。他对我说道：

“如果您在两天前的深夜一点钟来到这里，您就会看到您的仆人正站在梯子上，准备从那个窗户进入城堡！”

看到我对这种深夜里的杂技表演大为惊讶，他请我多注意一下城堡外部的布局。然后，我们又回到了城堡。

“现在，我要让您参观一下城堡右翼的二楼，我就住在那里。”

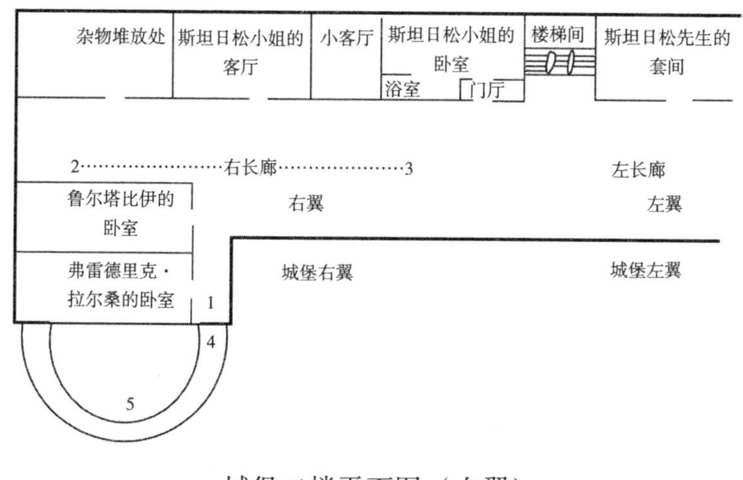

城堡二楼平面图（右翼）

1. 鲁尔塔比伊安排弗雷德里克·拉尔桑所在的地方。

2. 鲁尔塔比伊安排雅克老爹所在的地方。

3. 鲁尔塔比伊安排斯坦日松先生所在的地方。

4. 鲁尔塔比伊从自己的房间出来时，发现这个窗户开着。他把它关上了。城堡其他所有的门窗都关着。

5. 底层一个凸出的挑棚房间上面的平台。

为了让大家更好地明白城堡里每一寸地都得到了很好的利用，我把城堡右翼二楼的平面图奉献给读者。这个平面图是鲁尔塔比伊在那个离奇的事件发生后的第二天画的。你们马上就会了解到这件事的全部细节。

鲁尔塔比伊让我跟着他走上那个比一般楼梯宽两倍的大楼梯。楼梯上面是个跟二楼一样高的平台。从这个平台，可以通过一条跟它相连的长廊直接走进城堡的右翼或者左翼。长廊又高又宽，横贯整个城堡，通过城堡北面的窗户采光。城堡里房间的窗户都朝南，门都朝向这道长廊。斯坦日松教授住在城堡的左翼。斯坦日松小姐的套房在城堡的右翼。我们走进了城堡右翼的长廊。长廊那打了蜡的地板像镜子一样明亮，上面铺的一块很窄的地毯吞没了我们的脚步声。鲁尔塔比伊低声地对我说："脚步要轻，因为我们要经过斯坦日松小姐的卧室。"他告诉我，斯坦日松小姐的套房由卧室、前厅、小浴室、小客厅和大客厅组成。自然，人们可以从其中一个房间走进另一个房间，而不必经过长廊。只有客厅和前厅的门通向长廊。长廊一直通到房子东头，那里有一个很大的窗户可以采光（见平面图上第二个窗户）。在长廊三分之二的地方，与另外一条拐向城堡右翼的长廊呈直角相交。

为了叙述方便，我们姑且把这条从楼梯通到东头窗户的走廊称为“右长廊”，把拐向右翼、通向右长廊的那一段称为“转折长廊”。鲁尔塔比伊的房间位于这两条走廊的交界处，紧挨着弗雷德里克·拉尔桑的房间。两个房间的门都朝向“转折长廊”，而斯坦日松小姐套房的门则朝向右长廊（见平面图）。

鲁尔塔比伊推开他房间的门，让我进去，然后把门关上，插上插销。我还没来得及看一眼他房间里的布置，他就指着一个独脚小圆桌上的夹鼻眼镜，发出一声惊叫。

“这是怎么回事?”他自言自语地问道，“这副夹鼻眼镜怎么跑到我桌子上来了?”

我实在难以回答他的问题。

“除非……”他说，“除非……除非……除非这副夹鼻眼镜就是我要找的那副……那副……那副……除非这就是老花镜！……”

他几乎是扑到那副夹鼻眼镜上去的，用手指轻轻抚摸着那凸起的镜片……突然，他用可怕的目光看着我。

“啊！……啊！……”

接着，他重复着“啊！……啊！……”，仿佛一种思想突然使他发疯了似的。

他站起身，把手放在我的肩上，像个疯子似的冷笑着，对我说道：

“这副夹鼻眼镜让我发疯了！因为，您看，从数学的角度看，事情是可能的。但是，从人的角度看，这又是不可能的……要么……要么……要么……”

有人轻轻敲了两下门，鲁尔塔比伊把门开了一道缝。一个脑袋钻了进来，我认出那是看门的女人。那天，人们把她带到那座小房子里审问的时候，我看见她从我面前走过。我感到很诧异，因为我以为她还被关着。这个女人低声说道：

“在地板缝里！”

鲁尔塔比伊回答说：“谢谢！”于是，那个脑袋就消失了。他仔细关好门，然后朝我转过身来，忐忑不安地说着令人费解的话。

“既然从数学的角度看，事情是可能的，那么为什么从人的角度看，它又不可能呢？……这件事从人的角度看也是可能的，这件事是可怕的！”

我打断了鲁尔塔比伊的自言自语。

“看门人现在已经自由了吗？”我问道。

“对，”鲁尔塔比伊回答说，“是我建议放了他们的。我需要一个可靠的人。看门的女人对我忠心耿耿，那个男的可以为我献出生命……嗯，既然夹鼻眼镜是老花镜，那么我就肯定需要一个愿意为我献出生命的忠心耿耿的人！”

“啊！啊！”我说，“您不是开玩笑吧，我的朋友……什么时候需要献出生命呢？”

“今天晚上啊！因为，我应当告诉您，亲爱的，今晚我等待凶手！”

“啊！啊！……您今晚等待凶手……真的，真的，您今晚等待凶手……这么说，您认识凶手？”

“啊！啊！啊！现在，我有可能认识他。如果我肯定地说我认识他，那么我可能是个疯子。因为，我用‘数学推理’针对凶手得出的结论竟然如此可怕，如此令人心惊胆战。所以，我真希望可能是我错了！啊！我全身心地这样希望……”

“您五分钟之前还不认识凶手，怎么能说您今晚等待凶手呢？”

“因为，我知道他要来。”

鲁尔塔比伊慢条斯理地装满烟斗，又慢条斯理地把烟点着。

这让我预感到，将有最引人入胜的故事发生。这时候，有人在长廊里走动，从我们门口经过。鲁尔塔比伊倾听着，脚步声远了。

“弗雷德里克·拉尔桑在他的房间里吗？”我指着墙壁问道。

“不在。”我的朋友回答说，“他今天早晨回巴黎去了。他仍然在跟踪达尔扎克！……达尔扎克先生也在今天早晨去巴黎了。这一切都会带来很坏的后果……我估计达尔扎克先生可能在一周之内被捕。最糟糕的是，一切都联合起来跟他作对：事情、东西和人……没有一个小时不发生可以用来对达尔扎克先生进行指控的新的事件……预审法官被这一切压得喘不过气来，被这一切蒙住了眼睛……再说，我能理解他们为什么会被蒙住眼睛……要想不被蒙住眼睛，除非……”

“可是，弗雷德里克·拉尔桑不是新手了。”

“我本来以为，”鲁尔塔比伊的脸上显出些许轻蔑，“弗雷德里克要比他现在这样厉害得多……当然，他不是一个随便什么人……我在不了解他的侦破方法之前，甚至十分崇拜他。他那一套方法实在是蹩脚透了……他的名气完全来自于他的机敏，但他缺乏哲理思想，数学推理实在太欠缺了……”

我看着鲁尔塔比伊，听到这个十八岁的少年把一个五十岁的人当作孩子，而这个人已经用行动证明了自己是欧洲最精明强干的警察……我禁不住笑了起来。

“您在笑……”鲁尔塔比伊说，“您错了！……我向您保证，我会打败他……而且用引起轰动的方式打败他……不过，我必须抓紧，因为他已经遥遥领先，是达尔扎克先生给了他这种领先的优势。今晚，达尔扎克先生将继续让他扩大这种优势……请想一想，每一次凶手来城堡，一种异乎寻常的命运都会导致达尔扎克先生缺席。而且，他总是不肯说明自己在这个时间干了些什么！”

“每次凶手来城堡！……”我大声说道，“难道他又来过……”

“对，就在出了那件事的夜里……”

我就要知道那件事了。半个小时以来，鲁尔塔比伊不断地影射，但始终没有对我说明那件事。不过，我学会了在鲁尔塔比伊说话时不打扰他……他什么时候想说，或者什么时候觉得应该说，就会开口说话。这与其说是为了满足我的好奇心，不如说是他对一件自己感兴趣的重要事件做一个全面的概括。

他终于用简短的句子告诉了我一些几乎使我头脑发昏的事情，就连那种尚且不为人知的催眠术，也不如那个凶手在四个人就要抓到他的时候突然无影无踪更加令人匪夷所思。我说到催眠术，就像说电一样。我们不了解它的性质，也不了解它的规律。此刻，这件事让我觉得只能用不可思议来解释，也就是说，用超越自然的规律来解释。然而，假如我有鲁尔塔比伊的头脑，我也会像他那样，能“预感到自然的解释”。因为，在整个“黄屋”奇案当中，最奇怪的当属“鲁尔塔比伊解释它的那种自然的方式”。但是，有谁还敢标榜自己具有鲁尔塔比伊那样的头脑呢？我在任何一个人的脑袋上，都没见过他那独一无二的、极不和谐的“奔儿头”（除了在弗雷德里克·拉尔桑的前额上，但不那么明显）。而且，需要仔细观察这位大名鼎鼎的警察的前额，才能猜到他脑袋里究竟想的是什么。而鲁尔塔比伊的大“奔儿头”——请恕我使用一个有点儿夸张的词句——让人一目了然。

在这个年轻人事后给我提供的一大堆材料当中，有一个小笔记本。我在那上面看到了一份关于“凶手身体消失现象”的完整报告和这份报告给我的朋友带来的思索。我觉得最好是把这份报告介绍给大家，而不是继续转述我和鲁尔塔比伊之间的谈话。因为，我担心在这样一个故事里，我会说出一句根本不能如实反映事实的话。

十五　圈　套
——鲁尔塔比伊笔记摘抄

前一夜，也就是10月29日至30日的夜晚（鲁尔塔比伊在笔记中写道），我在半夜一点钟左右醒来。是因为失眠，还是因为外面的声音？“上帝之兽”的叫声阴森森地从花园深处传来。我起了床，打开了窗户。阴冷的风，冰凉的雨，一片漆黑，一片寂静。我把窗户关上了。那怪诞的吼叫声还在撕破这沉沉黑夜的死寂。我急忙穿上了裤子和外衣。这种天气，人们是不会把猫放出来的。那么，是谁在这个漆黑的夜晚，在城堡附近模仿阿日努大娘的猫叫呢？我抄起一根很粗的棍子——这是我能找到的唯一的武器——轻轻地打开了门。

我来到了长廊里。一盏带灯罩的油灯把长廊照亮了。灯火在摇晃，仿佛在风中一样。我确实感到了穿堂风。我回过头来，发现在我身后有一扇窗户开着，就是这段走廊尽头的那扇窗户。我和弗雷德里克·拉尔桑的房门都朝向这个走廊，我管它叫“转折长廊”，以便把它跟“右长廊”区别开来。斯坦日松小姐的套房的门是朝“右长廊”开的。这两个走廊呈直角相交。是谁让这个窗户开着的呢？或者说，是谁刚刚把它打开了呢？我走到窗前，把身子探到了窗外。在这个窗户下面一米左右，有一个平台，是楼下一间凸出的挑棚房间的屋顶。需要的时候，可以从这个窗户跳到平台上，再从平台滑落到城堡那个中心院子里。刚才那个走这条路的人身上一定没有门厅的钥匙。我为什么会想象出这个黑暗中的体操表演呢？因为，有一扇打开的窗户！那也许是仆人的粗心造成的。我把窗户关上，心想，我竟然因为一扇打开的窗户就想象出一幕戏，不禁哑然失笑。黑夜里又传来“上帝之兽”的叫声，接着是一片沉寂，雨水不再敲打玻璃。整个城堡都在沉睡之中。我在长廊的地毯上轻轻地走着。来到右长廊，我探出头，谨慎地看了一眼。在这个走廊里，也有一盏带灯罩的油灯。走廊里的几件东西可以看得很清楚：三个扶手椅，墙上挂着几幅油画。我在这里干什么？城堡里从来没有这么安静过。人和物，一切都在休息。是什么样的本能驱使我朝斯坦日松小姐的房间走去？是什么在指引我向斯坦日松小姐的房间走去？为什么在我内心深处有一个声音在呼喊：“一直走到斯坦日松小姐的卧室！”我朝脚下的地毯低下头，看到

自己走向斯坦日松小姐房间的脚步是受到前面已经去过那里的脚印的指引。是的，地毯上有很多脚印，脚印上留着从外面带来的污泥，我正是顺着这些脚印朝斯坦日松小姐的房间走去的。太可怕了！太可怕了！我认出这正是那双“讲究的皮鞋”的脚印，“凶手的脚印”！他在这个可怕的夜晚从外面进来了。既然可以通过那个平台从长廊的窗户下去，那么同样可以从那里上来。

凶手就在这里，在城堡里，因为“脚印没有出来”。他通过转折长廊尽头的那扇敞开的窗户进入城堡，经过弗雷德里克·拉尔桑的门口、我的门口，拐向右长廊，进入斯坦日松小姐的卧室。我现在就在斯坦日松小姐的套房门前，在前厅门前。门半掩着，我推开房门，没有发出一点儿声音。我来到前厅，在那里看到了卧室的门下面露出的灯光。我倾听着——鸦雀无声！没有一点儿动静，连呼吸声都没有。啊！必须弄清那扇门后面，在这死一般的沉寂中，正在发生什么事情！我贴在锁眼上的目光告诉我，门锁着，钥匙就在锁眼里。凶手可能就在里面！他一定在里面！这一次他还能逃走吗？一切都取决于我！镇静点儿，千万不能出一点儿差错！必须到房间里看看。我要从斯坦日松小姐的大客厅进去吗？那样，我还得穿过小客厅，凶手就会从长廊的门逃走，也就是我面前的这个门。

在我看来，今天晚上还没有发生谋杀，否则小客厅里不会这般宁静！在小客厅里，有两个看护者值夜班，直到斯坦日松小姐彻底痊愈。

既然我基本上可以肯定凶手就在里面，那么为什么不立刻发出警告？凶手可能会逃走，但我也会因此拯救斯坦日松小姐！但是，万一凶手今天晚上不是一个呢？门开着，是为了让他进来。是谁开的门？门又关上了。是谁关的？他今天晚上来到这间卧室，而卧室的门肯定是从里面锁着的，因为斯坦日松小姐每天晚上都把自己和看护者一起锁在屋子里。是谁扭动了锁里的钥匙，让凶手进来了？是看护者吗？那是两个忠实的仆人：老女仆和她的女儿希尔维娅。不太可能。再说，她们睡在小客厅里。而斯坦日松小姐呢，据罗伯尔·达尔扎克说，她非常不安，非常警惕，自从能够在套间里走动以来（我还没见她出来过），她都是自己照料自己。斯坦日松小姐的这种突然的不安和警惕让罗伯尔·达尔扎克先生很惊讶，也很耐人寻味。“黄屋”奇案发生的时候，这个不幸的人肯定正在等待凶手。今天晚上，她是不是又在等待他呢？到底是谁扭动了这把钥匙，给那个“此刻就在这里”的凶手开门呢？如果就是斯坦日松小姐本人呢？她肯定害怕凶手的到来，肯定有理由给他开门，“被迫给他开门”！这是一个多么可怕的约会啊！凶杀约会？肯定不是爱情约会，因为斯坦日松小姐喜欢的是达尔扎克先生，这我知道。所有这些想法都在刹那间闪过我的脑海，就像照亮黑夜的闪电一样。啊！弄清楚……

既然门后面一片寂静，那就是说里面的人需要这种寂静！我的介入说不定会弊大于利！我怎么能知道？谁能告诉我，我

的介人不会立刻引发一场谋杀呢？啊！要想办法看清，要弄个明白，又不搅扰这片死寂！

我走出前厅，来到中央楼梯，下了楼。现在，我来到了门厅。我尽量轻手轻脚地朝楼下的那个小房间跑去。自从那座小房子里出事以来，雅克老爹就睡在那里。

我看到他穿戴整齐，两眼圆睁，甚至很惊慌。他看见我，一点儿都不感到惊讶。他告诉我，他之所以起床，是因为他听见了“上帝之兽”的叫声，还听见花园里有脚步声。于是，他朝窗口看了看，“看见一个黑色的幽灵刚才从那里经过”。我问他是否有武器，他说，自从预审法官拿走了他的手枪之后，他就再也没有武器了。我拉着他出来，从一个很小的后门出来，走到了花园里。我们沿着城堡，一直走到斯坦日松小姐卧室的窗户下面。到了那里，我让雅克老爹贴在墙上，不许动弹。我呢，趁一片乌云遮住月亮，朝窗户对面走去，躲在从窗户里射出来的光线照亮的那个方块之外。窗户是半掩着的，是出于谨慎，以便有人从外面进来时，能尽快从窗户逃走吗？啊！啊！谁要是敢从这个窗户跳出去，肯定要摔断脖子！谁说凶手没有绳子呢？他可能做好了一切准备……啊！要是能知道房间里发生的事就好了！……我回到雅克老爹身边，对着他的耳朵说了一个词：“梯子。”从一开始，我就想到再爬上那棵曾经为我当过一次瞭望台的大树。但是，我很快就发现，窗户是半掩着的。这样一来，我就算爬到树上也看不到房间里的情景。再说，我不仅想看见，而且想听见，还想……行动……

雅克老爹很紧张，甚至在微微发抖。他离开了一会儿，回来时没带梯子，从老远就对我比比画画，让我快点儿到他那里去。等我来到他身边的时候，他轻轻地对我说：“快来!”

他带着我绕过城堡，来到主塔。到了那里，他对我说：

“我刚才到主塔的那间矮房子里找梯子了，那里是我和园丁放东西的地方。主塔的门开着，梯子不见了。出来的时候，在月光下，我看见了它!”

说着，他指着城堡的另一头让我看。一个梯子靠在那间挑棚屋子的支撑平台的梁托上，就在我刚才发现开着的那扇窗户下面。刚才，平台挡住了我的视线，看不到梯子……有了这个梯子，进入二楼那个“转折长廊”就易如反掌了。我不再怀疑，这就是陌生人刚才走的路线。

我们朝梯子跑去。正当我们要去拿梯子的时候，雅克老爹给我指了指城堡右翼尽头底层的小房间那半掩着的门。那个凸出来的挑棚小房间的屋顶，就是我刚才说到的那个平台。雅克老爹推了推门，朝里面看了一眼，轻轻地对我说：“他不在这里!”

“谁?”

“警卫!”

他又俯在我耳边，说道：“您知道，自从主塔修缮工程开始以后，警卫就住在这个房间里！……”说着，他又意味深长地给我指那半掩着的门、梯子、平台，和我刚刚关上的转折长廊的那扇窗户。

我当时在想些什么呢？我有时间想吗？与其说我在想，不如说我在“感觉”……

我感觉到，很明显，如果警卫在上面的那个房间里（我说“如果”，是因为此刻除了这个梯子和这个没有警卫的空房间之外，没有任何根据怀疑警卫），那么他就必须用这个梯子从这个窗户进去。因为，他那个新房间的后面，是膳食总管和女厨娘一家住的几间屋子，还有厨房，这就挡住了他从城堡里面去门厅楼梯的路……如果是警卫从那里进去的，那他前一天晚上会很容易找个借口到长廊去，把那扇窗户从里面关上，夜里再从外面轻轻一推，把它打开，然后跳进长廊。“窗户没有从里面插上”这个必要的条件，使寻找凶手的范围变得出奇的小。凶手必须是住在这座城堡里的人，除非他有一个同谋，可我又不相信这一点……除非……除非斯坦日松小姐本人使这扇窗户没有从里面插上……可是，是什么样的可怕秘密迫使斯坦日松小姐不得不消除隔开她和凶手的障碍呢？

我拿起梯子，我们又回到了城堡后院。那间卧室的窗户依然半掩着。窗帘被拉上了，但没有拉严。从窗帘缝中射出很强的一束灯光，一直射到我脚下的草坪上。我把梯子支到了那个卧室的窗户下面。我几乎可以肯定，自己没有弄出声响。雅克老爹站在梯子下面。我呢，我轻轻地，轻轻地爬了上去，手里拿着棍子。我屏住呼吸，小心翼翼地抬起脚，又放下脚。突然，一片乌云带来了一阵大雨。好运气！可是，“上帝之兽”那阴森森的吼叫声又蓦然响了起来，打断了我的攀登。我觉得那叫声就像从我身后传来，在离我几米远的地方。如果这叫声是一种信号呢？如果那个人的同伙看见我站在梯子上了呢？这叫声可能会使那个人走到窗前！可能！……糟糕，那个人出现在窗口了！我感到他的头就在我的头上，我完了！他会看到我吗？在黑暗中，他会低下头看吗？没有！……他走远了……他什么也没看见……与其说我听见，不如说我感觉到了他在卧室里轻轻走路的声音。我又向上攀登了几磴。我的头达到石头窗台了；我的额头超过窗台了；我的眼睛透过窗帘的缝隙，看见了……

那个人就在那里，坐在斯坦日松小姐的小办公桌前，在写字。他背对着我，面前有一根蜡烛。由于他朝蜡烛俯着身，烛光使他的影子变了形，我只看到一个可怕的弯着的后背。

让人大惑不解的是，斯坦日松小姐不在里面！她的床没有动过。今夜，她在哪儿睡觉呢？大概是在隔壁房间里，跟她的女用人在一起——这只是一种假设。看到那个人独自待在房间里，我非常高兴。我开始放心地准备我的圈套。

可是，那个写字的人究竟是谁呢？他就在我的眼皮底下，像在自己家里似的坐在桌子旁边！如果长廊的地毯上没有“凶手的脚印”，如果没有那扇开着的窗户，如果没有立在那扇窗户下面的梯子，我一定会觉得，这个人由于某种我还不知道的正常的原因，自然而然地坐在这里。但是，毫无疑问，这个神秘的陌生人就是光顾“黄屋”的那个人。斯坦日松小姐不但不能指控他，而且不得不忍受这个凶手的袭击！啊！看清他的脸！抓住他！抓住他！

倘若我现在就跳进屋子里，他就会从前厅或者右边那扇通向小客厅的门逃跑。从那里，他可以穿过客厅，到达长廊，我也就会失去他。然而，我已经控制了他。再过五分钟，我就会像把他关在笼子里似的牢牢地控制住他……他一个人待在斯坦日松小姐的卧室里干什么呢？他在写什么呢？他在给谁写呢？……走下梯子，把梯子放倒在地。雅克老爹跟着我，我们回到了城堡。我派雅克老爹去叫醒斯坦日松先生，让他在斯坦日松先生那里等我，并且在我到达之前，不要对他说任何具体的事。我呢，我要去叫醒弗雷德里克·拉尔桑，我真不愿意这样做。我更想独自一人在沉睡的弗雷德里克·拉尔桑的鼻子底下干，从而独享胜利果实。可是，雅克老爹和斯坦日松先生的年纪都已经大了，而我，我也许还没发育成熟。我也许没有力气……拉尔桑，他呢，他习惯于被那些警察打倒，再与给他们戴上手铐的家伙们打交道。拉尔桑惊讶地给我打开门，睡眼惺忪，已经准备好把我赶走，根本不相信我这个小记者的胡思乱想，直到我肯定地告诉他“那个人就在这里”！

“太奇怪了！”他说，“我还以为今天下午在巴黎跟他分手了呢！”

他匆匆地穿好衣服，拿上了一把手枪。我们溜进了长廊。

拉尔桑问我："他在哪里？"

"在斯坦日松小姐的卧室里。"

"斯坦日松小姐呢？"

"她不在自己的卧室里！"

"走！"

"别去！一有动静，那个人就会逃跑……他有三条路可逃……门、窗户、女用人所在的小客厅……"

"我会向他开枪……"

"您要是打不准呢？您要是只把他打伤了呢？他还是会逃跑的……且不说，他身上肯定也带着武器……不，还是让我来指挥这次行动吧，我对一切负责……"

"就听您的吧！"他还算乐意地对我说。

于是，在确定两个长廊的所有窗户都紧闭着以后，我让弗雷德里克·拉尔桑留在转折长廊的尽头，在那扇我发现开着而又被我关上的窗户前面。

"不管发生什么事，您都不能离开这个岗位，直到我叫您为止……当那个人被追赶的时候，他有百分之百的可能要再回到这个窗户跟前来，从这里逃走。因为，他是从这里进来的，并准备好再从这里逃走。您的岗位很重要……"

"那您的岗位呢？"伟大的弗雷德里克问道。

"我嘛，我冲到卧室里去，为您干掉那个家伙！"

"把我的手枪拿去！"弗雷德里克说，"我用您的棍子。"

“谢谢!”我说,“您是一个勇敢的人。”

于是,我拿了弗雷德里克的手枪。我将独自一人对付那个在卧室里写字的人,这把手枪确实让我高兴。

我把弗雷德里克留在我画的那张平面图的5号位置上,然后就离开他,轻手轻脚地朝位于城堡左翼的斯坦日松先生的套房走去。我看到,斯坦日松先生和雅克老爹在等着我。雅克老爹执行了命令,让主人快点儿穿好衣服。于是,我就用几句话把情况告诉了斯坦日松先生。他也带着一把手枪,跟着我。我们三个人很快就来到了长廊。从我看见凶手坐在办公桌前到现在,时间最多过去了十分钟。斯坦日松先生想立刻冲向凶手,把他打死,这非常简单。我让他明白,千万不能冒“想打死他,却让他活着”的危险。

我向他保证,他女儿不在房间里,因此没有任何危险。他这才镇静下来,愿意听我指挥。我又对雅克老爹和斯坦日松先生说,只能在听见我叫他们,或者听见我开枪的时候,他们才能去找我。我让雅克老爹留在右长廊尽头的窗户前面(在我的平面图上,这个窗户的编号是“2”)。我给雅克老爹选择了这个岗位,因为我估计,凶手被追赶着从卧室里出来,穿过长廊向他打开的那扇窗户跑去。到了两个长廊交叉的十字路口,他突然看到在那个窗户前面,拉尔桑镇守着转折长廊,他就会一直顺着右长廊向前跑。到了那里,他就会遇到雅克老爹,阻止他从右长廊尽头的那个窗户跳到花园里去。如果凶手熟悉城堡

（我对这种可能性毫不怀疑），他肯定会这样行动。在这个窗户下面，有一个墙垛。长廊的其余窗户下面都是深深的壕沟，从那些窗户跳下去非摔断脖子不可。我迅速地查看了一下，确定所有的门窗，包括右长廊尽头堆放杂物的房间的门窗，都紧紧地关闭着。

因此，如同前面描述的那样，在安排好雅克老爹的岗位，并且看见他站在那里以后，我让斯坦日松先生留在离他女儿套房的前厅不远的楼梯平台上。一切都让人以为，我在卧室里追捕凶手，他会逃到前厅，而不是去女仆们所在的小客厅——那个房间的门肯定被斯坦日松小姐关死了，如果她确实像我猜测的那样，为了不看见即将到她房间里来的凶手而躲进小客厅的话。不管怎么说，他最后总要来到长廊。在那里，我的人在所有可能的出口等着他。

一到长廊，他就会看到在他左边的斯坦日松先生，几乎就在他身旁。他只好向右边，朝转折长廊逃去。而且，这是他为自己准备好的退路。在两条长廊交界的地方，就像我前面介绍的那样，他会同时看到，左边有弗雷德里克·拉尔桑站在转折长廊的尽头，对面有雅克老爹站在右长廊的尽头，而斯坦日松先生和我会从后面追来。他肯定会落在我们手里！他绝不会从我们手里逃掉！……在我看来，这个计划最明智、最可靠，也最简单。假如我们能在斯坦日松小姐的小客厅那通向卧室的门后面直接安插一个人，那么在那些“不动脑子的人”看来，这就更容易围困那个人所在的房间的两个门（通向小客厅的门和通向前厅的门）了。可是，我们只能从大客厅去小客厅，而大客厅的门也被谨慎的、不安的斯坦日松小姐从里面关死了。故而，这个可能会出自某个警察的头脑的计划是根本行不通的。而我呢，我不得不动脑子。我要说，即使能够利用小客厅，我也会仍然实行我刚刚介绍过的那个计划。因为，任何从卧室的两个门同时发起进攻的计划，都会在跟那个人交手的时候把我们分开。而我的计划，则可以在一个地点——我几乎是用数学推理的方式选择的地点——把大家聚集在一起，发起进攻。这个地点就是两个长廊的交界处。

把我的人这样安排好了以后，我走出城堡，向我的梯子跑去。我把它支在墙上，手里握着手枪，再次向上攀登。

倘若有人笑我居然那么谨慎小心，我就会用“黄屋”奇案以及我们亲身体会过的凶手的诡谲狡诈来反驳。倘若有人觉得，我在事情迅速发展，本该迅速作出决定和迅速采取行动的时刻，却过于细心地观察、分析，我就会回答说，我想在这里详细地、全面地描述我的计划的每一个细节。这是一个迅速做出的计划，一个迅速实行的计划。但是，在我的笔下，就会进展得很缓慢。为了不遗漏这个奇怪的现象发生时的每一个背景细节，我需要这种缓慢和这种详细。直到出现新情况，直到能进行自然的解释之前，这个现象会让我觉得比斯坦日松先生的所有理论都能证明“物质分解”，甚至是物质的“瞬间分解”。

十六　怪现象

——鲁尔塔比伊笔记摘抄（续）

现在，我又来到窗台前，我的头又超过了窗台。窗帘的位置没变，我准备透过窗帘缝朝里看，急于知道凶手是什么姿势。要是他还背对着我就好了！要是他还坐在桌子前面写字就好了……但是，也可能……他也可能不在了！……那他是怎么逃走的呢？……他的梯子不是还在我手里吗？……我竭力让自己冷静下来。我把头伸向里面，看着。他在那里！我又看到了他那被烛光放大了的可怕的背影。只是，他不再写字了。蜡烛也不再放在小办公桌上，而是放在地上了。那个人正朝蜡烛弯着腰。这姿势很奇怪，但对我有利。我的呼吸重新顺畅起来。我站在梯子的最后几蹬上，左手抓住了窗户的把手。在即将成功之际，我的心猛烈地跳动着。我用牙叼着手枪。现在，我的右手也抓住了窗户的把手。只要再用一个猛劲儿，抓稳把手，我就能爬上窗户了……但愿梯子……正是它惹了麻烦……我必须用力蹬一下梯子，才能爬到窗台上。但是，还没等我的脚离开梯子，我就感到梯子摇晃起来。梯子顺着墙滑了一下，倒在地上……但是，我的膝盖已经碰到了窗台……我以无与伦比的迅猛站到了窗台上……但是，凶手比我还要快……他听见了梯子滑倒的声音。我看见那个可怕的背影突然站了起来……那个人站起来，转过身……我看见他的头……我真的看见他的头了吗？……蜡烛放在地上，只照亮了他的腿。房间里高于桌子的地方，只有一片阴影，一片漆黑……我看见一个长满头发、长满胡子的头……疯狂的目光，苍白的面孔，两颊蓄着颊髯。头发和胡子的颜色，我在黑暗中所能辨认出的颜色……我觉得……我猜想……是红棕色……我不认识那张脸。总之，这是我在昏暗中看到的那个人给我留下的主要印象……我不认识那张脸，或者说，至少我不能再认出那张脸！

啊！现在，动作要迅速！……像风！像暴风雨！……像迅雷！可是，唉！有些动作必不可少……当我做着那些必不可少的动作：抓紧窗户把手，跪在窗台上，再用脚站在上面……那个人在窗口看见了我，一下子跳起来，就像我所预料的那样，朝门厅的门跑去。他打开门，逃跑了。不过，我已经拿着枪紧跟在他身后。我喊道："我来了！"

说时迟，那时快。我飞也似的穿过卧室，但我还是看到桌子上有一封信。我几乎在前厅抓到了那个人，因为他开门至少要用一秒钟。我就要碰到他了！但是，他把前厅通向长廊的门摔到了我的鼻子上……可我仿佛身上长着翅膀，已经来到了长廊，离他三米远……斯坦日松先生和我，我们两个人在同一个方位追他。正如我预料的那样，那个人朝右长廊方向跑去。也就是说，他事先准备好了逃跑路线……“到我这里来，雅克！到我这里来，拉尔桑！”我喊着。他逃不掉了！我欢呼着，脸上露出胜利的喜悦……那个人只比我们早两秒钟到达两条长廊的交界处。我所策划的相遇发生了！我们相会在这个十字路口：斯坦日松先生和我从右长廊的一端追来；雅克老爹从这条廊道的另一端跑过来；弗雷德里克·拉尔桑则从转折长廊方向跑过来。我们几个人几乎撞在一起……

“但是，那个人不见了！”

我们用愚蠢而惶恐的目光互相看着，面对着这种“非真实”：那个人不见了！

他在哪里？他在哪里？他在哪里？……我们完全崩溃地在问：“他在哪里啊？”

“他不可能逃走啊！”我喊道，愤怒大于惊慌！

“我都碰到他了！”弗雷德里克·拉尔桑大声说道。

“他刚才就在这里，我都感觉到他的呼吸了！”雅克老爹说。

“我们都碰着他了！”我和斯坦日松先生反复地说着。

他在哪里？他在哪里？他在哪里？……

我们像疯子似的在两条走廊里奔跑着。我们检查了每扇门、每扇窗户，它们全都紧紧地关闭着……他没有把它们打开，因为我们看到它们还是关着的……再说，如果门窗被我们追捕的这个人打开过，而我们又没看到他打开的动作，这不是比那个人本身的消失更让人感到匪夷所思吗？

他在哪里？他在哪里？……他既不能从门和窗户出去，也不能从任何其他地方[①]出去。他只能穿过我们的身体出去！……

我承认，我当时真是沮丧极了。因为，长廊里很亮，那里没有翻板活门，墙上也没有暗门，没有任何藏身之处。我们翻动了椅子，掀开了油画。什么也没有！什么也没有！如果那里有个大瓷花瓶的话，我们也会往里面看看！

---

① 当这个奇案——多亏了鲁尔塔比伊——因年轻人那不可思议的推理而被自然地破解之后，人们不得不承认这个司法部门不肯接受的事实：凶手既不是从门出去的，也不是从窗户或楼梯出去的！

十七　不可思议的长廊

“玛蒂尔德·斯坦日松小姐出现在她那个套房的门厅前。”鲁尔塔比伊在笔记中继续写道，“我们站在这条刚刚出现了那种不可思议的现象的长廊里，几乎就在她的门口。”有时候，人会觉得自己的大脑四分五裂，就像头上挨了一枪，脑浆迸裂，“逻辑思维的司令部”被摧毁了，理智被捣碎了……这显然就是当时那种使我精疲力竭的感觉，那种心力交瘁的感觉，那种精神失常的感觉，那种有思维能力的我、能用人的大脑进行思维的我到了末日的感觉！眼睛虽然还有视力，但理性的大厦已经崩溃，再加上“心理视觉”的真正崩溃，这是对大脑的多么可怕的打击啊！

所幸的是，玛蒂尔德·斯坦日松小姐出现在了前厅门口。我看到她了，而这对我那支离破碎的思想来说，无疑是一种排解……我闻着她身上的香味……我闻着黑衣女士香水的芬芳……我再也见不到的“亲爱的黑衣女士”！上帝啊！我情愿献出十年的生命，甚至一半的生命，只要能再见到黑衣女士！可是，唉！我只能偶尔……偶尔！……闻到她用过的香水味，就像我此刻闻到的这种差不多的香味，在我青年时期[①]的会客室里。只有我一个人对那种香水特别敏感……正是对您那种香水的强烈印象，黑衣女士，我才被吸引到站立在这条不可思议的长廊的一侧的这位身穿白色衣裙，脸色如此苍白，又如此美丽的女子身边！她那秀美的金发挽到了颈上，露出太阳穴上的那些斑斑红点。那险些使她丢掉性命的伤口……当我刚刚开始用自己的推理梳理这个案件的时候，我以为在发生“黄屋”奇案的那一夜，斯坦日松小姐的头发是中间分开，紧贴两鬓……在我走进“黄屋”之前，如果不是“中间分开，紧贴两鬓”的发型，又让我如何推理呢？

而现在，发生了那件“不可思议的长廊”事件以后，我根本就不再推理了。我傻乎乎地站在那里，面对着刚刚出现的面色苍白而又美丽的斯坦日松小姐。她身穿一条梦幻般的白色晨衣，犹如幽灵——一个温柔的幽灵。她父亲把她搂在怀里，激动地拥抱着她，仿佛又一次把她从死神手里夺了回来。因为，他又一次险些失去她！他不敢问她……他把她拉到了她的卧室。

① 约瑟夫·鲁尔塔比伊写这段话的时候，只有十八岁……而他竟然说“我的青年时期”！我照抄我朋友的原文，但我要在这里警告读者，如同我前面已经警告过的那样。关于“黑衣女士”的段落不一定跟“黄屋”奇案有关……可是，如果鲁尔塔比伊时不时地非跟“他的青年时期”的回忆联系起来不可，那也不是我的过错！

我们跟在他们身后……因为，我们应当知道！……小客厅的门开着，两个女看护那惊慌的眼睛朝我们看着……“斯坦日松小姐问我们为什么有这么多声音。”“喏，她说，这很简单！……”的确，这是如此的简单，如此的简单！……她决定当天晚上不在自己的卧室里睡觉，而在小客厅里，跟两个看护一起过夜……她把她们三个人反锁在小客厅里……自从那一夜发生凶杀案以来，她会突然感到害怕，感到恐惧。这很自然，不是吗？……谁能明白，为什么刚好是“他要来的这一夜”？她是否由于一种幸运的“偶然”，把自己跟女用人关在一起了呢？谁能明白，既然她害怕，为什么不让斯坦日松先生睡在她的客厅里呢？谁能明白，为什么刚才放在卧室桌子上的信“现在不在那里了”呢？……明白这些问题的人会回答：斯坦日松小姐知道凶手要来……她不能阻止他来……她没有告诉任何人。因为，不能让任何人知道凶手是谁……不能让她父亲知道，不能让所有人知道……除了罗伯尔·达尔扎克。因为，达尔扎克先生现在一定已经知道他是谁了……也许他早就知道？回想一下爱丽舍宫花园里的那句话：“难道为了得到您，我非得杀人不可吗？”如果不是为了“清除障碍”，清除凶手，又会杀谁呢？回想一下达尔扎克先生对我这个问题的回答：“我抓到凶手，不会让您不高兴吧？”“啊！我真想亲手杀死他！”我又说：“您没有回答我的问题啊！”这是真的。实际上，达尔扎克先生是如此了解凶手，以至于他虽然想杀死凶手，但又害怕我发现凶手。他之所以为我的调查提供方便，完全是因为：首先，是我迫使他这样做的；其次，是为了更好地关照她……

我跟着他们来到卧室……来到她的卧室……我看着她……我也看着刚才放信的地方……斯坦日松小姐拿走了那封信。那封信是给她写的，这很明显……很明显……啊！看那可怜的小姐浑身颤抖的样子……她浑身颤抖着，听着父亲讲述凶手出现在她的房间及其被追捕的经过。真是令人难以置信的描述……然而，很明显，直到听说凶手用闻所未闻的魔法从我们手里脱逃时，她才真正地放下心来。

接下来是一片沉默……那是怎样的沉默啊！……我们都在那里，看着她……她父亲、拉尔桑、雅克老爹和我……沉默中，大家围绕着她，都在想些什么呢？……在发生今天晚上的事以后，在“不可思议的长廊”里发生了那玄妙的一幕以后，在凶手神奇地出现在她的房间以后，我觉得，所有人的思想——从雅克老爹脑壳里那迟钝的思想，到斯坦日松先生脑壳里那刚刚萌生的思想，都可以用下面这些话来表达：“啊！你知道这个秘密，把它告诉我们，也许我们能够救你！”啊！我多么希望能救她啊……救她，也救另外一个人！……我为此痛心……是的，看到她那么可怕地隐瞒着她的不幸，我感到眼睛里浸满了泪水。

她就在那里，这个身上洒了“黑衣女士”香水的小姐……我终于看到了她，在她家里，在她的卧室里，在她不肯接见我的房间里……在这个“她保持沉默”的房间里，她继续保持着沉默。从“黄屋”那致命的一刻起，我们一直在围绕着这个看不见的、沉默的女人转，想知道她所知道的一切。我们这种想知道一切的要求，想知道一切的愿望，对她来说都是一种新的折磨。谁能对我们说，倘若我们知道了她的秘密，那不会是一种给她带来比迄今为止已经发生的悲剧更加可怕的悲剧的预兆呢？谁能告诉我们，她不会因此而丢掉性命呢？可是，她已经险些丧命……而我们却对此一无所知……或者说有人一无所知……但是，我……我一旦知道是谁，就能知道一切……是谁？是谁？是谁？……由于不知道是谁，我就只能保持沉默，出于对她的同情。因为，毫无疑问，她是知道的。她知道“他”是怎样逃跑的，知道“他”是怎样从“黄屋”逃出去的。然而，她却沉默着。那我为什么要说出来呢？等我知道那家伙是谁的时候，我会跟他说，跟他！

现在，她看着我们……不过是从远处看着……仿佛我们不在她的房间里……斯坦日松先生打破了沉默。斯坦日松先生说，从现在起，他不再离开他女儿的套房。她竭力反对这个明确的意愿，但是无济于事。斯坦日松先生坚持着，他说他今天夜里就搬过来住。然后，他的心思全在女儿的身体上，责备她不该起来……接着，他又突然说起孩子话来……他对她微笑……他不知道自己在说些什么，也不知道自己在做些什么……这位杰出的教授丧失了理智……他重复着没头没尾的话，这说明他思绪非常混乱……我们的思绪也不比他有条理。这时，斯坦日松

小姐语调十分凄楚地说出了这几个字："我的父亲！我的父亲！"后者听了，立刻泣不成声。此时，雅克老爹也在擦鼻涕。就连弗雷德里克·拉尔桑也不得不转过身去，以掩饰自己的激动。我呢，我已经无法控制自己的感情……我什么都不再想，什么都感觉不到，如同植物人——我对自己都感到厌恶了。

跟我一样，弗雷德里克·拉尔桑自从发生"黄屋"奇案以来第一次面对斯坦日松小姐。跟我一样，他坚持要询问这个不幸的女人。但是，他也跟我一样，没有被接见。人们对他，也跟对我一样，总是回答说，斯坦日松小姐身体过于虚弱，不能会见我们；预审法官的讯问足以使她疲惫不堪了，等等……这里面有一种明显的不肯协助我们侦破案件的不良意愿。这一点儿都不让我感到意外。不过，这却总是让弗雷德里克·拉尔桑感到不解。弗雷德里克·拉尔桑对凶杀的认识跟我截然不同，这倒是真的……

他们都在哭泣……我惊讶地发现，自己在心里不停地念叨着：拯救她！……要不顾她的阻挠来拯救她！既要拯救她，又不牵连她！拯救她，不需要"他"开口！"他"是谁？"他"就是凶手……抓住他，并堵住他的嘴！……可是，达尔扎克先生说了："要想堵住他的嘴巴，就必须杀死他！"达尔扎克先生脱口而出的这几句话是合乎逻辑的。我有权杀死谋害斯坦日松小姐的凶手吗？没有！……不过，只要他给我机会。只要让我看看他是不是有血有肉的人！只要让我看看他的尸体，既然我们抓不到活人！

啊！怎样才能让这个女人明白……她连看都不看我们一眼，完全沉浸在自己的恐惧和父亲的悲伤之中……我为了救她可以赴汤蹈火……是的……是的……我又恢复了理智，我可以创造奇迹……

我向她走去……我想对她说话，我想求她相信我……我想用几句只有她和我才能理解的话，让她明白，我知道凶手是怎样从“黄屋”出去的。她的秘密，我已经猜到了一半……我从心底里同情她……但她已经做出手势，请我们让她一个人留在这里，向我们说明了她的疲倦。她需要立刻得到休息……斯坦日松先生请我们各回各的房间，向我们表示感谢，让我们走……弗雷德里克·拉尔桑和我互相致意，然后道别。雅克老爹跟在我们身后，来到了长廊里。我听见弗雷德里克·拉尔桑嘟囔着：“奇怪！奇怪！……”然后，他示意我到他的房间去。到了门口，他朝雅克老爹转过身，问道：

“您看见他了吗？”

“谁啊？”

“那个人。”

“我当然看见他了！……他一脸红棕色的大胡子，一头红棕色的头发……”

“我看见的也是这样。”我说。

“我也是。”弗雷德里克·拉尔桑说。

现在，伟大的弗雷德里克和我，我们单独在一起，在他的房间里谈论这件事。我们谈了一个小时，从各个角度分析研究。从弗雷德里克向我提出的问题和对我进行的解释可以明显地看出，他坚信——尽管他没看见，尽管我没看见，尽管所有人都没看见——那个人是从他熟悉的城堡里的一个秘密通道走的。

“因为，他熟悉城堡，”他对我说，“他非常熟悉……”

“那个人身材可以说很高大，身体健美。”

“他个子足够高……”弗雷德里克喃喃地说……

“我明白您的话，”我说，“……可是，您如何解释那红棕色的胡子和红棕色的头发呢?”

“太多的胡子，太多的头发……都是假的。”弗雷德里克·拉尔桑说。

“您当然会这么说……您始终在想着罗伯尔·达尔扎克……您永远也不能摆脱这个念头吗？……我呢，我可以肯定，他是清白的……”

“那再好不过了！我也希望如此……可是，一切都证明他有罪……您看见地毯上的脚印了吗？……走，去看看……”

“我已经看见了……就是池塘边穿‘讲究的皮鞋’之人的脚印。”

“那是罗伯尔·达尔扎克的脚印。您能否认吗?”

“当然，是很相像……”

“您注意到没有，那脚印‘没有回来’！当那个人从房间里出来，被我们追赶的时候，他没有留下任何踪迹……”

"那个人可能在房间里待了几个小时，皮鞋上的泥巴都干了。而且，他是用脚尖着地跑的，速度很快……我们看见他逃跑，那个人……可我们听不到他的声音……"

蓦地，我停止了这种不该由我们说出的既不连贯又无条理的话。我示意弗雷德里克·拉尔桑倾听：

"那里，楼下……有人关门……"

我站起来，拉尔桑跟着我，我们走到城堡的一楼，走出了城堡。我把拉尔桑领到那个凸出来的挑棚小房间，房间的顶部就是转折长廊窗户下面的平台。我用手指着这个现在被关上、刚才曾打开的门，门底下露出了灯光。

"是警卫!"弗雷德里克说。

"走!"我轻轻地对他说道。

我很坚定地朝那个门走去，猛地敲了一下。可是，为何坚定，我知道吗？坚定地认为警卫有罪？

有人可能会认为，现在才来到警卫的门前，已经太晚了……我们发现凶手在长廊里逃脱之后，第一个任务就应当是到别处寻找，围绕着城堡找，到花园里找……到处找。

如果有人这样批评我们，我们只能这样回答："由于凶手那样不可思议地从长廊里消失了，我们真的以为他在哪儿都不存在了！他是在我们大家都快要抓到他，都几乎碰着他的时候脱身的……我们已经没有任何能力想象，还能在这深不可测的黑夜里，在花园里再找到他。况且，我在前面已经对你们说过了，他的消失对我的神经有多么大的打击!”

我刚一敲，门就打开了，警卫用平静的语气问我们要干什么。他身穿睡衣，好像是准备上床睡觉了，但床铺还没动过……

我们走了进去。我感到很惊讶：

“怎么，您还没睡？……”

“没有!”他用粗暴的腔调回答，“我到花园里、树林里去巡逻了……我刚回来……现在，我困了……晚安！……”

“请听我说!”我说道，“刚才，在您的窗户旁边，有一个梯子……”

“什么梯子？我没看见梯子……晚安!”

说着，他干脆把我们赶了出来。

到了外面，我看着拉尔桑。他的表情让人不可捉摸。

“嗯?”我说。

“嗯?”拉尔桑重复着。

“这件事不能打开您的眼界吗?”

很明显，他心情很差。在回城堡的路上，我听见他嘟嘟囔囔地说着：

“我会错到这个份儿上！这实在……实在太奇怪了!”

这句话，与其说是自言自语，不如说是冲着我说的。

他又补充道：

“总之，我们很快就会明白的……今天早晨，真相将大白于天下。”

十八　前额上的圈

——鲁尔塔比伊笔记摘抄（续）

我们郁郁不欢地互相握了握手，就在房门口分手了。我高兴的是，能让他在自己那聪慧无比却没有条理的不寻常的大脑里，产生一种反躬自省的愿望。我干脆没睡觉。我等到天亮，然后下楼，来到城堡前面。我绕着城堡转了一圈儿，查看着一切可能从这里离开或者来到这里的足迹。可是，那些足迹乱七八糟，模糊不清，我无法从中得出任何结论。而且，我想在这里强调一下，我向来不过分重视罪案的外部踪迹。这种仅凭踪迹来判断罪行的方法是很原始的。有很多脚印是相像的，它们只能被看作一种初步的迹象，但在任何情况下都不能被当作证据。

总之，我在思绪极度混乱的情况下来到城堡的中心院子，俯下身，端详着那里的所有脚印，向它们“索要”这种最初的迹象。我实在太需要这种迹象了，以便抓住某种“理智”的东西——某种可以让我对那个“不可思议的长廊”事件进行“推理”的东西。怎么推理呢？……

啊！抓住正确的一头，开始推理！我绝望地坐在空无一人的城堡中心院子里的一块石头上……除了最普通的警察那种最低级的活计之外，这一个多小时以来，我到底做了些什么呢……我在一堆“能让我说出它们想说的话”的脚印里，重复着每一个警察都会犯的错误！

我属于现代小说家们编造出来的那些警察局的警探里最下层、智商最低的人，是靠阅读爱伦·坡和柯南·道尔的小说学会破案方法的警探。啊！文学侦探……他们用沙地上的一个脚印，用墙上的一个手印，来建造一座愚蠢的大厦！“看你的了，弗雷德里克·拉尔桑！看你的了，文学侦探！……你读柯南·道尔的小说，读得太多了，老伙计！……福尔摩斯会让你干蠢事的，会让你进行比书上说的还要愚蠢的推理……这种愚蠢的推理会让你逮捕一个无辜的人……你用你那柯南·道尔式的推理说服了预审法官、警察局局长……说服了所有的人……你在等待最后一个证据……最后一个！……应当说是第一个证据，不幸的人！……感觉带给你的东西不能算作证据……我也一样，也在俯身看着‘那些相似的脚印’，但我唯一的目的就是把它们纳入我的推理范畴。啊！有很多回，这个范围太窄，太窄……不过，这个范围还是相当宽广的……尽管很窄，‘因为这个范围只包括事实’！……是的，是的，我敢发誓，那些明显的踪迹只是我的‘女仆’……它们从来不是我的‘情妇’……它们从来没能把我变成那种比瞎子还要可怕的人——一个有眼无珠的人！喏，这就是为什么我一定会战胜你的谬误和你那动物水平的推理！啊，弗雷德里克·拉尔桑！”

怎么回事？怎么回事？因为，今天夜里，在那不可思议的长廊里，发生了一件似乎不能纳入我的推理范畴的事。于是，我就在胡思乱想。我俯身看着地面，就像一头猪在污泥中漫无目的地寻找能吃的垃圾……得了！鲁尔塔比伊，我的朋友，抬起头来……不可思议的长廊里发生的事不可能超出你的推理范畴……你很清楚这一点！那么，抬起头来……用两只手使劲地按你额头上的鼓包！不要忘记，只要你画出了一个圈儿，那你就像人们在纸上画几何图形一样，把它刻在了自己的大脑里，你也就抓住推理的正确一头了！

好吧，现在行动吧……回长廊去吧，只要你像弗雷德里克·拉尔桑紧紧地抓住他的手杖那样，紧紧地抓住你那推理的正确一头，那么你很快就会证明，伟大的弗雷德里克是个十足的傻瓜。

约瑟夫·鲁尔塔比伊

10月30日中午

我就是这么想的……也就这么做了……我脑袋里像有一团火。我走上楼，来到长廊里。在那里，我虽然没有发现比夜里看到的更多的东西，但我的正确推理却使我看清了一个极为可怕的东西。它是如此的可怕，我必须“紧紧地抓住它”，才不至于摔倒。

啊！我现在需要力量，才能发现那些明显的迹象，那些将要进入而且应当进入我在头上的两个鼓包之间画出的那个大圈儿里的迹象！

约瑟夫·鲁尔塔比伊

10月30日子夜

十九　主塔客栈

鲁尔塔比伊是在事后很久，才把这个详细记录“在不可思议的长廊里发生的怪事”的笔记本交给我的。他是在那个神秘事件发生的第二天早晨把它记录下来的。我在橡栗城堡他的房间里见他那天，他十分详细地向我讲述了诸位现在已经了解的这些情况，其中包括那个星期他在巴黎度过的几个小时的时间安排。在那段时间里，他没有得到任何对他有用的东西。

“不可思议的长廊”事件是在10月29日至30日的夜里，也就是在我返回城堡的三天以前发生的。因为，我是在11月2日应我朋友电报召唤，带着两把手枪来到城堡的。

此刻，我在鲁尔塔比伊的房间里，刚刚听他讲完他的故事。

他说话的时候，不停地抚摸着他在小桌子上发现的那副夹鼻眼镜的凸镜片。看到他抚摸老花镜片时的那种高兴劲儿，我就明白，它一定也是“被纳入他用推理的正确 头所划定的范畴的明显迹象”之一。他总是使用与他的想法非常贴切的字眼说话，这种奇怪、独特的表达方式不再让我感到惊异。不过，我往往需要先了解他的想法，才能明白他所用的字眼，而了解约瑟夫·鲁尔塔比伊的想法可不是件容易事。这个孩子的思想是我需要观察的事物中最奇特的了。鲁尔塔比伊带着这种思想在生活中漫游，从没料到会在途中引起惊讶（或者说惊异）。人们“朝它转过头来，看着它走过，走远”，就像人们会在路上停下来，观看一个擦肩而过的奇特的身影一样。就像人们常说“这个人是从哪儿来的”那样，人们也会说：“约瑟夫·鲁尔塔比伊的想法是从哪儿来的？它要到哪儿去？”我承认，他从没想到过自己的想法有什么独特之处。所以，他就像别人一样，带着这种思想在生活中漫游。他就像一个身穿奇装异服而自己却没有意识的人一样，不管走到哪里都会从容不迫。因此，这个孩子就带着自然而然的单纯，无须为自己那超自然的大脑负责，“用简略的逻辑推理”阐述着令人震惊的事。他的推理如此的简略，以至于我们这些人都无法理解这种逻辑形式。我们以惊讶的眼光来看，他是想从正常的角度，正面地发挥和阐述这个逻辑形式。

约瑟夫·鲁尔塔比伊问我对他刚刚给我讲的这件事怎么看。我回答说，他的问题很让我为难。于是，他就让我也试着抓住正确的一头进行推理。

"嗯，"我说，"我想，我推理的起点应当是：毫无疑问，您所追逐的凶手曾在长廊里出现过。"

说完，我就停住了……

"您开了这么好的一个头，"他大声说道，"不该这么快就住口啊！喏，再努把力！"

"让我试试看。既然他在长廊里出现过，又在那里消失了；既然他不能从门出去，也不能从窗户出去，那么，他就一定是从另外一个出口逃走的。"

约瑟夫·鲁尔塔比伊同情地看着我，漫不经心地笑了笑，随即对我说："你依然像个傻瓜那样推理。"

"我说什么来着？像个傻瓜！您像弗雷德里克·拉尔桑一样推理！"

约瑟夫·鲁尔塔比伊对弗雷德里克·拉尔桑时而崇拜，时而蔑视。一会儿，他会赞叹地惊呼："他实在厉害！"一会儿，他又嘟囔着："真是个蠢货！"我注意到了这一点，这要看弗雷德里克·拉尔桑的发现是符合他的推理，还是与之相悖。这恰恰是这个奇怪的孩子那高贵品格的一部分。

我们站起身来，他领着我来到花园里。我们正穿过院子往门口走去，突然传来百叶窗碰到墙上的声音。我们转过头，看到城堡左翼二楼的一扇窗户上，有一个我不认识的被刮得光光的通红的面孔。

"瞧！"鲁尔塔比伊轻轻地说，"阿图尔·朗斯！"

他低下头，加快了脚步。我听见他嘟嘟囔囔地说："难道他昨天夜里在城堡里？……他来干什么呢？"

等我们离开城堡一段距离的时候，我问他，谁是阿图尔·朗斯，他是怎么认识这个人的。于是，他又向我提起早晨讲的那件事，并提醒我说，阿图尔·威廉·朗斯，就是那个美国费城人，曾跟他一起在爱丽舍宫那丰盛的宴会上碰杯。

"他不是马上就要离开法国了吗？"

"是啊，所以您才会看到我这么吃惊。他不但还在法国，而且还在橡栗城堡。他不是今天早晨来的，也不是昨天夜里来的。他应当是在晚饭前到的，可我没看见他。看门人为什么没告诉我呢？"

我提醒我的朋友，他还没告诉我，他是怎么让人把两个看门人放出来的。

我们刚好来到了门房附近。贝尼耶夫妇看着我们走过来，脸上露出了灿烂的微笑。看上去，那段被囚禁的生活没有给他们留下什么不愉快的记忆。我的这位年轻朋友问他们，阿图尔·朗斯是什么时候到的。他们回答说，他们不知道阿图尔·朗斯先生在城堡里。他大概是前一天晚上来的，不过他没用他们给他开栅栏门，因为阿图尔·朗斯先生好像很能走路，不希望别人用车去车站接他。他总是在圣米歇尔那个小站下车，然后从那里出发，穿过树林，一直步行到城堡。他习惯走圣热娜维芙山洞那条路，下山就是城堡花园，翻过一道矮篱笆就来到花园里了。

我看到鲁尔塔比伊的脸色随着看门人的介绍变得越来越阴沉，显得很不满意。毫无疑问，那是他对自己不满意。他当然有点儿恼火，因为他在现场调查了那么久，仔细研究了橡栗城堡的每一个人、每一样东西，可是他居然不知道阿图尔·朗斯经常来城堡。

他显得闷闷不乐，要求他们给他做些解释。

“你们说阿图尔·朗斯先生经常来城堡……那么，他最后一次来城堡是在什么时候?”

“我们无法准确地告诉您。”看门人贝尼耶先生回答，“因为，我们在被关押期间，什么都不知道。再说，这位先生来城堡的时候，从来不走栅栏门，离开时也不走栅栏门……”

“那你们知不知道他第一次来是什么时候?”

“啊！知道，先生，那是九年以前了！……”

“这么说，他九年前就来过法国。”鲁尔塔比伊说，“据你们所知，他这一次来法国，一共到城堡来过几次?”

“三次。”

“据你们所知，在今天以前，他最后一次来城堡是在什么时候?”

“大约在‘黄屋’奇案发生以前的一个星期。”

鲁尔塔比伊这一次专门问女看门人：

“在地板缝里?”

“在地板缝里。”她回答道。

“谢谢。”鲁尔塔比伊说道，“为今天夜里做好准备吧！”

他说最后一句话的时候，把食指放到唇上，示意她保持沉默，嘴要严实。

我们走出花园，朝主塔客栈走去。

“您经常在这个客栈吃饭吗？”

“吃过几次。”

“那么，您也在城堡里吃饭？”

“对，我和拉尔桑有时让人把饭菜端到他的房间里吃，有时也端到我的房间里吃。”

“斯坦日松先生从来没请你们跟他一起吃饭吗？”

“从来没有。”

“你们待在他家里，他不烦吗？”

“我不知道。不过，看他那样子，好像我们并不妨碍他。”

“他从来不问你们什么吗？”

“从来不问！他始终保持着‘女儿被谋杀时待在“黄屋”门外，撞开“黄屋”门以后又没找到凶手’的那种心态。他坚信，既然他当时什么也没发现，那么我们这些人就更不能发现什么了……不过，鉴于拉尔桑的假设，他自认为不该让我们失望。”

鲁尔塔比伊陷入了沉思。最后，他终于从沉思中醒来，告诉我，他是如何解放两个看门人的。

“前不久，我拿着一张纸去找斯坦日松先生。我让他在那张纸上写了‘不论贝尼耶和他的妻子说什么，我都保证继续留用这两个忠实的仆人’，并且签上了名字。我对他说，有这句话，我就可以让看门人和他妻子开口说话了。我还肯定地说，他们跟这场谋杀毫无关系。而且，这是我一贯的观点。预审法官把这张签了字的纸拿给贝尼耶夫妇看，于是他们就开口说话了。他们一旦消除了丢掉饭碗的恐惧，就会说出我早已料到他们会说的那些话。他们说，他们在斯坦日松先生的树林里偷猎。就在一个偷猎的夜晚，他们在谋杀发生的时候，来到了那座小房子附近。他们把‘损害斯坦日松先生利益捕获的兔子’都卖给了主塔客栈的老板。老板用这些兔子招待客人，或者再把它们卖到巴黎。这是事实，我从第一天起就猜到了。您还记得我走进主塔客栈时说的‘现在，只好吃带血的肉了’那句话吗？那句话是我在咱们那天早晨来到花园的栅栏门前的时候，听别人说的。您也听见了，不过您没在意。您记得吗？咱们来到栅栏门前面的时候，停下来看了看在院墙外边来回转悠的人，那个人不停地看着自己的表。那个人就是弗雷德里克·拉尔桑，他已经开始工作了。当时，在我们身后，客栈老板站在门口，正跟屋子里的一个人说：‘现在，只好吃带血的肉了！’

“为什么说‘现在’？当一个人像我这样探索神秘的事实真相时，是不会忽略他看到、听到的任何事物的。必须弄清他看到的和听到的一切东西的含义。当时，我们来到一个被谋杀震撼了的小地方。逻辑推理使我把这句话跟当时发生的事件联系起来。对我来说，‘现在’就是指‘谋杀发生以后’。我从调查一开始，就在寻找这句话跟凶杀案的联系。后来，我们到主塔客栈去吃饭时，我直截了当地重复了这句话。从马蒂约老爹脸上那既惊讶又烦恼的表情可以看出，我没有夸大这句话的含义。那时候，我已经知道两个看门人被捕了。马蒂约老爹跟我们谈起这两个人的时候，语气就像谈到真正的朋友那样……为他们惋惜……思想的必然联系……我心里想：‘现在’，看门人被捕了，‘只好吃带血的肉了’。没有了看门人，也就没有了猎物！我是怎么想到‘猎物’这个具体的字眼的呢？是马蒂约老爹对斯坦日松先生的警卫的那种仇恨——他说，看门人也恨警卫，让我慢慢想到了偷猎……很明显，既然看门人在凶杀案发生的时候没在床上躺着，那么，他们那天夜里到外面干什么去了呢？去谋杀？我不相信这一点，因为……我以后再告诉您原因。我认为，凶手没有同谋。而且，在这场谋杀里，隐藏着斯坦日松小姐与凶手之间的一个秘密。看门人跟这个秘密毫无关系，而偷猎可以解开两个看门人之谜。我原则上接受了这种假设，但我需要在他们的房子里找到证据。正如您知道的那样，我去了他们的小房子，在他们的床底下找到了捕猎用的绳圈和黄铜丝。‘好啊！’我心里想，‘好啊！这就是他们在深夜里待在花园里的原因了。’这样，我一点儿都不因为他们在法官面前不肯开口而感到奇怪了。甚至在被指控为凶杀同谋的情况下，他们也没有承认偷猎，没有痛快地回答法官的问题。偷猎可以使他们免于重罪法庭的审判，但这样他们就会被赶出城堡的大门。他们深知自己在谋杀案件中清白无辜，希望案件的真相尽快大白于天下，也希望别人仍然不知道他们的偷猎行为。他们可以等待适当的时机开口说话！我用我带给他们的有斯坦日松先生签名的保证书，使他们提前说出了真相。他们提供了一切必要的证据，得到了释放，对我感恩戴德。为什么我没早点儿让人把他们放出来呢？因为，我当时不敢肯定他们只有偷猎行为。我要静观他们的表现，摸清情况。经过了一些时日以后，我确定了自己的判断。在发生‘不可思议的长廊’事件的第二天，鉴于我在这里需要对我忠贞不渝的人，我决定马上解除他们的监禁，让他们为我效力。事情就是这样！”

以上就是约瑟夫·鲁尔塔比伊的解释。我听了以后，不禁更加为他推理的简洁赞叹不已。这种推理，使他弄清了两个看门人是不是凶手的同谋。当然，这是一件小事。不过，我想，在不久的将来，这个年轻人一定会用同样的简洁方式向我们阐明那可怕的“黄屋”之夜和“不可思议的长廊”之谜。

我们来到主塔客栈门前，走了进去。

这一次，我们没看见老板，接待我们的是面带幸福微笑的老板娘。我描述过我们所在的这个大厅，也简单地介绍过这位目光温柔、满头金发的可爱少妇。她立刻招待我们吃午餐。

“马蒂约老爹好吗?”鲁尔塔比伊问道。

“不太好，先生，不太好！他还在卧床。”

“他的关节炎还没好?”

“没有！昨天夜里，我还给他注射吗啡了呢！只有这种麻醉药，才能给他镇痛。”

她说话的声调柔情似水，浑身上下都流露出温柔。她的确是个漂亮的女人，有点儿无精打采，一双多情的大眼睛上罩着黑眼圈。马蒂约老爹不犯关节炎的时候，一定是个非常幸福的家伙。可是她呢，她跟这个患关节炎且性格粗暴的人在一起生活，会幸福吗？我们那天看到的场面，使我们不敢相信这一点。不过，这个女人身上有一种东西，让人觉得她丝毫不感到绝望。她在餐桌上给我们留下一瓶上佳的苹果酒，然后走进厨房，为我们准备午餐。鲁尔塔比伊给我们每个人倒了一碗酒，自己又装满一烟斗烟，点燃，终于不慌不忙地向我说起，他为什么决定让我带手枪来橡栗城堡了。

“是啊，”他看着自己吐出的缭绕的烟雾，说道，“是啊，亲爱的朋友，今天晚上，我等待凶手。”

接下来，是一阵我不敢打破的沉默。然后，他又说道：

“昨天晚上，我正要上床睡觉，罗伯尔·达尔扎克先生来敲我的门。我打开门，他告诉我，他必须在第二天，也就是今天早晨去巴黎。他决定去巴黎的理由既不容置疑，又很神秘。说它不容置疑，是因为他不能不去；说它神秘，是因为他不能对我说出这次旅行的目的。‘我要离开这里，’他说道，‘可是，我情愿献出一半的生命，让自己在这个时候不离开斯坦日松小姐。’他不向我隐瞒，他深信斯坦日松小姐的生命将再一次受到威胁。‘如果明天夜里发生什么情况，我丝毫都不会感到奇怪。’他又补充道，‘可是，我又不得不离开。我后天早晨才能回到橡栗城堡。’

“我希望他对此作出解释。下面就是他的解释：这种有危险的预感纯粹来自一种巧合，即他的缺席与斯坦日松小姐遭到谋杀之间的巧合。‘不可思议的长廊’事件发生的那一夜，他不得不离开城堡。‘黄屋’奇案发生的那一夜，我们知道，他也没能留在城堡。至少，根据他的说明，我们知道的情况是这样。既然他有这种想法，而他今天又不得不离开，那么他一定受到了一种高于他自己的意志的另外一个意志的支配。我心里就是这么想的，我也是这么跟他说的。他回答说：‘也许是吧！’我问他，这个高于他自己的意志的另外一种意志，是不是斯坦日松小姐的意志。他向我发誓说，不是。他说，他要离开的决定是他自己作出的，绝对没有斯坦日松小姐的干涉。总之，他对我重复说，由于他发现的这种奇怪的巧合（而且，法官向他指出了这一点），他相信有再一次发生谋杀的可能。‘万一斯坦日松小姐出了什么事，’他又说，‘那么，无论对她来说，还是对我来说，都将是十分可怕的。对她来说，这又是一次生死攸关的劫难；对我来说，我不能在她受到袭击的时候保护她，而且日后还不能说出我是在哪里过的夜。我非常清楚别人对我的怀疑。预审法官和弗雷德里克·拉尔桑先生——我上次去巴黎的时候，后者紧紧地跟着我，我费了九牛二虎之力也没能摆脱他——很快就会认为我是凶手。’‘既然您知道谁是凶手，’我突然大声说道，‘那您为什么不说出他的名字呢?’达尔扎克先生显得张皇失措，他用犹豫不决的语气反驳道：‘我?我知道凶手的名字?谁能告诉我他的名字呢?’我立刻回答说：‘斯坦日松小姐啊!’他的脸色顿时变得煞白，我都担心他会晕倒。同时，我发现自己切中了要害：他和斯坦日松小姐都知道凶手的名字!他恢复平静以后，对我说道：‘我马上就得离开您了，先生。您来到这里以后，我发现您聪慧超凡，机敏无比。接下来，就是我要拜托您办的事。或许，我不该担心今天夜里会有谋杀。不过，鉴于我们应当防患于未然，我希望您能使这场谋杀化为泡影……请您采取一切必要的措施，让斯坦日松小姐与外人隔绝，保护好斯坦日松小姐。您不能让人走进斯坦日松小姐的房间，要像一只优秀的警犬那样，守护在她的房间周围。不要睡觉，一秒钟都不能休息。我们要防范的这个人非常狡诈，也许世界上无人能与他相比。如果您想保护小姐，那么也许利用他的这种狡诈，能救她一命。试想，因为狡诈，他不可能不知道您在保护小姐。那么，他也许就不会进行任何尝试了。’‘您对斯坦日松先生说过这些事吗?’‘没有!’‘为什么?’‘因为，先生，我不想听见斯坦日松先生对我说您刚才所说的那句话：“您知道凶手的名字!”就连您听到我说“凶手明天可能会再来”这句话都惊诧不已，那么，要是我向斯坦日松先生说同样的话，他怎么会不吃惊呢？他可能根本就不会接受我这种完全建立在巧合之上的预测，最终也会对那些巧合感到奇怪……我对您说这些，先生，是因为我对您非常……非常信任……我知道您不怀疑我！……’”

“那个可怜的年轻人尽其所能，”鲁尔塔比伊继续说道，“答非所问地回答着我的问题。我很同情他，更加清醒地意识到，他宁肯被砍头，也不愿意对我说出凶手是谁，正如斯坦日松小姐宁肯被杀害，也不肯说出‘黄屋’和‘不可思议的长廊’事件中作案人的名字。那家伙大概以某种可怕的方式控制了她，或者说控制了他们两个人，而他们最大的担心，莫过于斯坦日松先生得知他女儿被凶手‘控制’了。我示意达尔扎克先生，他已经说得相当明白了。既然他不能告诉我其他事情，那么他就可以住口了。我向他保证，我会保护好小姐，夜里绝不睡觉。他强调，我必须在斯坦日松小姐的卧室周围，在两个看护者睡觉的小客厅周围，和‘不可思议的长廊’事件发生以后斯坦日松先生睡觉的大客厅周围，布下一道不可逾越的防线。总之，要保护好斯坦日松小姐的整套房子。达尔扎克先生的一再叮嘱，使我明白，他不仅要求我让进入斯坦日松小姐的卧室成为不可能，而且要让这种不可能变得非常‘明显’，从而让那个人知难而退，不留痕迹地消失。我是这样理解他向我告别时说的最后一句话的：‘我走了以后，您可以对斯坦日松先生、雅克老爹、弗雷德里克·拉尔桑以及城堡里所有的人谈一谈您对今天夜里可能发生的事的忧虑，从而在我回来之前，让所有人都警觉起

来，并且让大家都觉得，这是您自己想到的。’

“那个可怜的年轻人走了。在我的沉默之中，他不知道自己在说些什么。其实，我用目光在向他‘大声呼喊’：‘我已经猜到了您的秘密的四分之三！’是啊，是啊，的确……既然他脑袋里已经产生了关于那个可怕的巧合的念头，在这样一个时刻离开斯坦日松小姐，那么他一定是怀着无限的惶惑来找我的……

“他走了以后，我开始思索。我思索着这样一个问题：必须做到比狡诈本身还要狡诈，从而使那个人——倘若他今天夜里要到斯坦日松小姐的卧室里去的话——丝毫不会察觉别人已经料到了他的到来。要千方百计地阻止他进入卧室，哪怕要为此付出生命的代价，这是毋庸置疑的！不过，要让他走得足够近，以便看清他的面孔，不管他是死是活！因为，必须结束这件事……必须从这个潜伏的凶手手里解放斯坦日松小姐！”

“是的，我的朋友，”鲁尔塔比伊把烟斗放在桌子上，把杯子里的酒喝完，继续说道，“我必须清楚地看到他的面孔。问题在于，要能肯定这张面孔是否进入了‘我抓住推理的正确一头之后所划定的那个范畴’。”

这个时候，老板娘端着用大油做的传统的煎鸡蛋，走了进来。鲁尔塔比伊跟马蒂约太太调了一会儿情，后者显得非常可爱。

“马蒂约老爹被关节炎‘钉’在床上的时候，”他对我说道，“她显得比他健康的时候更加快活！”

不过，我的心思既不在鲁尔塔比伊的调情上面，也不在女主人的微笑上面。我的全部思想都集中在我年轻的朋友那最后几句话，以及罗伯尔·达尔扎克先生的奇怪行动上了。

等鲁尔塔比伊吃完煎鸡蛋，只剩下我们俩在一起的时候，他接着刚才的话说了下去。

“当我一大早给您发电报的时候，”他对我说道，“我还在揣摩达尔扎克先生的那句话：‘凶手明天夜里可能会再来。’现在，我可以告诉您，他肯定会来。是的，我等着他。”

“是什么使您如此肯定呢？这会不会是一种偶然呢？……”

“住口吧，”鲁尔塔比伊微笑着打断我，“您又要说蠢话了。我是在今天上午十点半断定凶手会来的。也就是说，在您到来之前……在我们看见阿图尔·朗斯出现在中心院子的窗口以前……”

“啊！啊！……”我说，“……真的……可是，您为什么会从十点半开始就变得肯定了呢？”

“因为，在十点半的时候，我掌握了斯坦日松小姐竭尽全力要使凶手在今天夜里进入她房间的证据，而罗伯尔·达尔扎克先生则让我千方百计地阻止他进去……”

“啊！啊！”我大声说道，“这可能吗？……”

然后，我小声说：

“您不是对我说过，斯坦日松小姐喜欢罗伯尔·达尔扎克先生吗？”

“我是对您这样说过，因为这是事实！”

“那么，您不觉得这很奇怪吗？……”

“在这件事当中，一切都很奇怪，我的朋友。不过，请相信，您所知道的‘奇怪’比起正等待着您的‘奇怪’来，就是小巫见大巫了！……”

“应当设想，”我又说道，“斯坦日松小姐跟‘她的凶手’之间至少会有通信联系。”

“您就这样设想好了，我的朋友！……您不会冒任何风险！……我已经给您讲了斯坦日松小姐桌子上的那封信的事，那是‘不可思议的长廊’事件发生的那天夜里，凶手放在那里的。后来，那封信消失了……消失在斯坦日松小姐的衣袋里……谁能说凶手没在这封信里命令斯坦日松小姐再跟他约会一次，没对她说，约会就在今天夜里，在他确定达尔扎克先生离开了城堡以后呢？”

说完，我的朋友无声地冷笑着。有的时候，我真的在想，他是不是在嘲弄我。

客栈的门开了。鲁尔塔比伊蓦地站了起来，就像在椅子上触电了似的。

“阿图尔·朗斯先生！”他大声说道。

阿图尔·朗斯先生出现在我们面前，冷淡地向我们致意。

二十　斯坦日松小姐的一个动作

“您还认得我吗，先生?”鲁尔塔比伊问那位绅士。

“当然认得了。”阿图尔·朗斯回答道，“我认得您，您是自助晚宴上的那个小男孩。”听到“小男孩”这个称呼，鲁尔塔比伊气得满脸通红，“我从自己的房间里出来，就是要跟您握手。您是一个快乐的小男孩。”

美国人伸出了手。鲁尔塔比伊露出了笑脸，跟阿图尔·朗斯握了握手，把我介绍给他，又把他介绍给我，请他跟我们一起用餐。

“不，谢谢。我跟斯坦日松先生一起吃午饭。”

阿图尔·朗斯说着一口漂亮的法语，几乎没有口音。

“我还以为无缘再见到您了呢，先生！您不是要在爱丽舍宫招待会的第二天或者第三天就离开我们国家吗?”

鲁尔塔比伊和我，我们表面上对这场重逢的谈话不太在意，而实际上对美国人说的每一句话都听得十分专注。

他那张刮得红通通的脸，那沉甸甸的肿眼泡，那神经质的抽搐，都表明他是个酒鬼。这么一个龌龊的家伙，怎么会成为斯坦日松先生的座上客呢？他怎么会成为这位赫赫有名的教授的亲密朋友呢？

几天以后，我从弗雷德里克·拉尔桑（他也跟我们一样，对这位美国人在城堡里出现感到吃惊和好奇，因而进行了调查）那里得知，朗斯先生是最近十五年以来，也就是教授和他女儿离开费城以后才酗酒的。斯坦日松一家住在美国的时候，认识了阿图尔·朗斯，并且过从甚密。后者是新大陆最出色的颅相学家之一。他通过一些新的、有创造性的实验，使加尔[①]和拉瓦特尔[②]的科学向前迈进了一大步。最后，在阿图尔·朗斯的功劳簿上，还应当记上一笔，也是为了更好地解释他为什么会在橡栗城堡受到如此亲密的接待，那就是：有一天，他冒着生命危险拦住了为斯坦日松小姐拉车的几匹疯狂的马，救了斯坦日松小姐的性命。在这件事发生以后，阿图尔·朗斯与斯坦日松小姐之间甚至还在一段时间里产生过某种友情。不过，没有任何迹象表明，这种友情里有一点点爱情。

---

① 德国医生，后为维也纳大学和巴黎大学教授，创建了颅相学，根据头颅的外貌研究大脑的功能。——译者注

② 瑞士作家、思想家和神学家，对通过人的面部线条研究人的性格这一学科作出过重大贡献。——译者注

弗雷德里克·拉尔桑是从哪里了解到这些情况的呢？他没告诉我。不过，他对自己所说的情况显得很有把握。

如果阿图尔·朗斯到主塔客栈来找我们的时候，我们已经了解到了上述情况，那么他在城堡里出现大概不会引起我们那么强烈的好奇心。不过，不管怎么说，这些情况还是增加了我们对城堡里的这位新人物的兴趣。这个美国人大约四十五岁，极其自然地回答了鲁尔塔比伊的问题：

“我听说，发生了谋杀以后，就推迟了回美国的时间。我希望在我离开以前，能肯定斯坦日松小姐没有生命危险。我要等她完全康复了以后再走。”

这时，阿图尔·朗斯控制了谈话。他回避了鲁尔塔比伊的一些问题，没等我们请求就向我们说起了他对这场谋杀的看法。我听了以后，觉得他的看法跟弗雷德里克·拉尔桑的看法没什么两样。也就是说，这个美国人也认为罗伯尔·达尔扎克先生“跟这件事有关”。他没有点达尔扎克先生的名字，不过听者还是能一下子就猜到他话里话外说的是谁。他对我们说，他听说了年轻的鲁尔塔比伊为解开“黄屋”奇案这团乱麻所做的努力。他还告诉我们，斯坦日松先生把“不可思议的长廊”里发生的事都跟他说了。从阿图尔·朗斯的话里，我们听出来，他是在用罗伯尔·达尔扎克来解释这一切。他三番五次地说，每当城堡里发生如此神秘的谋杀的时候，达尔扎克先生都“恰恰不在”，这实在令人遗憾。我们当然明白他这话的含义。最后，他发表了这样一种看法：达尔扎克先生亲自把约瑟夫·鲁尔塔比伊先生安置在城堡里，这“实在是个好主意，实在高明”，鲁尔塔比伊先生一定会或迟或早地发现凶手。他带着明显的讥讽口吻说完最后一句话，便站起身，向我们告别，然后走了出去。

鲁尔塔比伊从窗户里看着他走远，说道：

“有意思的家伙!”

我问道：

“您认为他会在橡栗城堡过夜吗?”

让我不胜惊讶的是，年轻的记者回答说，他对这个漠不关心。

下面，我介绍一下我们下午的时间安排。诸位只需知道，我们去树林里散步了，鲁尔塔比伊还带我去了圣热娜维芙山洞。这段时间，我的朋友避而不谈他真正关心的事，而是随便说着别的事。就这样，黄昏已近。我看到记者根本不采取任何我所期待的措施，心里大惑不解。夜幕降临以后，我们来到他的房间，我向他指出了这一点。他回答说，他已经采取了一切必要的措施。这一次，凶手再也不会从他手里逃掉了。我对此表示怀疑，并提醒他“那个人在长廊里令人匪夷所思地消失了”的事，暗示他这种事还有可能重演。他回答说，他正希望如此，他就希望今天夜里出现这种事。我不再坚持，经验告诉我，我的坚持都是徒劳无益乃至不合时宜的。他告诉我，从天亮开始，由于他和两个看门人的努力，城堡已经受到了严密的监视。不论什么人靠近城堡，他都会知道。既然什么人都不能从外面进来，那么他对一切跟“城堡里面的人”有关的事就都放心了。

他从背心的口袋里掏出表，时针指着六点半。他站起身，示意我跟着他走。他领着我穿过长廊，自己不加任何小心，没有放轻脚步，也没有嘱咐我保持安静。我们来到右长廊，顺着它一直走到楼梯平台，又穿过这个平台，继续朝左长廊走去，经过斯坦日松先生的套房门前。在左长廊的尽头，到主塔之前，有一个小房间，阿图尔·朗斯就住在这个房间里。我们知道他住在这里，因为中午的时候，我们曾看见这个美国人出现在这个房间的那个朝着中心院子的窗户前面。这个房间的门就在长廊堵头的墙里，因为这个房间堵住了长廊，也是这一边长廊的一端。总之，这扇门恰好面对城堡右翼的右长廊尽头的“东窗”。上一次，鲁尔塔比伊就是把雅克老爹安排在这里的。当人们背对这个房间的时候，也就是说，当人们从这个房间里出来的时候，就可以一览无余地看到整个长廊：左长廊、楼梯平台和右长廊。当然，只有转折长廊不在视野里。

“我把这个转折长廊留给自己。”鲁尔塔比伊说道，“您呢，当我需要您的时候，您就到这里来。”

他让我走进一个三角形的小黑屋里。这个小屋子对着长廊，斜靠着阿图尔·朗斯的房间左侧。从这个角度，我可以看到长廊里发生的一切，就像在阿图尔·朗斯的房间的门前一样，而且能监视这个美国人的房门。这个将作为我的观察哨所的小屋子的门上，装着透明的玻璃。走廊里灯火通明，而小屋子里则漆黑一片，这是侦探理想的哨所。

因为，我现在不做侦探，又在做什么呢？做着低级警探的差事？我当然很讨厌这个差事。其中，除了我的本能以外，不是还有我那职业的尊严在限制我做这种不光彩的事吗？确实，如果律师公会会长看见我干这种事，如果法庭的人知道了我的所作所为，那么律师公会的理事会将会怎么说呢？鲁尔塔比伊呢，他根本不会想到我会产生拒绝他的念头。事实上，我也没有拒绝。首先，我害怕他把我当成胆小鬼。其次，我考虑了一下，觉得我可以对别人说，我有权作为业余警察到处探寻事实真相。最后，即使我想退出，也为时已晚。为什么我没早一点儿想到这一切呢？为什么我根本就没产生过这种种忧虑呢？显然是由于我的好奇心压倒了一切。我还可以说，我将会为拯救一个女人的生命作出贡献。没有哪一种职业的清规戒律，可以禁止一个如此崇高的愿望。

于是，我们又穿过长廊往回走。当我们来到斯坦日松小姐的套房对面的时候，大客厅的门被膳食总管推开了，他是来送晚饭的（三天以来，斯坦日松先生和他女儿在二楼的客厅里吃晚饭）。由于这扇门半开着，我们清楚地看到，斯坦日松小姐趁仆人不在屋里，趁他父亲弯腰捡一件她刚刚碰掉在地上的东西时，匆匆把一个小瓶里的东西倒进了斯坦日松先生的杯子。

二十一　窥　视

这个让我瞠目结舌的动作似乎没怎么让鲁尔塔比伊感到惊讶。我们来到了他的房间里。他根本不跟我提刚刚看到的那个场面，而是就今天夜里的事向我做最后的交代。首先，我们要吃晚饭。吃过晚饭以后，我就要进入那个昏暗的小屋子了。在那里，我要等着看发生什么事情，需要等多久就等多久。

“如果您比我先看见，”我的朋友向我解释说，“您就要向我发出警告。如果那个人不走转折长廊，而是从别的入口进来，那您将比我先看见他。原因是，您可以看见整个右长廊；而我呢，只能看见转折长廊。要想向我发出警告，您只要解开右长廊里离小黑屋子最近的那个窗户上的窗帘就行了。窗帘会自己落下来，遮住窗户。这样，长廊外面会立刻出现一个黑暗的方块。那里本来是一个明亮的方块，因为长廊里灯火通明。要做这个动作，您只消把手伸出小黑屋子就行了。我呢，待在跟右长廊呈直角的转折长廊里。我会从转折长廊的窗户里，看到从右长廊的窗户里射出的所有明亮的方块。等那个方块从明变暗的时候，我会立刻明白它的含义。”

“那么……”

“那么，您就会看见我出现在转折长廊的拐弯处。”

“那我该做什么呢?”

“您立刻朝我走过来，跟在那个人后面。不过，这个时候，我就会抓住那个人了，并且会看清他的面孔，知道他是不是进入了我的推理范畴……”

“用推理正确一头划定的范畴。”我微笑着把他的话说完。

“您为什么笑?这没有必要……好吧，好好享受这剩下的一点儿时间吧！因为，我向您保证，过一会儿，您就没有心思笑了。”

“要是那个人逃掉了呢?”

“那再好不过了!”鲁尔塔比伊冷淡地说道，“我不一定非抓到他不可。您在长廊尽头，所以在您到达楼梯平台以前，他完全可以从楼梯上冲下去，再从一楼的门厅出去……我呢，我看清他的面孔以后，就放他走。看清他的面孔，就足够了。从此以后，即使他还活着，我也会想办法让斯坦日松小姐觉得他已经死了。如果我活捉了他，斯坦日松小姐和罗伯尔·达尔扎克先生也许永远都不会原谅我！我很看重他们对我的尊重，他们都是正直的人。我看到斯坦日松小姐往她父亲的杯子里倒麻醉药，以便今天夜里她跟‘她的凶手’谈话时，他不会醒来。在这种情况下，您应当明白，如果我捆住‘黄屋’奇案和‘不可思议的长廊’事件的肇事者的双手，但让他张着嘴巴，把他带到小姐的父亲面前，那么她对我的感激将是有限的。或许，‘不可思议的长廊’事件发生以后，那个人能神奇般地消失，是一种侥幸！那天夜里，我发现斯坦日松小姐听说他逃跑以后，顿时变得喜气洋洋，我就明白了。我明白，为了拯救这个不幸的女人，不是要抓住那个人，而是要让他闭上嘴巴，不管用什么方式。可是，杀死一个人，这可不是一件小事！再说，这不关我的事……除非有这样的机会！……从另一个方面说，让他闭上嘴巴，又无须让小姐向我吐露真情……这就要求我在一无所知的情况下猜到一切！……幸亏，我的朋友，我猜到了。或者说，我进行了逻辑推理……我只要求今天晚上来的那个人给我带来他的面孔。那个应当进入……”

“进入范畴……”

“完全正确。而且，他的面孔不会让我吃惊！……”

“我本来以为，您在跳进小姐的房间的那个夜晚，已经看清了他的面孔……”

“没看清……蜡烛放在地上……再说，那一脸大胡子……”

“难道今天晚上他就没有胡子了？”

“我想，我可以肯定，他还会有胡子……不过，长廊里很亮。再说，现在，我已经知道……或者，至少我的大脑已经知

道……那么，我的眼睛将会看见……”

“如果只打算看一看，然后放他逃走……那咱们为什么还要带武器呢?”

“因为，亲爱的，如果‘黄屋’奇案和‘不可思议的长廊’的那个肇事者知道我已经知道了他是谁，那么他是什么都能干得出来的！所以，我们必须能自卫。”

“您确定他今天夜里会来吗?……”

“就像确定您在这里一样！……斯坦日松小姐今天上午十点半的时候，做了极为巧妙的安排，从而使她在今天夜里可以不被看护。她找了些说得过去的理由，给她的女仆放了二十四小时的假。而且，在她们不在的时候，她只接受她亲爱的父亲的看护。他将睡在女儿的小客厅里，并满怀感激和喜悦地接受这个使命。达尔扎克先生恰巧要离开（他对我说完那些话以后，就走了），再加上斯坦日松小姐为使她身边没有别人而采取的别的措施，都使这件事变得毫无疑问。达尔扎克先生为凶手的到来忧心忡忡，可是斯坦日松小姐却在为他铺平道路!”

“这太可怕了!”

“是的。”

“那么，我们看到了她做的那个动作。那是为了让她父亲睡觉?”

“对。”

“总之，今天夜里的行动，只有我们两个人?”

“四个人：看门人和他妻子在防范意外……我认为，在此之前……他们的防范是多余的。不过，从此以后，假如我们需要杀了他的话，看门人就可以帮忙。”

“您认为我们要杀人吗?”

“如果他愿意的话，我们就杀了他!”

“为什么没告诉雅克老爹呢? 您今天不用他了吗?”

“不用。”他语气粗暴地说。

我沉默了一会儿。我想了解鲁尔塔比伊心里到底是怎么想的，就冷不丁地问道：

“为什么不告诉阿图尔·朗斯呢? 他可以帮我们很大的忙……”

“啊，这个嘛!”鲁尔塔比伊显得很不高兴地说道，“……难道您想让所有的人都知道斯坦日松小姐的秘密吗……去吃晚饭吧……到吃饭的时间了……今天晚上，我们在弗雷德里克·拉尔桑的房间里吃饭……除非他还紧跟着罗伯尔·达尔扎克……他简直是寸步不离。不过，哼! 我可以断定，即使他现在还没回来，他今天夜里也肯定要回来! ……这回，我非把他打翻在地不可!”

就在这个时候，我们听见隔壁房间里有动静。

“一定是他。”鲁尔塔比伊说。

“我忘了问您，”我说道，“等我们到了那个警察面前的时候，一点儿都不能提今天夜里的行动，对吗?”

“那当然，咱们是单独行动，为了达到我们自己的目的。”

“整个长廊里就咱们俩?”

鲁尔塔比伊冷笑了一下，然后说道：

“你算说对了，伙计!”

于是，我们便跟弗雷德里克·拉尔桑一起在他的房间里吃晚饭。我们在他的屋里找到了他……他告诉我们，他刚回来。说完，他就请我们坐下来吃饭。吃晚饭时，气氛好极了。我很清楚，这是因为鲁尔塔比伊和弗雷德里克·拉尔桑俩人分别掌握了事实真相。鲁尔塔比伊告诉伟大的弗雷德里克，是我自己想来看他的。他把我留下来，让我帮他做一件他今天夜里要为《时代报》做的工作。他还说，我必须坐十一点的火车赶回巴黎，把他的稿子带走。那是一篇专栏文章，年轻的记者将在文章里扼要地介绍橡栗城堡里发生的神秘事件。拉尔桑微笑着听完了他的解释。看得出，他根本不相信他的话，但出于礼貌，不想对与己无关的事发表任何意见。拉尔桑和鲁尔塔比伊两个人都十分谨慎地斟酌着每一个词句，就连说话的语气都非常注意，长时间地谈论着阿图尔·朗斯在城堡里的出现以及他在美国的历史。关于这一点，他们都想知道得更多一些，至少在有关他跟斯坦日松一家的关系方面知道得更多一些。有一阵儿，我发现拉尔桑突然显得很不舒服。他吃力地说道：

“我觉得，鲁尔塔比伊先生，咱们在橡栗城堡没什么事可干了。我估计，咱们在这里睡不了几夜了。”

“我也是这么想的，弗雷德里克先生。”

“那么，您认为事情结束了吗，朋友?”

“我确实认为，事情已经结束了，我们再也了解不到什么东西了。”鲁尔塔比伊回答。

“您找到凶手了吗?”拉尔桑问道。

“您呢?”

“找到了。”

“我也一样。”鲁尔塔比伊说。

“会不会是同一个人呢?”

“如果您没改变观点的话，我想不会是同一个人。”

接着，他又加重语气说道：

“达尔扎克先生是个正直的人!”

“您能肯定吗?”拉尔桑问道，“而我呢，我能肯定他不是……这将是一场战斗?”

“是的，一场战斗。而且，我一定会打倒您的，弗雷德里克·拉尔桑先生。”

“初生牛犊不怕虎嘛!”伟大的弗雷德里克微笑着说完最后一句话，跟我握了握手。

鲁尔塔比伊像回声似的重复了一下：

“不怕虎!”

拉尔桑已经站了起来，正准备向我们道晚安。可是，他突然用双手捂住胸口，身子踉跄了一下。他靠在鲁尔塔比伊身上，才没摔倒。他变得脸色煞白。

“啊！啊！”他说道，“我这是怎么了？我会不会是中毒了？”

他用惊慌的目光看着我们……我们问他问题，但他已经不能回答了……他倒在一个扶手椅里，我们一句话也问不出来了。我们非常不安，为他，也为我们自己。因为，我们也吃了所有弗雷德里克·拉尔桑吃过的菜。我们围着他转，现在他好像已经不难受了，可是，他那沉重的脑袋耷拉在肩膀上，沉重的眼皮遮住了他的目光。鲁尔塔比伊把耳朵贴在他胸前，听着他的心脏……

等我的朋友直起身来的时候，他那张脸显得异常平静，就跟我刚才看见他异常慌乱一样。他对我说道：

“他睡着了！”

说完，他小心翼翼地关好拉尔桑的房门，把我拉到他自己的房间里。

“麻醉剂？”我问道，“……难道斯坦日松小姐今天晚上想让所有的人都睡死吗？……”

“可能吧……”鲁尔塔比伊回答道，他心里想着别的事。

“那我们呢……我们！”我大声说道，“谁能保证我们就没有喝下麻醉剂呢？”

“您感到不舒服了吗？”鲁尔塔比伊冷静地问道。

“没有，一点儿都没有！”

“您困吗？”

“一点儿都不困……”

“那好，朋友，请吸一支上好的雪茄吧！”

说着，他递给我一支达尔扎克先生送给他的最好的哈瓦那雪茄。他自己呢，则点燃他的烟斗——他那支永远不灭的烟斗。

就这样，我们在这个房间里一直待到十点钟，再也没说一句话。鲁尔塔比伊坐在扶手椅里，不停地抽着烟，双眉紧锁，目光深邃。到了十点钟，他脱下鞋，向我示意。我明白，我也应当像他那样，把鞋脱掉。等我们脚上只剩下袜子的时候，鲁尔塔比伊轻轻地对我说，声音那么小，我与其说是听见，不如说是猜到：

“手枪！”

我从上衣口袋里掏出了手枪。

“子弹上膛！”他又对我说道。

我装好了子弹。

这时，他朝自己房间的门口走去，小心翼翼地把门打开。门没有发出一点儿声音。我们来到了转折长廊。鲁尔塔比伊又向我做了个手势。我明白，我应当到我的岗位——小黑屋里去。我已经走开了。这时，鲁尔塔比伊又追上我，拥抱了我。接着，我看到他同样小心翼翼地走回了自己的房间。我对他的亲吻大惑不解，又有点儿忐忑不安。我转到右长廊，穿过楼梯平台，朝左长廊走去，一直走到小黑屋。在进去之前，我从近处看了看系窗帘的绳子……确实，我只消用手指一碰，那沉重的窗帘就会一下子落下来，从而为鲁尔塔比伊挡住那明亮的方块——那是我们说定的信号。这时，脚步声让我在阿图尔·朗斯的门口停了下来。“他还没睡觉!”他没有跟斯坦日松先生及其女儿一起吃晚饭，怎么现在还待在城堡里呢？至少，当我们捕捉到斯坦日松小姐那个动作的那一瞬间，我没看见他坐在餐桌前面。

我走进了我的小黑屋。我的位置非常好。我把明亮的长廊看得清清楚楚，就像在大白天一样。毫无疑问，那里将要发生的一切都逃不过我的眼睛。可是，究竟会发生什么事呢？也许是十分严重的事。我又不安地回想起了鲁尔塔比伊的吻别。人们只有在重大场合才会拥抱别人，或者在遇到危险的时候！难道我有危险？

我紧紧地攥住手枪柄，等待着。我不是英雄，可我也不是狗熊。

我等了大约一个小时。在此期间，我没发现任何不正常的迹象。外面，九点钟开始下的那场大雨已经停了。

我的朋友告诉我，半夜以前，或者凌晨一点钟以前，可能什么都不会发生。可是，还没到十一点的时候，阿图尔·朗斯房间的门便开了。我听见门轴轻轻地“吱嘎”响了一声，就好像有人从里面小心翼翼地推了一下。门只开了一会儿，可我觉得这段时间很长很长。因为这扇门是从里面往外开的，也就是说，是朝着长廊开的，所以我既看不见房间里发生的事，也看不见门后面发生的事。这时候，我听见一种奇怪的声音第三次从花园里传来。我对那个声音没在意，就像人们平时对那些夜里在下水道里流浪的野猫发出的叫声不太在意一样。可是，这第三次猫叫声是那么纯正，那么“特别”，让我想起别人对我说过的“上帝之兽”的叫声。迄今为止，这种叫声总是伴随着橡栗城堡里发生的一切神秘事件。一想到这里，我就忍不住打了个寒战。很快，我就看见一个人从门里面出来，又关上了门。我没有一下子认出他来，因为他背对着我，而且正朝着一个很大的包裹弯着腰。那个人关好门，扛起包裹，朝小黑屋转过身来。这时，我看清他是谁了。此刻，从阿图尔·朗斯的房间里出来的这个人是“警卫”——“绿衣人”。我第一天来城堡，看到他在主塔客栈对面的路上的时候，他穿的就是这套衣服。今天早晨，我和鲁尔塔比伊从城堡里出来，碰见他的时候，他穿的也是这套衣服。毫无疑问，他就是警卫。我看得清清楚楚，他脸上的表情有点儿不安。由于“上帝之兽”叫了第四声，他把包裹放在长廊的地上，走到从小黑屋开始数第二个窗户前面。我一动也不敢动，害怕暴露自己。

他走到这扇窗户前面以后，就把脸贴在毛玻璃上，朝漆黑的花园里看着。他在那里待了半分钟。黑夜时而被月光照亮，月亮又时而被乌云遮住。“绿衣人”把胳膊抬了两次，发出了一个我不明白其含义的信号。继而，他离开窗户，又背起包裹，顺着走廊朝楼梯平台走去。

鲁尔塔比伊曾经对我说：“当您看到什么的时候，就解开窗帘的绳子。”现在，我看到了这件事。可是，这究竟是不是鲁尔塔比伊所期待的事呢？这不关我的事，我只要执行他的命令就行了。于是，我解开了窗帘。我的心怦怦地跳着，那个人走到了楼梯平台。让我感到格外惊奇的是，我本以为他会沿着走廊继续朝右长廊走，但我却看见他走下了通向门厅的楼梯。

我该怎么办呢？我傻乎乎地看着那落下来的沉重的窗帘。信号已经发出，可我却看不见鲁尔塔比伊从转折长廊的转弯处出现。没发生任何事，没出现一个人。我茫然不知所措，就这样过了半个小时，我觉得简直像过了一个世纪。现在，如果真的发生了什么事，我该怎么办呢？信号已经发出，我不能发出第二次……另一方面，如果我此刻冒险跑到长廊里去，就可能打乱鲁尔塔比伊的全部计划。说到底，我没什么可自责的，即使发生了某种我朋友意料之外的事，那也只能怪他自己。鉴于我实在无法再向他发出警告，我就豁出去了。我走出小屋，依然穿着袜子，聆听着周围的动静，轻轻地朝转折长廊走去。

转折长廊里空无一人。我来到鲁尔塔比伊的房门口，听了听，毫无动静。我轻轻地敲了敲门，还是没有动静。我扭动门把手，门开了。我走进房间，发现鲁尔塔比伊仰面朝天，躺在地板上。

二十二　不可思议的尸体

我惶恐不安地朝记者俯下身去，接着便不胜欣慰地发现他睡着了！他睡得那样沉，完全是一种病态，就像我刚才看到的弗雷德里克·拉尔桑的沉睡一样。他也是放进我们的食品里的麻醉剂的受害者。可是，为什么我没有遭到同样的命运呢？我想，麻醉剂一定是倒进酒里或者水里了，这就说得通了：我吃饭的时候，从不喝饮料。由于我过早地发胖了，所以就像人们说的那样，我只吃干食。我用力摇晃着鲁尔塔比伊，可怎么也无法让他睁开眼睛。毋庸置疑，这种沉睡肯定是斯坦日松小姐造成的。

她一定想过，除了她父亲以外，她也害怕这个年轻人醒着，因为他能预见一切，能知道一切！我想起来了，膳食总管给我们送晚饭的时候，曾经向我们推荐上好的夏布利白葡萄酒，这个瓶酒一定先被送到了斯坦日松先生和小姐的餐桌上。

一刻钟过去了。在这种我们特别需要清醒的非常时刻，我决定采取强烈的措施。我把一大罐水朝鲁尔塔比伊的头上浇了过去。他终于睁开了眼睛！睁开了一双无精打采、目光呆滞的眼睛！不过，这总算是初步的胜利吧！我想加强这种胜利，又冲着鲁尔塔比伊的两颊扇了两个大耳光，把他拉了起来。太好了！我感到他的身子在我的胳膊下面挺直了，还听见他嘴里咕哝着："接着来！不过，别这么惊天动地！……"接着打他耳光，又不出声，这在我看来，简直是不可能的事。我开始掐他，摇晃他，他总算能站起来了。我们得救了！……

"有人给我下了麻醉药，"他说道，"……我挣扎了足有一刻钟，最后还是睡着了……不过，现在，都过去了！请不要再离开我！……"

他这句话还没说完，我们就听见城堡里响起了一阵刺耳的尖叫声，一阵真正的垂死的呼叫……

"糟糕!"鲁尔塔比伊大声吼道，"……我们来得太晚了！……"

他想朝门口跑，可是他头重脚轻，身子碰到了墙上。我呢，已经来到长廊里，紧握手枪，像疯子似的朝斯坦日松小姐的卧室跑去。就在我来到转折长廊与右长廊的交界处时，我看见一个人从斯坦日松小姐的套房里跑出来，三两步就到了楼梯平台。

我已经无法控制我的动作了。我开了枪……枪声在长廊里震耳欲聋。可是，那个人继续疯狂地往前跑，已经开始冲下楼梯了。我在后面紧追不舍，还大声喊着：“站住！站住！否则，我就打死你！……”我正要下楼梯，看见阿图尔·朗斯从我对面的城堡左长廊的尽头走过来，大声问道：“出什么事了？……出什么事了？……”我和阿图尔·朗斯，我们几乎同时到达了楼梯下面。门厅的窗户开着，我们清楚地看见了那个逃跑的人影。于是，我们本能地朝他开了枪。那个人离我们最多不到十米远，他踉跄了一下，我们以为他要摔倒。我们从窗口跳了出去，可是那个人又鼓起劲跑了起来。我只穿着袜子，而美国人则光着脚。要是我们的手枪打不着他，那我们俩就休想追上他了！我们把最后的子弹朝他射去，他依然向前跑着……不过，他是从中心院子的右侧朝城堡右翼的尽头跑的，而那个地方的外面就是高高的栅栏和深深的壕沟，他是无法从那里逃走的。在这个角落里，在我们面前，除了那个如今警卫住的凸出的挑棚小房间的门以外，就再也没有别的出入口了。

那个人显然被我们的子弹击中了，但仍然把我们甩下了二十来米。突然，在我们身后，在我们头上，长廊的一扇窗户打开了。我们听见鲁尔塔比伊声嘶力竭地喊道：

“开枪，贝尼耶！开枪！”

这时候，月光如水，冷不丁又划过一道闪电。

在闪电的亮光下，我们看见贝尼耶老爹手里拿着枪，站在主塔门口。

他瞄得很准，那个人影倒了下去。但是，由于他已经跑到了城堡右翼的尽头，那个人影倒在房子的另一侧。也就是说，我们看见他倒下了。可是，他倒在墙外，我们无法看清。贝尼耶、阿图尔和我，我们在二十秒以后来到了墙外。那个人影躺在我们脚下，已经死了。

拉尔桑大概因这阵喧闹声和枪声而从吃过安眠药以后的沉睡中惊醒了。他刚刚打开房间的窗户，就像刚才阿图尔·朗斯那样，冲我们喊道："出什么事了？……出什么事了？……"

我们呢，则朝那个影子，朝凶手那死去的神秘身影俯下身。现在，鲁尔塔比伊完全清醒了，来到我们当中。我冲他喊道：

"他死了！他死了！……"

"那再好不过了……"他说道，"把他抬到城堡的门厅里去……"

但是，他马上又改口说道：

"不！不！把他放到警卫的房间里去！……"

鲁尔塔比伊敲了敲警卫的门……里面没人回答……这当然丝毫不让我感到奇怪。

"他当然不在里面，"记者说道，"否则，他早就出来了！……把尸体抬到门厅里去吧……"

自从我们来到"死去的人影"跟前以后，一片乌云就遮住了月亮，天黑得伸手不见五指。我们只能用手触摸这个影子，但看不清他脸上的线条。可是，我们是多么渴望看清楚他啊！刚刚到来的雅克老爹帮我们把尸体抬到城堡的门厅里，我们把它放到楼梯的第一个台阶上。在抬他的路上，我觉得热血从他的伤口里流出来……

雅克老爹跑到厨房里，拿来一盏提灯。他朝那个“死去的影子”俯下身，于是我们便认出了那个人是警卫，就是那个被主塔客栈的老板称为“绿衣人”的人。他就是一个小时以前，从阿图尔·朗斯的房间里背着一个大包裹出来的那个人。不过，我看到的情况，只能告诉鲁尔塔比伊一个人。而且，我稍后也正是这么做的。

我不能不提一下约瑟夫·鲁尔塔比伊和弗雷德里克·拉尔桑——后者也来到门厅，跟我们会合——所流露出的万分惊讶。我甚至要说，他们显得无比沮丧。他们触摸着尸体……他们看着那张死人的面孔，看着警卫的绿色衣服……然后，互相说着：“不可能！……这不可能！”

鲁尔塔比伊甚至喊道：

“真该把他的脑袋揪下来喂狗！”

雅克老爹流露出一种愚蠢的悲伤，还夹杂着可笑的哀叹。他肯定地说，大家搞错了，警卫不可能是杀害女主人的凶手。我们只好让他住口。即使有人杀了他的儿子，他也不至于如此地长吁短叹。我想，他这么夸张地表达他的哀伤，是因为他心里过于恐惧，以至于让人觉得，他在为这个人的悲剧性死亡而幸灾乐祸。事实上，谁都知道，雅克老爹非常憎恶警卫。我发

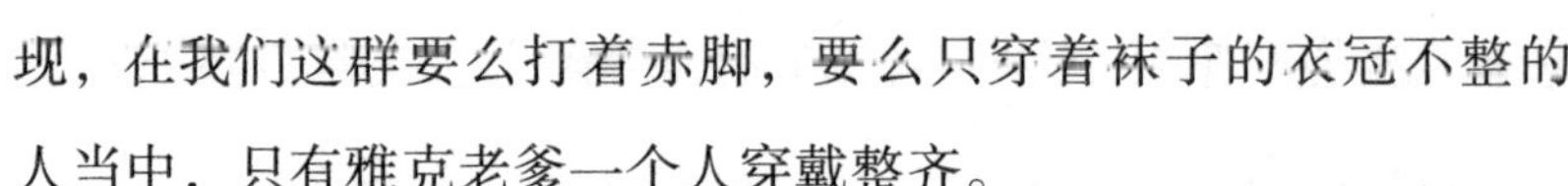

现，在我们这群要么打着赤脚，要么只穿着袜子的衣冠不整的人当中，只有雅克老爹一个人穿戴整齐。

但是，鲁尔塔比伊并不放过那具尸体。他跪在被雅克老爹的提灯照亮的门厅的台阶上，解开了警卫的衣服！……他让警卫裸露着前胸，胸口鲜血直流。

蓦地，他从雅克老爹的手里接过提灯，照亮了尸体那流血的伤口。然后，他站起身来，用一种异乎寻常的声音，以充满了讽刺的口吻说道：

“你们以为被手枪子弹或者大粒霰弹打死的这个人，实际上是被人用匕首捅在胸口上死的！”

我又一次觉得鲁尔塔比伊发疯了。我也朝尸体俯下身，于是我也看到，警卫的身体上确实没有枪伤，只有心脏那里被人捅了一刀。

二十三　双排脚印

我还没从这一发现所带来的诧异中回过神来，我的朋友便拍了一下我的肩膀，对我说道：

“跟我来！”

“去哪里？”我问道。

“到我的房间。”

“到您的房间做什么？”

“思考问题。”

我承认，我当时的状态，不仅根本不能思考，而且连思想的功能都丧失了。在这样一个悲惨的夜晚，在发生了那样一些让我不胜惶恐的前后毫不相干的事件以后，我实在不明白，在警卫的尸体和可能已经奄奄一息的斯坦日松小姐之间，鲁尔塔比伊怎么还有兴致“思考问题”。然而，他恰恰是以大指挥官在两次战役之间的那种沉着冷静进行思索的。他为我们推开了自己房间的门，指给我一把扶手椅。他自己舒舒服服地坐在我对面，自然而然地点燃了他的烟斗。我看着他思索……不久，我就睡着了。等我醒来的时候，天已经亮了。我的表针指着八点。鲁尔塔比伊不在房间里，我对面那把他坐过的扶手椅是空的。我站起身，开始伸懒腰。这时，门开了，我的朋友走了进来。我立刻从他的脸上看出，在我睡觉的时候，他一点儿都没浪费时间。

“斯坦日松小姐怎么样?”我马上问道。

“她的情况很令人不安。不过，还不算危险。”

“您离开这个房间很久了吗?”

“天刚一蒙蒙亮，我就走了。”

“您去调查了?”

“调查了很多。”

“发现了什么?”

“两排明显的脚印，本来会让我为难……”

“它们又不让您为难了?”

“对。”

“这两排脚印让您想到了什么吗?”

“对。”

“跟警卫那‘不可思议的尸体’有关?”

“对。现在，这个尸体完全‘可以思议’了。今天早晨，我围着城堡散步的时候，发现了两种不同的脚印。那是昨天夜里，两个人同时并排走的时候留下的。我强调‘同时’，事实上也不可能有别的情况。因为，假如是一个人在另外一个人之后走了同一条路，那么，他可能会踩在前面那个人的脚印上。然而，这个人的脚印一点儿都没踩在另外一个人的脚印上。看上去，那脚印像是两个正在聊天儿的人留下的。这双排脚印来到中心院子中间以后，就离开了所有其他人的脚印，离开院子，朝橡林走去。我两眼盯着这些足迹，也离开了中心院子。这时，弗雷德里克·拉尔桑来到了我身边。他立刻对我的工作表现出极大的兴趣，因为这双排脚印确实值得关注。在那里，重现了‘黄屋’奇案的双重脚印：破旧鞋子的脚印和讲究皮鞋的脚印。不过，在‘黄屋’奇案里，破旧鞋子的脚印只是在池塘边与讲究皮鞋的脚印接上头，然后就消失了。因此，我和拉尔桑断定，这两种不同的脚印属于同一个人，他只是换了一双鞋而已。而现在，破旧的鞋子和讲究的皮鞋是并肩而行的。这样一种发现完全打乱了我原来的判断，拉尔桑似乎也跟我有同感。所以，我们就弯着腰，仔细打量着这些脚印，像寻找猎物的猎犬似的，用鼻子闻着这些脚印。

“我从皮夹子里取出了我的脚印纸样。第一个纸样，就是我按照拉尔桑发现的雅克老爹的脚印，也就是说，按照破旧鞋子的脚印剪下来的纸样。我再说一遍，这第一个纸样，跟我们眼前看到的其中一个脚印完全吻合。而第二个纸样，也就是‘讲究的皮鞋’的脚印纸样，跟另外一个脚印差不多，只是脚尖有点儿不同。总之，这个新的讲究皮鞋的脚印跟池塘边上的那个脚印只是在鞋尖那里有点儿差异。我们不能得出如下结论，即这些脚印属于同一个人。但是，我们也不能肯定它们就不属于同一个人，那个人可能穿了不同的皮鞋。

“我和拉尔桑继续跟踪这两排脚印，走出橡林，又来到我们第一次调查时到过的那个池塘边。不过，这一次，没有一个脚印在这里停下来。两个脚印都走上一条小路，最后到达了通往埃皮纳的大路。到了那里，我们看到的是碎石路面，上面找不到任何足迹。于是，我们就一言不发地回到了城堡。

“来到中心院子以后，我们就分手了。可是，由于相同的思路，我们又在雅克老爹的门口相遇了。我们看到这个老仆人躺在床上，并且立刻注意到，他扔在一把椅子上的那堆衣服又脏又乱，而他的鞋子——一双完全符合我们发现的脚印的皮鞋上面布满了污泥。他绝不会因为刚才帮我们把警卫的尸体从院子的那个角落抬到门厅来，又去找了一盏提灯，就把鞋子弄成这个样子，就把衣服淋湿，因为那个时候没下雨。不过，在这以前和以后，是下过雨的。

“他那张脸也看不得。他看上去疲惫不堪，两只眼睛从一开始就不停地眨着，六神无主地看着我们。

“我们询问了他。他先是回答说，膳食总管去请的医生一到城堡，他就上床睡了。但是，在我们的一再追问下，指出他在说谎以后，他终于向我们承认，他确实离开过城堡。我们当然要问他原因，他说他头疼，需要出去呼吸新鲜空气。不过，他没有去过比橡林更远的地方。于是，我们就给他指出他走过的整个路线，就像我们看见他走了似的。老人直起身子，打起哆嗦来。

“‘您不是一个人！’拉尔桑大声说道。

“于是，雅克老爹问道：‘那你们看见他了？’

“‘看见谁啊？’我问道。

“‘那个黑色的幽灵啊！’

“接着，雅克老爹告诉我们，有好几夜，他都看见了一个黑色的幽灵。幽灵总是在子夜的钟声敲过以后出现在花园里，身影非常轻盈地穿过树林，好像能从树干中间穿过。有两次，雅克老爹借着月光，从窗户里看见了幽灵，就起了床，决心去弄清这个神秘的身影。前天夜里，他差一点儿就跟上他了。但是，那身影消失在了主塔前。最后，昨天夜里，他担心会再次发生谋杀——后来果然发生了谋杀——确实离开过城堡。他突然看见那黑色的幽灵出现在中心院子里。他先是轻手轻脚地尾随着他，后来跟得更近了……就这样，他绕过橡林、池塘，来到通往埃皮纳的大路上。到了那里，幽灵突然不见了。

“‘您没看清他的脸吗？’拉尔桑问道。

“‘没有！我只看见了黑色纱巾……’

“‘在长廊里发生了那样的事以后，您还不跳上去抓住他？’

“‘我做不到！我被吓坏了……我能有力气跟着他就不错了……’

“‘您不是跟着他，雅克老爹，’我说道，语气里充满了威胁，‘您是跟那个幽灵手挽着手，一直走上埃皮纳的大路！’

“‘不是！’他喊道，‘突然下起了瓢泼大雨……我就回来了！……我不知道那个幽灵到底怎么样了……’

“但是，他的目光却避开了我。

“我们离开了他。

“等我们来到外面以后，我用一种奇怪的语气问道：‘同伙？’同时，我盯着拉尔桑的脸，想抓住他内心的真实想法。

“拉尔桑朝天上举起了双臂。

“‘谁知道呢？……在一个这么复杂的案子里，谁知道呢？……要是在二十四小时以前，我敢发誓，没有同伙！……’

“然后，他对我说，他要马上离开城堡，去埃皮纳。”

鲁尔塔比伊结束了他的叙述。我问道：

“嗯，这一切能得出什么结论呢？……至于我呢，我是什么也看不出来！……我什么也不知道！……那么，您知道些什么呢？”

“一切！”他大声说道，“……一切！”

我从来没见过他如此喜形于色。他站起身来，紧紧地握着我的手……

“那么，请给我说一说吧……”我请求道。

“我们去问问斯坦日松小姐的情况。”他陡然这样回答我说。

二十四 “凶手的两半”

斯坦日松小姐再一次险些丧了命。不幸的是，这一次比前一次更为严重。这天夜里凶手在她胸部捅的三刀，使她长时间地挣扎在生与死之间。最后，她的生命力终于表现得比人们期望的还要强大，这个可怜的女人又一次死里逃生了。可是，人们同时发现，她虽然身体各器官的功能正在一天天地恢复，但神志却没有恢复清醒，稍一提那场可怕的惨剧，就会让她说谵语。况且，我可以毫不夸张地说，罗伯尔·达尔扎克先生在发现警卫的尸体后的第二天，一回到橡栗城堡就被逮捕了，这使她那过人的聪颖消失得无影无踪。

罗伯尔·达尔扎克先生是在九点半左右回到城堡的。我看见他跑着穿过花园，头发蓬乱，衣冠不整，脚上、身上沾满了泥水，样子十分狼狈。他的脸色像死人一样苍白。鲁尔塔比伊和我，我们趴在长廊的一扇窗户上。他看到了我们，朝我们声嘶力竭地喊道：

“我来得太迟了！……”

鲁尔塔比伊也冲着他喊道：

“她还活着！……”

一分钟之后，达尔扎克先生走进斯坦日松小姐的卧室，我们在门外听到了他的哭泣声。

“这是命中注定的啊!”鲁尔塔比伊在我身边轻轻地说道，“是什么样的凶神恶煞在给这个家降灾呢？要不是有人让我睡着，我就能从那个人手里拯救斯坦日松小姐了。我还能让他永远闭上嘴巴……而且，警卫也不会死去!”

达尔扎克先生来到了我们身边，泪流满面。鲁尔塔比伊向他叙述了发生的一切：怎样为保障他和斯坦日松小姐的安全做好了一切准备；如何在看清那个人的面孔以后，让他永远离开；他的全部计划是怎样因为那可恶的麻醉药而付诸东流的。

“啊！要是您真的信任我的话，”年轻人低声说道，“要是您能让斯坦日松小姐相信我的话！……可是，在这里，每个人都防范着其他人……女儿防范着父亲，未婚妻防范着未婚夫……在您要我千方百计地阻止凶手到来的时候，她却在千方百计地让凶手来杀害自己！……我来得太晚了……当半醒半睡的我……几乎是拖着身子来到她的房间，看到那个可怜的女人倒在血泊里的时候，我这才彻底清醒过来……”

在达尔扎克先生的询问下，鲁尔塔比伊描述了一下当时的情景。正当我们在门厅和中心院子里追逐凶手的时候，他扶着墙，朝受害者的房间走去……前厅的门开着，他走了进去。斯坦日松小姐半倒在办公桌上，双眼紧闭，失去了知觉。她的睡衣被从胸部的伤口里汩汩地流出的鲜血染红了。安眠药的作用还没有完全消失，鲁尔塔比伊觉得自己好像在一场噩梦之中。他无意识地回到长廊里，打开一扇窗户，朝我们呼喊“杀人了”，又命令我们杀人。然后，他回到了套房里。他立刻穿过空无一人的小客厅，走进了半掩着门的大客厅。他摇晃着躺在沙发上的斯坦日松先生，把他叫醒，就像我刚才把他叫醒那样……斯坦日松先生坐起来，神情恍惚，被鲁尔塔比伊拉着来到卧室，看到他女儿，发出一声凄惨的叫喊……啊，他终于醒了！他终于醒了！……这时，他们两个人摇摇晃晃地用尽所有的力气，把受害者抬到了床上……

后来，鲁尔塔比伊想到我们那里去，想知道……想知道……可是，在离开卧室之前，他在桌子旁边停下来……地上有一个包裹……很大……是文件……纸张……图片……他看到上面写着：“新电解电容区别验电器……可称量物质与不可称量的能媒中介物质的基本性能……”的确，究竟是一种什么样的神秘命运，一种什么样的莫名其妙的讥讽，使得“有人”恰恰在杀害他女儿的时候，又送还给斯坦日松先生这堆对他来说已经变得毫无意义的废纸呢？他第二天就会把它们扔到火里……

扔到火里……扔到火里！

在这个可怕的夜晚过去之后，第二天上午，我们看到德·马凯先生、他的书记官和那些警察又出现在了城堡里。我们每一个人都受到了审问，当然不包括斯坦日松小姐，她仍然处于近乎没有知觉的状态。经过商量，我和鲁尔塔比伊只说了我们想说的事。我没提我在那个小黑屋里放哨的事，也没提麻醉药的事。总之，我们隐瞒了所有会让人怀疑我们正等待着发生什么事，以及所有会让人发现斯坦日松小姐正在“等待凶手”的事。这个可怜的女人可能会为了掩盖凶手的罪行而付出生命的代价……我们没有必要使她的这种牺牲变得毫无价值……阿图尔·朗斯表情极为自然地——而且是那么的自然，简直让我吃惊——告诉大家，他在晚上十一点钟左右，最后一次看到了警卫。警卫是到他的房间里来搬他的箱子的。警卫要在第二天一大早把箱子送到圣米歇尔火车站，并在他的房间里跟他聊了很长时间关于打猎和偷猎的事。阿图尔·威廉·朗斯确实要在第二天早晨离开橡栗城堡，并且按照他的习惯，步行去圣米歇尔。所以，他就趁警卫早晨去那个小镇，使自己摆脱了这个箱子的负担。当我看到“绿衣人”从阿图尔·朗斯的房间里出来的时候，他肩上扛的就是这个箱子。

至少，我是被引导着这么想的，因为斯坦日松先生证实了他的这个说法。他还补充说，前一天晚上，他没能请他的朋友阿图尔·朗斯跟他一起吃晚饭，是因为后者在下午五点钟左右向他和他的女儿最后告别，说他不太舒服，只让人把一杯茶端到了他的房间。

看门人贝尼耶按照鲁尔塔比伊的指示说，那天晚上，他受警卫的调遣，跟警卫一起去抓偷猎者（警卫已经不能反驳他的话了）。他们俩约好在橡林附近见面。见警卫总是不来，他就去迎警卫……他来到主塔前，刚穿过中心院子的小门，就看见一个人从对面朝城堡右翼飞跑。与此同时，在逃跑者身后响起了枪声。随即，鲁尔塔比伊出现在了长廊的窗口。他看见了贝尼耶，认出他来，看见他拿着枪，就大声喊着让他开枪。于是，贝尼耶就举起枪射击了……而且，他肯定打中了逃跑者，甚至相信已经把他打死了。这种信念一直持续到鲁尔塔比伊检查了那个倒在他枪下的尸体，告诉他那个人是被刀刺死的为止。而且，他对这种魔术场面感到莫名其妙，既然死者不是大家都朝他开枪的那个逃跑者，那么，那个逃跑者现在就一定待在一个什么地方。然而，我们大家都聚集在尸体旁的那个小小的角落里，根本没有任何空间可以藏匿另外一个死人或者活人，又不被我们看见！

贝尼耶就是这么说的。可是，预审法官回答他说，我们聚集在院子的那个小角落里的时候，天很黑，我们都没能看清警卫的脸。为了能看清他的脸，我们还得把他抬到门厅里去……贝尼耶反驳说，即使看不见那“另外一个死人或者活人”，我们也能踩在他身上。原因很简单，那个角落实在太小了。再说，除了尸体以外，我们一共五个人待在院子的那个小角落里，而另外一个人竟然不翼而飞了，这实在令人难以置信……那个小角落里唯一的一道门，就是警卫住的房间的门，但那道门是锁着的。人们在警卫的衣袋里找到了钥匙……

不管怎么说，贝尼耶作出了这样一个看上去逻辑性很强的论断，想说明的是，人们用子弹打死了一个被刀子刺死的人。预审法官没有过多地在这个问题上纠缠。从中午起，所有人都看得很清楚，预审法官深信，我们没有击中逃跑者，而是在那里遇到了一具跟这件事毫无关系的尸体。在他看来，警卫的尸体是另外一回事。他想立刻就证实这一点，这个“新的事件”很可能跟他几天以来对警卫的生活作风的看法有关，跟他与女人的来往有关，跟他新近与主塔客栈老板的妻子的关系有关，也印证了人们对马蒂约老爹曾向他发出的死亡威胁的联想。因为，中午一点的时候，人们不顾马蒂约老爹受关节炎病痛折磨时的呻吟和他妻子的抗议，把他逮捕并押解到了科尔贝伊。不过，人们在他身上没有找到任何可以使他受到牵连的东西。但是，他前一天还对马车夫们说了不少话（又被马车夫们到处重复），比在他床垫子底下找到杀死“绿衣人”的刀子还要对他不利。

正当我们大家都被这一连串既可怕又让人匪夷所思的事件弄得目瞪口呆的时候，我们看见弗雷德里克·拉尔桑来到了城堡。他见到预审法官以后，就立刻离开了城堡。现在，他带着一个铁路员工回来，更加使我们“丈二的和尚摸不着头脑”。

当时，我们正跟阿图尔·朗斯在一起，在门厅里讨论马蒂约老爹究竟有没有罪的问题。其实，只有我跟阿图尔·朗斯两个人在讨论，因为鲁尔塔比伊似乎陷入了沉思，根本不关心我们讨论的内容。预审法官和他的书记官待在绿色客厅里。我们第一次来城堡的时候，罗伯尔·达尔扎克就把我们领进了这间小客厅。雅克老爹受到法官的传唤，刚刚走进客厅。罗伯尔·达尔扎克先生跟斯坦日松先生和几位医生一起，待在楼上斯坦日松小姐的卧室里。弗雷德里克·拉尔桑带着那个铁路员工走进了门厅。我和鲁尔塔比伊立刻认出了那个留着金色小胡子的铁路员工：“瞧！是埃皮纳-絮-奥日的那个员工！”我大声说道，并看了弗雷德里克·拉尔桑一眼。他微笑着回答道：“不错，不错，您说的很对。他就是埃皮纳-絮-奥日的那个员工。”说完，弗雷德里克就让在客厅门口站岗的警察向预审法官通报了。雅克老爹一出来，弗雷德里克·拉尔桑和那个员工就被领进去了。几分钟过去了，大约有十分钟吧，鲁尔塔比伊坐卧不宁。客厅的门开了，那个警察被预审法官叫进客厅，又很快从里面出来，上了楼，又下来了。他打开客厅的门，没把门关上，对预审法官说道：

“预审法官先生，罗伯尔·达尔扎克先生不肯下来！”

“什么？他不肯？……”德·马凯先生大声喊道。

“不肯！他说，鉴于斯坦日松小姐目前的状况，他不能离开她……”

“那好吧，”德·马凯先生说，“既然他不肯到我们这里来，那我们就去找他吧……”

德·马凯先生和警察一起上了楼。预审法官示意弗雷德里克·拉尔桑和那个员工也跟他们一起上去。我和鲁尔塔比伊走在队伍的最后。

一行人来到长廊里，站在斯坦日松小姐的套间的门厅外面。德·马凯先生敲了敲门。一个女用人出现在门口，是希尔维娅——一个年轻的女仆。她那蓬乱的淡黄色头发散落在一张沮丧的脸上。

“斯坦日松先生在吗？”预审法官问道。

“在，先生。”

“告诉他，我想跟他谈谈。”

希尔维娅进去叫斯坦日松先生了。

老学者从里面走了出来。他在哭泣，那样子让人看了很难过。

“您还要我做什么？”他问法官，“在这样一种时刻，先生，你们就不能让我安静一会儿吗？”

“先生，”法官说道，“我必须马上跟罗伯尔·达尔扎克先生谈谈。您能不能让他离开斯坦日松小姐的房间？否则，我就不得不使用法律的武器，强行迈进这个门槛了。”

教授什么也没有回答，只是看着法官、警察，以及所有跟在后面的人，就像受难者看着刽子手一样。然后，他就走进了房间。

罗伯尔·达尔扎克立刻从里面走了出来。他脸色惨白，精神已经崩溃了。当这个可怜的人瞥见弗雷德里克·拉尔桑身后的铁路员工的时候，脸色变得更加难看了，神情也恍惚起来，忍不住发出一声低沉的叹息。

我们大家都看到了这张痛苦的脸上那悲伤的表情，也不禁发出一阵同情的叹息。我们明白，一定发生了某种有决定性意义的事情，从而导致了罗伯尔·达尔扎克先生的彻底失败。只有弗雷德里克·拉尔桑喜形于色，流露出“猎犬终于捕到自己追逐的猎物”的那种心满意足。

德·马凯先生给罗伯尔·达尔扎克先生指着那个留着金色小胡子的年轻铁路员工，问道：

“您认得这位先生吗?”

“我认得他，”罗伯尔·达尔扎克回答道，他徒劳地想让自己的声音显得自信，“他是埃皮纳-絮-奥日火车站的一个员工。”

“这个年轻人说，他看见您在埃皮纳下了火车……”德·马凯先生继续说道。

“昨天夜里，”达尔扎克先生回答，“十点半……不错！……”

一阵沉默……

“达尔扎克先生，”预审法官又说道，语气里带着一种让人心碎的激动，“……达尔扎克先生，昨天夜里，您到离杀害斯坦日松小姐的地方只有几公里的埃皮纳去干什么呢？……”

达尔扎克先生沉默着。他没有低下头，但闭上了眼睛，也许是为了掩饰自己的痛苦，或者是怕别人看出他心底的秘密。

“达尔扎克先生，”德·马凯先生追问道，“您能不能把您昨天夜里的时间安排告诉我？”

达尔扎克先生睁开了眼睛。他好像恢复了原有的坚强。

“不能，先生！……”

“请您好好考虑一下，先生！如果您继续坚持这种莫名其妙的不合作态度，那我就不得不逮捕您了。”

“我不想说……”

“达尔扎克先生！我以法律的名义，逮捕您！……”

法官的话还没说完，我就看见鲁尔塔比伊朝达尔扎克冲了过去。他肯定是想说话，但后者向他做了个手势，让他住口……而且，警察已经走到了犯人身边……这个时候，响起了一声绝望的呼唤：

“罗伯尔！……罗伯尔！……”

我们听出来了，是斯坦日松小姐的声音。听着那让人撕心裂肺的呼唤，没有一个人不浑身战栗，就连拉尔桑都变得脸色苍白。达尔扎克先生本人呢，听到这呼喊声，又转身冲进了房间……

法官、警察和拉尔桑都跟在他身后，我和鲁尔塔比伊留在了门口。那场面让人肝肠痛断：斯坦日松小姐的脸色像死人一样煞白。她不顾两位医生和她父亲的阻拦，挣扎着从床上坐了起来……她朝罗伯尔·达尔扎克伸出颤抖的双臂。拉尔桑和警察用手抓住了达尔扎克……她睁大了眼睛……她看见了……她明白了……她嘴里好像喃喃地说了一句话……一句消失在她那没有血色的唇边的话……一句谁都没有听见的话……然后，她就躺倒了，昏了过去……人们赶紧把达尔扎克带出房间……我们都聚集在门厅里，等着拉尔桑去叫马车。我们每一个人都激动不已。德·马凯先生眼里含着泪珠。鲁尔塔比伊趁着这个人心浮动的时刻，问达尔扎克先生：

"您不想为自己辩护吗？"

"不想！"犯人回答。

"可我要为您辩护，先生……"

"您做不到……"那个不幸的人面带凄惨的微笑，说道，"我和斯坦日松小姐没能做到的事，您也同样做不到！"

"不，我一定能做到。"

鲁尔塔比伊的语气里流露出惊人的镇静和惊人的自信。他又接着说道：

"我一定能做到，罗伯尔·达尔扎克先生，因为我知道的比你们多！"

"算了吧！"达尔扎克几乎愤怒地低声说道。

"啊！您放心好了，我只知道为了救你们需要知道的事！"

“您什么都不需要知道，年轻人……如果您希望让我感激您的话。”

鲁尔塔比伊摇了摇头。他走到达尔扎克身边，贴在他耳边。

“听好我要对您说的话，”他低声对达尔扎克说道，“……这会使您充满信心！您呢，只知道凶手的名字；斯坦日松小姐呢，只知道凶手的一半；可我呢，我知道凶手的两半。我了解凶手的全部！……”

罗伯尔·达尔扎克睁大了眼睛，说明他一点儿都没听懂鲁尔塔比伊刚刚对他说的这番话。这时候，弗雷德里克·拉尔桑赶着马车到了。人们让罗伯尔·达尔扎克和警察上了车。拉尔桑坐在赶车人的位置上。犯人将被带到科尔贝伊。

二十五　鲁尔塔比伊外出旅行

我和鲁尔塔比伊当天晚上就离开了橡栗城堡。我们心里很高兴，因为那里再也没有什么可以使我们留恋的东西了。我声明，我不想再去刺探这么多玄妙莫测的奥秘了。鲁尔塔比伊友好地拍了一下我的肩膀说，橡栗城堡对他来说已经没有任何秘密可探索了，因为橡栗城堡已经把所有的谜底都“告诉”了他。我们在八点钟左右到了巴黎，匆匆吃了晚饭。我们都很累，就分手了，约好第二天在我那里见面。

鲁尔塔比伊在约定的时间走进了我的房间。他身穿一套英格兰格呢西装，臂上搭着一件乌尔斯特大衣，头上戴着一顶鸭舌帽，手里拿着一个提包。他告诉我，他要出门旅行。

“您要走多长时间?”我问道。

“一两个月吧。”他回答说，“看情况……”

我没敢再多问……

“您知道，”他对我说，“斯坦日松小姐在晕倒以前……眼睛看着罗伯尔·达尔扎克先生说的那句话是什么吗？……”

“不知道，谁都没听见她说的是什么……”

“不！”鲁尔塔比伊回答，“我听见了！她对他说：‘说吧！’”

“那么，达尔扎克先生会说吗？”

“永远不会！”

我很想再多聊一会儿，但他已经握紧我的手，祝我身体健康了。我只来得及问他：

“您不担心，您不在的时候会发生新的谋杀吗？……”

“自从达尔扎克先生被关进监狱以后，”他说，“我对这个问题不再有任何担心了。”

说完这句奇怪的话以后，他就离开了我。我只是在达尔扎克案件开庭审判期间，他来到证人席上解释那“不可思议的事”的时候，才又见到了他。

二十六　期待鲁尔塔比伊现身

到了1月15日，也就是我刚刚讲过的那些悲惨事件发生后两个半月，《时代报》头版头条发表了下面的文章：

塞纳—乌瓦兹法院的陪审团今天被召集起来，审判一起司法史上最神秘的案件。从来没有一个案件存在这么多令人难以理解的、无法解释的难点。但是，尽管如此，法庭还是毫不犹豫地把一位备受所有认识他的人敬仰、尊重与喜爱的人，一个象征着科学的希望的年轻学者，一个把毕生献给工作的无比廉洁的人送上被告席。当巴黎人得知罗伯尔·达尔扎克先生被捕的消息时，从四面八方传来一片抗议声。被预审法官这闻所未闻的举动所侮辱的巴黎大学全体师生一致表示，他们深信斯坦日松小姐的未婚夫是清白无辜的。斯坦日松先生本人也公开表示，法庭误入了歧途。而且，谁都不会怀疑，倘若受害者能够开口说话，她也一定会来向塞纳—乌瓦兹法院的十二位陪审员索要那个她要嫁的人，那个要被这场指控送上断头台的人。我们完全有理由希望，斯坦日松小姐因在橡栗城堡中发生的一系列神秘事件而丧失的理智很快就能得到恢复。难道你们想让她在得知心上人被刽子手处死以后，再一次失去理智吗？这个问题，就留给“我们今天所选出的陪审团”吧！

的确，我们决心不让这十二位正直的人犯下一个如此可憎的司法错误。诚然，那么多的巧合，那么多的可疑迹象，再加上被告那神秘的沉默，又没有任何不在犯罪现场的证据，这一切都有可能让检察院误把罗伯尔·达尔扎克先生当成那个“踏破铁鞋无觅处”的凶手。从表面上看，这些指控太确凿了。因此，一个像弗雷德里克·拉尔桑这样经验丰富、聪颖过人，而且，一般来说，总是很幸运的警察也会被蒙骗，是可以谅解的。迄今为止，在调查的过程中，一切都指向罗伯尔·达尔扎克先生。但是，今天，我们要在陪审团面前为他辩护。我们要为法庭带来一片光明，这光明是如此的耀眼，它将把整个“黄屋”奇案“照亮”。因为，我们掌握了事实真相。

我们之所以没有早些开口，无疑是为了维护我们为之辩护的人的利益。读者一定没有忘记本报早些时候刊登的关于“奥贝尔康夫街的左脚”“通用债券盗窃案”和“金锭事件”的那些骇人听闻的匿名调查结果。那些调查使我们早在那位机智神勇的弗雷德里克·拉尔桑完全揭开这些秘密之前，就猜到了事实真相。那些调查是由本报最年轻的记者，一个年方十八岁的孩子约瑟夫·鲁尔塔比伊负责的，他即将名扬天下。橡栗城堡凶杀案一发生，我们年轻的记者就奔赴现场，让人为自己打开所有的大门，并且住进了这座把各个报社的记者都“拒之门外”的城堡。尽管他在弗雷德里克·拉尔桑身旁，但他却在独自探寻着事实真相。他不胜惶恐地注意到，那位赫赫有名的大侦探误入了歧途。他千方百计地想让大侦探迷途知返，但无济于事，伟大的弗雷德里克根本不想听这个小记者的教训。我们现在已经知道，他的这个错误把罗伯尔·达尔扎克“送到”了什么地方。

不过，法国人应当知道，全世界的人都应当知道，就在罗伯尔·达尔扎克先生被捕的那天晚上，年轻的记者约瑟夫·鲁尔塔比伊来到总编办公室，对总编说道：“我要出去旅行。但是，要走多长时间，我无法告诉您。也许一个月，也许两个月、三个月……也许我永远也回不来了……这是一封信……万一达尔扎克先生开庭受审的那一天我回不来，您就在证人按照顺序入席之后，在法庭上打开这封信。为此，您要事先跟罗伯尔·达尔扎克先生的律师取得一致意见。达尔扎克先生是无辜的——在这封信里，有凶手的姓名。不过，我不能说。里面有证据，但是，证据……我现在就去寻找。不过，里面有他所犯下的无可辩驳的罪行。”说完，我们的记者就出发了。我们很久没有得到他的消息了，但是，一个星期以前，一个陌生人来找我们的总编，对他说：“有必要的话，请按约瑟夫·鲁尔塔比伊的话去做。事实真相就在这封信里。”那个人不肯对我们说出他的姓名。

今天，1 月 15 日，是重罪法庭开庭的日子。约瑟夫·鲁尔塔比伊没有回来。也许，我们永远也见不到他了。新闻界也有英雄，为责任牺牲，职业责任——所有责任中最神圣的责任。或许，此刻他已经牺牲了！我们会为他复仇的。今天下午，我们的总编将出席凡尔赛重罪法庭的审判，并带着这封信，这封写着凶手姓名的信！

这篇文章的题图是约瑟夫·鲁尔塔比伊的照片。

那一天去凡尔赛旁听审理“黄屋”奇案的人，一定没有忘记圣拉扎尔火车站上那人山人海的场面。火车上根本找不到座位，铁路上只好临时加车了。《时代报》的文章震撼了所有人的心，刺激了所有人的好奇心，把辩论的激情激发到了狂热的地步。约瑟夫·鲁尔塔比伊的拥戴者与弗雷德里克·拉尔桑的崇拜者互相握手，但奇怪的是，这些人的狂热与其说是来自对一个无辜的人可能蒙冤受屈的担忧，不如说是来自他们对“黄屋”奇案的不同理解。每一个人都有自己的解释，并且每一个人都认为自己的解释是最正确的。针对这一案件，所有跟弗雷德里克·拉尔桑观点相同的人，都无法容忍别人对这位深孚众望的警探那明察秋毫的洞察力有所怀疑。而其余那些跟弗雷德里克·拉尔桑持不同观点的人，自然就认为他们跟那个自己还不熟悉的约瑟夫·鲁尔塔比伊的见解一致。“拉尔桑派”和“鲁尔塔比伊派”都人手一份《时代报》，争得面红耳赤，吵得不可开交。这场唇枪舌剑的战斗一直打到凡尔赛法院的台阶上，打到了法庭里。于是，法院加强了维持秩序的力量。一大群没能走进法庭的人围在法院四周，一直等到傍晚，渴望得到里面的消息，听信各种神乎其神的传闻。军队和警察艰难地维持着秩序。有一阵儿，还有消息说，有人刚刚在法庭上逮捕了斯坦日松先生本人，他承认自己是杀害自己女儿的凶手……人们简直是疯了，紧张的情绪达到了顶点。大家期待着鲁尔塔比伊……有人

声称认识他，认出了他。每当一个年轻人手持通行证，穿过那个把人群跟法院分开的广场时，都会引起一阵人头攒动。人们会喊："鲁尔塔比伊！那就是鲁尔塔比伊！"那些跟《时代报》上登的照片多少有点儿相像的证人也都引起了欢呼。《时代报》主编的到来，更成了人们冲动的缘由。有人鼓掌，有人吹口哨。人群里有不少妇女……

法庭上，审判在罗库庭长的主持下进行着。他是一个满脑子都是司法界各种偏见的人，但为人绝对正直。法庭传证人出庭，我自然被列入其中，还有那些或多或少接触过橡栗城堡秘密的人：斯坦日松先生，他又衰老了足有十岁，变得让人难以辨认；拉尔桑；阿图尔·威廉·朗斯先生，他依然满脸通红；雅克老爹；马蒂约老爹，他是戴着手铐被带上法庭的；痛哭流涕的马蒂约太太；贝尼耶夫妇；两个看护者；膳食总管；城堡里所有的仆人；第四十号邮局的职员；埃皮纳火车站的员工；斯坦日松先生和小姐的几位朋友，以及所有为罗伯尔·达尔扎克先生辩护的证人。我很幸运，被列入了首先出庭作证的人当中。这样一来，我就可以列席全部审判了。

我无须对你们说，法庭里是人挤人，律师们一直坐到了院子的台阶上。而且，在那些穿红袍子的法官身后，附近各法院的检察官都来了。罗伯尔·达尔扎克先生出现在被告席上，在两个警察中间，显得那么沉静，那么伟大，那么英俊，引起的赞叹胜于同情。他立刻朝他的律师亨利·罗伯尔俯下身，后者在其助手、刚刚在律师业起步的安德烈·埃斯的帮助下，已经开始翻阅他的档案了。

很多人都等着看斯坦日松先生走过去跟被告握手。但是，这时开始传唤证人了，证人们都离开了大厅。因此，这个动人的场面没有出现。在陪审团成员入座的时候，人们注意到，他们对亨利·罗伯尔律师与《时代报》总编之间的简短谈话颇感兴趣。后者走到听众席的头排坐了下来，有些人对他没有跟其他证人一起到证人厅去感到奇怪。

一如既往，起诉书的宣读顺利地进行着。在这里，我就不复述对达尔扎克先生进行的冗长的审讯了。他以一种既十分自然，又十分神秘的神态回答着讯问。“所有他能说出的话”都显得很自然，“所有他不肯说出的话”都显得很可怕，对他来说是如此，甚至在那些“感到”他无辜的人眼里也是如此。在那些我们已经知道的问题上，他的沉默导致了对他的指控。而且，看来这种沉默最终会把他摧垮。他顶住了庭长和检察院方面的一再追问。有人告诉他，在这样的场合保持缄默，就等于死亡。

“那好吧，”他说道，“我接受死亡。但是，我是无辜的！”

亨利·罗伯尔律师以他那闻名遐迩的惊人的机敏，利用这一场面，努力用沉默现象本身来突出这种沉默的伟大，暗示只有心灵高尚的人才会勇于承担道义上的义务。可是，这位杰出的律师只能说服那些了解达尔扎克先生的人，其他人依然半信半疑。法庭暂停审理，接着开始传唤证人。然而，鲁尔塔比伊仍然没到。每当门被打开，大家的目光都会投向那里，接着又转向《时代报》的总编，他镇定自若地坐在自己的座位上。人们终于看到他翻动自己的衣袋，从里面掏出了一封信。这个动作引起了一阵骚动。

我无意在此重复这个案件的审理过程中发生的各种事件。我已经对这个案件的各个阶段做了过于详细的介绍，不想再把围绕这些神秘事件的新情况强加给读者。我希望尽快说到这个令人难忘的一天里，真正具有戏剧性的一刻。亨利·罗伯尔律师向马蒂约老爹提问题，后者站在证人席上，在两个警察中间，因没有刺杀“绿衣人”而为自己辩解。他的妻子被传进来，与他对质。她哭着承认，她是警卫的“女友”，她丈夫已经怀疑到了这一点。但是，她又肯定地说，她丈夫跟她“男友”的被害毫无关系。于是，亨利·罗伯尔律师就请法庭立刻听听弗雷德里克·拉尔桑在这个问题上的观点。

“在法庭暂停审理期间，我跟弗雷德里克·拉尔桑有过一次简短的谈话。”律师说道，“他对我说，可以用马蒂约老爹以外的原因来解释警卫的死。听弗雷德里克·拉尔桑说出他的假设，将十分有趣。”

弗雷德里克·拉尔桑被带了上来。他的解释极为明确：

“针对这个问题，我认为根本没有必要把马蒂约老爹扯进来。我把这个想法告诉了德·马凯先生。可是，马蒂约老爹说过的那些激烈的、以死亡相威胁的话，无疑影响了预审法官的判断。在我看来，对斯坦日松小姐的谋杀和对警卫的刺杀是一回事。人们向那个朝中心院子跑去的杀害斯坦日松小姐的凶手开了枪，以为击中了他，以为把他打死了，而事实上，他只是在城堡右翼消失以前，身子趔趄了一下而已。到了那里，凶手碰到了警卫，警卫无疑想阻止他逃跑。凶手手里还握着他刚刚刺杀斯坦日松小姐时用的那把匕首，他又把它刺向警卫的胸口，把警卫刺死了。”

这个简单的解释显得非常可信，很多对橡栗城堡的神秘谋杀感兴趣的人都想到了这一点。听众席上传来了一阵表示赞成的窃窃私语声。

“那么凶手呢，他到底去哪里了呢？”庭长问道。

“他肯定在院子里某个角落的暗处藏起来了，庭长先生。等城堡里的人都走了以后，他再不慌不忙地逃走。”

这个时候，从后面那些“站着的旁听者”里面，传出了一个年轻的声音。这个声音在一片惊讶声中响起：

“我同意弗雷德里克·拉尔桑的关于凶手用匕首刺死警卫的说法。但是，我不同意他关于凶手是如何从院子的某个角落逃走的说法！”

所有人都回过头来。法警赶紧出来，要大家安静。庭长生气地问“是谁这么大声嚷嚷”，并命令立刻把这个人赶出去。但是，人们听到那个响亮的声音又响了起来：

“是我，庭长先生。是我，鲁尔塔比伊！”

二十七　鲁尔塔比伊的辉煌

法庭里出现了一阵剧烈的骚动。人们听到了一些被挤得受不了的女人发出的叫喊声，大家已经不再理睬“法律的尊严”了。大厅里十分拥挤，谁都想看看这个约瑟夫·鲁尔塔比伊。庭长大声呼喊，要把大厅里的人赶出去。可是，谁也听不见他的喊声。这时候，鲁尔塔比伊从那个把他跟有座位的听众分开的栏杆上跳下来，用肘部为自己开路，来到了他的总编身旁。总编激动地拥抱了他。他从总编手里拿走“他的”信，揣进衣袋，然后来到大厅里进行审讯、听证的位置，一直走到证人席上。他被人拥挤着，他自己也挤着别人。他的脸上绽开幸福的微笑，一双圆圆的大眼睛闪烁着智慧的光芒，使他那张脸更像一个红彤彤的球。他穿着我看着他动身那天穿的那套英国西装（可是，都变成什么模样了，天哪），臂上搭着“乌尔斯特”大衣，手里拿着帽子。他说道：

“请原谅，庭长先生，横渡大西洋的客轮晚点了！我从美国回来。我是约瑟夫·鲁尔塔比伊！……”

一阵哄堂大笑——大家都为这个孩子的到来而感到高兴。所有人都感到，压在心里的一块巨大的石头被搬掉了。现在，可以舒畅地呼吸了。人们深信，他肯定带回了事实真相……他将使真相大白于天下……

可是，庭长却怒不可遏：

“啊！您就是约瑟夫·鲁尔塔比伊！”庭长说道，“……好吧，让我来教您怎么嘲弄法庭，年轻人……在法庭上讨论您的问题之前，我要行使我的权宜处置权……让您随时听候法庭的调遣。”

“庭长先生，这正是我求之不得的事：听从法庭的调遣……我就是回来听从法庭调遣的……如果我的到来引起了喧闹的话，我恳请法庭原谅……请相信我，庭长先生，没有人比我更尊重法庭了……但我只能这个样子进来……”

说完，他就笑了，大家也跟着他笑了起来。

“把他带走！”庭长命令道。

但是，亨利·罗伯尔律师出面干涉了。他首先为年轻人说好话，说他是一片好心，并向庭长指出，法庭不能不听听这样一个证人的证词。发生神秘惨案以后的整整一个星期，他都住在橡栗城堡。尤其是，这个证人说他能证明被告是无辜的，并且能说出真正凶手的名字。

“您要说出凶手的名字?”庭长问道。他开始动摇了，但仍然有点儿怀疑。

“当然，我的庭长，我就是为这个来的!”鲁尔塔比伊说道。

大家差点儿鼓起掌来，但是法警们严厉的嘘声又使大厅里恢复了宁静。

“约瑟夫·鲁尔塔比伊,”亨利·罗伯尔律师又说道,“没有被列入证人名单。不过，我希望庭长先生能行使权宜处置权，讯问他。”

“好吧!”庭长说道,“我们将讯问他。不过，先让我们结束现在的讯问……”

这时，代理检察长站了起来。

“庭长先生,”他说道，“最好让这个年轻人立刻就告诉我们……被他指控为凶手的那个人的姓名。”

庭长态度有所保留，又有些讥讽地说道:

“既然代理检察长先生很重视约瑟夫·鲁尔塔比伊先生的证词，那么我不反对证人马上向我们说出‘他的凶手’的姓名!”

这时，大厅里安静得能让人听见苍蝇飞的声音。

鲁尔塔比伊沉默着，满怀同情地看着罗伯尔·达尔扎克先生。后者从讯问开始以来，第一次露出不安的神情。

“好吧!”庭长又说,“请说吧，鲁尔塔比伊先生。我们等着听凶手的姓名!”

鲁尔塔比伊不慌不忙地在背心口袋里翻找着，从里面取出一个很大的老式怀表，看了一眼，然后说道：

“庭长先生，我要到六点半钟才能对您说出凶手的名字！我们还得等上整整四个小时呢！”

大厅里响起了一阵惊讶的议论声。有几位律师大声说道：“他这是在嘲笑我们！”

庭长显得很得意，亨利·罗伯尔律师和安德烈·埃斯律师显得忧心忡忡。

庭长说道：

“这个玩笑开的时间够长了。您可以到证人厅去了，先生。我留您在那里听从法庭的调遣！”

鲁尔塔比伊表示了抗议。

“我向您保证，”他用那又尖又嘹亮的声音喊道，“我向您保证，等我对您说出凶手的名字的时候，您就会明白，我只能等到六点半才能说！我以正直人的名誉发誓！以鲁尔塔比伊的名誉发誓！……不过，在此之前，我可以向您提供一些那个杀害警卫的凶手的情况……弗雷德里克·拉尔桑先生看到过我在橡栗城堡是怎样‘工作’的。他会告诉你们，在整个事件中，我是以怎样严谨的态度进行调查研究的。尽管我跟他意见相反，认为他让人逮捕罗伯尔·达尔扎克先生，是逮捕了一个清白无辜的人，但是他并不怀疑我的好意，也不怀疑我的发现的重要性。这些发现……常常是印证了他的发现！”

弗雷德里克·拉尔桑说道：

“庭长先生，听听约瑟夫·鲁尔塔比伊先生的发言会很有意思，尤其是……因为他的意见跟我的意见不一致。”

警探的话引起了一阵表示赞成的议论声。他愿意光明磊落地接受挑战。这两个智慧超凡的人之间的决斗一定很精彩，他们全力以赴地调查这个奇案，却得出两种截然不同的结论。

发现庭长沉默不语，弗雷德里克·拉尔桑又说道：

“杀害斯坦日松小姐的凶手用匕首刺死了警卫。在这一点上，我们的意见一致。但是，在凶手是如何‘从院子的那个小角落’逃走这个问题上，我们的意见就不一致了。听听鲁尔塔比伊先生是如何解释这个问题的，一定很有趣。”

“那当然，”我的朋友说道，“这一定很有趣！”

大厅里又响起了一阵笑声。庭长立刻宣布，如果大厅里再次出现这种喧哗，他将毫不犹豫地让人清场。

“真是的，”庭长最后说道，“在这样一个案件里，我实在看不出有什么可笑的。”

“我也这么认为！”鲁尔塔比伊说道。

坐在我前面的人把手帕塞到嘴里，以免自己笑出声来……

“好了！”庭长说道，“您听见弗雷德里克·拉尔桑先生刚才说的话了吗，年轻人？按照您的说法，凶手是怎么从‘院子的那个小角落’逃走的呢？”

鲁尔塔比伊看着马蒂约太太，她冲着他忧伤地微笑着。

“既然马蒂约太太能够承认她对警卫的好感……”他说道。

“淫妇!”马蒂约老爹大声喊道。

“把马蒂约老爹带下去!”庭长命令道。

鲁尔塔比伊接着说道：

“……既然马蒂约太太愿意承认这一点，那么我也可以告诉大家，她经常在夜里跟警卫在他那个主塔二楼的房间里幽会……那个房间原来是间祈祷室。近来，由于马蒂约老爹患关节炎卧床不起，这类幽会也变得日益频繁了。

“适当地给马蒂约老爹打上一针吗啡，既能给他止痛，又能让他休息，还能让他妻子安静几个小时。这段时间，她必须离开家。深夜里，马蒂约太太来到了城堡。她身披一条宽大的黑色围巾，把自己包得严严的，像个幽灵似的，从而常常搅扰雅克老爹夜间的安宁。为了向朋友暗示她的到来，马蒂约太太就学阿日努大娘的猫叫。阿日努大娘是圣热娜维芙森林里的一个女巫，她的猫叫得很凄惨。警卫一听到猫叫，就立刻走下主塔，给他的情妇打开主塔的小门。主塔修复工程开始以后，这两个人的约会并没有受到影响，仍然继续在主塔警卫原来住的房间里进行。因为，警卫在城堡右翼尽头的那个临时房间，跟膳食总管夫妇的房间和厨房只隔着一层薄薄的木板。

“马蒂约太太跟警卫把贴心话都说完了以后，就一块儿走出了主塔……当悲剧在院子的那个小角落里发生的时候，马蒂约

太太刚刚离开身体非常健康的警卫。我是在第二天早晨仔细研究了中心院子里的脚印以后，才发现这些情况的，庭长先生……看门人贝尼耶带着枪，被我安排在主塔后面。我会让他亲自向您作出解释的，他不知道中心院子里发生的事。他是在晚些时候听到枪声才赶到院子里的，他也开了枪。这时，警卫和马蒂约太太正在漆黑而寂静的院子里。他们互道了“晚安”，马蒂约太太朝打开的栅栏门走去。他呢，则转过身，回他的那个位于城堡右翼尽头的挑棚小房间去睡觉了。

“他就要走到门口了……这时，响起了枪声。他转过身，很不安，又原路返回。他来到了城堡右翼的房子……就在这时，一个人影朝他冲过来，刺了他一刀。他当时就死了。他的尸体立刻被那些自以为抓住凶手的人抬走了。其实，他们抬的只是一个被凶手杀死的其他人。在此期间，马蒂约太太在做什么呢？她被枪声和一下子挤满院子的人吓坏了，赶紧蜷缩在那漆黑的院子的一角。院子很大，马蒂约太太又在栅栏门旁边，所以没被人看见。但是，她没走。她留在那里，看见别人把尸体抬走了。她心里充满了我们能够理解的不安，又受到了一种不祥预感的驱使，来到城堡的门厅前，朝被雅克老爹的提灯照亮的楼梯上看了一眼。人们把她朋友的尸体平放在那里，她看见了。然后，她就逃走了。她是否引起了雅克老爹的注意？反正雅克老爹追上了那个黑色幽灵。那个黑色幽灵已经搅扰得他几夜未眠了。

“就在那天夜里，他还被‘上帝之兽’的叫声给吵醒过，并且在窗口看见了那个黑色幽灵……他立刻匆匆地穿上了衣服。所以，我们抬着警卫的尸体来到门厅的时候，会看见他穿戴整齐地下来。那天夜里，在中心院子里，他决心从近处仔细看看那个幽灵。他认出了她。雅克老爹是马蒂约太太的一个老朋友。想必，她跟雅克老爹说了她跟警卫之间的夜间幽会，并恳求雅克老爹帮她渡过难关。马蒂约太太刚刚看到自己的朋友死去，心情一定非常不好。雅克老爹想必很同情她，就陪着她穿过橡林，走出花园，经过池塘，一直把她送到通往埃皮纳的大路上。到了那里，她再往前走几米就到家了。雅克老爹回到了城堡。他深知，不能让人知道警卫的情妇那一夜曾在城堡里出现过，这对她来说具有极为重要的司法意义。所以，他就极力在我们面前掩饰，没有提及这个悲惨事件。那一夜发生的悲剧太多了！”鲁尔塔比伊补充说，“我没有必要要求马蒂约太太和雅克老爹来证实我的推测。我知道，事情就是这么发生的！我只是提醒拉尔桑先生回忆起这件事。他能明白我是怎样知道这一切的，因为第二天早晨，他亲眼看见我弯着腰，仔细打量着地上的双排脚印。看得出，那是两个并肩走着的人留下的脚印，那是雅克老爹和马蒂约太太的脚印。”

说到这里，鲁尔塔比伊朝马蒂约太太转过身。她站在证人席上，很有礼貌地向他致意。

“马蒂约太太的脚印，”鲁尔塔比伊解释道，“跟凶手那讲究的皮鞋印出奇地相似……”

马蒂约太太身子一抖，忐忑不安地看着年轻的记者。他胆敢说什么？他想要说什么？

“马蒂约太太的脚形很好看，细长……不过，对一个女人来说，大了点儿。只是，在鞋尖的地方跟凶手的有点儿区别……”

听众骚动了起来。鲁尔塔比伊做了个手势，让大家安静下来，就好像现在是他在指挥警察讯问似的。

“我想马上就说，”他接着说道，“这一切都没有多大意义。一个把推理仅仅建立在外部迹象上，而不能围绕这些迹象做出总的评估的警察，一定会犯司法错误！罗伯尔·达尔扎克先生有一双跟凶手相像的脚，但他不是凶手！”

又是一阵骚动！

庭长问马蒂约太太：

“那天夜里，您的经历是这样的吗，夫人？”

“是的，庭长先生。”她回答道，“鲁尔塔比伊先生简直就像跟在我们身后一样。”

“那么，您看见凶手跑到城堡右翼尽头了吗，夫人？”

“是的，就像一分钟后，我又看见警卫的尸体被人抬走了一样。”

“凶手后来怎么样了呢？当时只有您一个人在中心院子里，您一定看见了他……他不知道您在那里，那是他逃命的时刻……”

“我什么都没看见。”马蒂约太太呻吟着说，“那时候，天实在太黑了。”

“那么，”庭长说道，“我们就只能请鲁尔塔比伊先生来给我们说明凶手是怎么逃走的了。”

“那当然！”年轻人马上说道。他的那种自信，使得庭长本人都忍不住微笑起来。

于是，鲁尔塔比伊便接着说道：

“凶手不可能从院子的那个小角落里正常地逃出去而不被我们发现！我们即使看不见他，也能碰到他！那个角落只有巴掌点儿大，是一个被深深的壕沟和高高的栅栏包围着的小方块。凶手可能会踩在我们身上，或者我们踩在他的身上！这个小方块被壕沟、栅栏和我们几个人围得几乎跟‘黄屋’一样严实！”

“那么，请您说一说，既然那个人走进了这个小方块，那么你们为什么没有找到他呢？……这个问题，我都问了您半个钟头了！……”

鲁尔塔比伊又从背心的口袋里掏出怀表，不慌不忙地朝它看了一眼，说道：

“庭长先生，这个问题，您还可以再问我三个半钟头。我只能在六点半钟回答您！”

这一次，听证席上的反应不像刚才那么可怕，那么令人失望。人们开始对鲁尔塔比伊充满信心了。大家相信他，而且他像跟伙伴约会似的跟庭长约定了一个时间，那种自负让大家觉得好玩儿。

至于庭长，则先是想发火，后来也跟人家一样，觉得这个小孩儿很好玩儿。鲁尔塔比伊总是能引起别人的好感，而庭长则已经对他充满了好感。他确切地说明了马蒂约太太在这个事件中扮演的角色，并且确切地说出她在那天夜里的每一个动作，使罗库先生不得不认真地对待他。

“那好吧，鲁尔塔比伊先生，”他说道，“就按您说的做吧！不过，我不想在六点半以前再看到您！”

鲁尔塔比伊向庭长敬了个礼，轻轻摇晃着他那个大脑袋，朝证人休息厅走去。

他在用目光寻找我，但是没看见我。于是，我就慢慢地从拥挤的人群中挤出来，差不多跟鲁尔塔比伊一起走出了大厅。这个了不起的朋友激动地拥抱了我。他非常高兴，话也很多，愉快地摇晃着我的手。我对他说：

“我不想问您到美国干什么去了，我的朋友。因为，您一定会像刚才对庭长那样，对我说，您要到六点半才能回答这个问题……”

“不，亲爱的圣克莱尔！我马上就告诉您，我到美国干什么去了。因为，您是朋友。我去寻找凶手的另一半姓名了！”

“真的，真的，凶手姓名的另一半……”

“完全正确。我们最后一次离开橡栗城堡的时候，我已经知道了凶手的‘两半’和‘一半’的姓名。我到美国，是去寻找另一半姓名……”

这时候，我们走进了证人休息厅，大家都跑过来迎接他。记者对所有人都很热情，但阿图尔·朗斯除外。在他面前，记者表现出了明显的冷淡。这时，弗雷德里克·拉尔桑走进了证人休息厅。鲁尔塔比伊迎上去，用力地握了握他的手。那只手上掌握着可怕的秘密，并能把对手的手指捏断。鲁尔塔比伊对他表现出十足的好感，想必对打垮他充满了信心。拉尔桑微笑着，充满自信地问他到美国干什么去了。于是，鲁尔塔比伊友好地挽起他的胳膊，向他讲述了旅途中的很多故事。有一阵儿，他们走开了，开始谈论更加严肃的话题，而且显得很神秘。于是，我就离开了他们。我又回到了大厅，讯问仍在进行。我回到自己的座位上，立刻注意到，大家对正在进行的讯问根本不感兴趣，而是焦急地等待着六点半钟的到来。

六点半的钟声终于敲响了，约瑟夫·鲁尔塔比伊又被带了进来。众人看着他站到证人席上的时候，目光里流露出的那种渴望是难以用语言描绘的。大家都屏气敛息，而罗伯尔·达尔扎克先生则从被告席上站了起来，脸色像死人一样惨白。

庭长庄严地说道：

“我不要求您发誓，鲁尔塔比伊先生，您没有被列入证人的名单。不过，我希望您不需要我们对您说明，您将要在这里说的话具有何等重要的意义……”

接着，他又充满威胁地补充了一句：

“这些话意义重大……不仅对您自己，而且对其他人……”

鲁尔塔比伊不动声色地看着他说：

“明白，先生！”

“好吧。”庭长说道，“我们刚才说到，凶手藏身的那个院子里的小角落……您许诺说，将在六点半钟向我们说出凶手是怎么从那个小角落里逃走的，还要告诉我们凶手的名字。现在已经是六点半了，鲁尔塔比伊先生，可我们还一无所知呢！”

“是这样的，先生！”我的朋友开始说道，大厅显得格外庄严肃穆，“我对你们说过，院子的这个小角落被封闭得很严实。凶手从那里逃走，不可能不被我们这些追赶他的人看到——这是不可辩驳的事实。因此，当我们待在院子的那个小角落里的时候，凶手也在里面！”

“那么，您看见他了……您的指控说明了这一点……”

“我们大家都看见他了，庭长先生！”

“可是，你们却没有抓住他……”

“只有我一个人知道谁是凶手，可我不想让凶手马上就被抓住！再说，当时我除了自己的推理以外，没有任何证据！是的，只有我的推理向我证明，凶手就在那里。而且，我们都看见了他在那里！我又花了很长时间，才在今天向法庭拿出一个确凿的证据。我保证，它可以让所有人满意。”

“那您快说啊！说啊，先生！告诉我们凶手的名字……”庭长说道。

“您可以从当时待在院子的那个小角落里的人的名单里找到他的名字。”鲁尔塔比伊回答道，他可不着急……

大厅里的人们开始不耐烦了……

“快说出那个人的名字！快说出那个人的名字！……”人们低声抱怨着。

鲁尔塔比伊说话的腔调，简直让人想扇他耳光：

“我想拖一拖再说，庭长先生，因为我有理由这样做！……”

“凶手的名字！凶手的名字！”人们不停地喊着。

“肃静！”法警喊道。

庭长说道：

“您必须立刻告诉我们凶手的名字，先生！……当时在院子的小角落里的人：警卫，已死。凶手会不会是他？”

“不是，庭长先生。”

“雅克老爹？……”

“不是，先生。”

“门房，贝尼耶？”

“不是，先生……”

“圣克莱尔先生？”

“不是，先生……”

“那么，是阿图尔·朗斯先生？就剩下阿图尔·朗斯先生和您了！您自己不是凶手吧？”

“不是，先生！”

“那么，您是在指控阿图尔·朗斯先生了？”

“不是，先生！”

“这我就不明白了！……您到底想说什么？……院子的那个小角落里没有别人了。”

“有，先生！……小角落里是没别人了，底下也没有。可是，上面有人。有个人趴在窗户上，在院子小角落的上面……”

“弗雷德里克·拉尔桑！”庭长喊道。

“弗雷德里克·拉尔桑！”鲁尔塔比伊用响亮的声音回答。

他朝对他进行抗议的人群转过身，声音是那么铿锵有力，让我难以相信：

“弗雷德里克·拉尔桑，凶手！”

人群里响起一片喧哗，惊愕、沮丧、愤怒、怀疑，还有因这个小家伙敢于提出这样一种指控而发出的赞叹，充斥了整个大厅，而庭长则根本不去理会这种嘈杂。等嘈杂声被那些想马上知道更多情况的人的嘘声压下去以后，人们清晰地听见罗伯尔·达尔扎克瘫在凳子上，说道：

“这不可能！他疯了！……”

庭长也说道：

“您竟敢指控弗雷德里克·拉尔桑！请看这种指控带来的后果……罗伯尔·达尔扎克先生本人都把您当成疯子了！……如

果您不是疯子的话，那您一定有证据吧……”

“证据，先生！您要证据！啊！现在，就让我给您出示一个证据……”鲁尔塔比伊尖声喊道，“让人把弗雷德里克·拉尔桑带上来！……”

庭长说道：

“法警，传弗雷德里克·拉尔桑！”

法警朝那个小门跑过去，打开了门。不见了……那个小门依然开着……所有的目光都盯着那扇小门。法警回来了，走到大厅中央，说道：

“庭长先生，弗雷德里克·拉尔桑不在那里。他在四点钟左右离开了，大家没有再见到他。”

鲁尔塔比伊得意扬扬地喊道：

“这就是我的证据！”

“请您解释一下……什么证据？”庭长问道。

“我的确凿证据！”年轻的记者说道，“你们没看见吗？就是拉尔桑的逃跑啊！我向你们发誓，他绝不会再回来了！……你们再也看不见弗雷德里克·拉尔桑了……”

大厅里又响起了一阵喧哗声。

“如果您不是在嘲讽法律的话，那您为什么不趁拉尔桑在这里的时候，当面指控他呢？至少，他可以为自己辩护啊！……”

“还有什么比这更全面的回答呢，庭长先生？……他不会回答我的！他永远不会回答！我指控弗雷德里克·拉尔桑是杀人凶手，他听了以后就逃跑了！您认为这不是一种回答吗？……”

“我们不愿意相信，我们根本不相信弗雷德里克·拉尔桑会像您说的那样，逃走了……他怎么会逃走呢？他并不知道您要指控他啊！”

“不，先生，他知道。因为，刚才，我亲自告诉他了……”

“您做了这种事！……您认为弗雷德里克·拉尔桑是杀人凶手，可您又让他逃走了！……”

“是的，庭长先生，我这样做了……”鲁尔塔比伊骄傲地回答，“我不是司法部门的人，我也不是警察局的人，我只是一个普通的记者。我的职业根本不是逮捕人！我尽自己所能揭示事实真相……这是我的事……你们要尽你们所能保护社会，这是你们的责任……可是，我没有责任把一个人交给刽子手！……如果公正的话，庭长先生，您会觉得我是对的！……我刚才不是对您说过了嘛！您会理解，我为什么不能在六点半以前说出凶手的名字。因为，我计算过，我要警告弗雷德里克·拉尔桑，让他有时间赶乘四点十七分的火车去巴黎。到了那里，他将会藏到安全的地方……这段时间是完全必要的。用一个小时到巴黎，再用一个小时一刻钟消灭自己的全部踪迹……这就得到六点半了……你们找不到弗雷德里克·拉尔桑了……”鲁尔塔比伊看着罗伯尔·达尔扎克先生说道，“他实在太狡猾了……这个人总是从你们手里脱逃……你们徒劳地到处跟踪他……尽管他不如我厉害。”鲁尔塔比伊独自一人开心地笑着，因为除了他，谁都没有笑的欲望，“但是，他却比世界上所有的警察都厉害。这个混进警察局四年多，并以弗雷德里克·拉尔桑的名字闻名遐迩的家伙，还有一个跟弗雷德里克·拉尔桑同样出名的名字。而且，那个名字对您来说如雷贯耳。庭长先生，弗雷德里克·拉尔桑就是巴尔梅耶！”

“巴尔梅耶？”庭长喊道。

“巴尔梅耶！”罗伯尔·达尔扎克也站起来说道，“……巴尔梅耶！……这难道是真的？”

“啊！啊！达尔扎克先生，您现在不认为我是疯子了吧！……”

“巴尔梅耶！巴尔梅耶！巴尔梅耶！”大厅里，只听见有人喊着这个名字。于是，庭长宣布暂停审理。

诸位可以想象，在法庭暂停审理期间，大厅里一片混乱。这下大家可有的说了！巴尔梅耶！无疑，人们都觉得这个小家伙“很了不起”！巴尔梅耶！可是，几个星期之前，曾传说他已经死了。这么说，巴尔梅耶又一次绝处逢生，就像他这一辈子总能从警察手里逃走一样。我是否有必要在这里重复巴尔梅耶的那些壮举呢？那些壮举，在长达二十年的时间里，一直是司法档案和报纸社会新闻栏目的话题。即使有几个读者会忘掉“黄屋”奇案，巴尔梅耶的名字也一定不会从他们的记忆中消失。巴尔梅耶是典型的上流社会的骗子，没有比他更绅士的绅士了，没有比他手指更灵巧的魔术师了，没有比他更大胆、更

可怕的流氓了——就像今天人们习惯称呼的那样。他受到了上流社会的接纳，成了那些最难以加入的团体的成员。其破坏名门的名誉和窃取大人物钱财的手段之高超，迄今无人能及。在遇到麻烦的情况下，他会毫不犹豫地使用匕首或者羊骨头。而且，他从来不会迟疑不决，更不存在他做不到的事。有一次，他落到了司法部门手里。可是，就在受审的那天早晨，他把胡椒粉撒到押送他去法庭的看守的眼睛里，逃跑了。后来，人们得知，就在他逃跑的当天，正当警察局的那些最精明的警探到处抓他的时候，他连装都没化便安安静静地坐在法兰西剧院里观看一出戏的首场演出了。后来，他离开法国，到美国发展了。有一天，俄亥俄州的警察抓到了这个江洋大盗。可是，第二天，他又跑了……巴尔梅耶，要想在这里讲述他的故事，那可得洋洋万言。就是他，后来变成了弗雷德里克·拉尔桑！……就是这个小男孩鲁尔塔比伊发现了这一切！……也是这个小男孩，调查了巴尔梅耶的历史，并为他提供了逃跑的机会，从而又一次嘲弄了社会！在这最后一个问题上，我非常赞赏鲁尔塔比伊。因为，我知道他的最终目的是帮助罗伯尔·达尔扎克先生和斯坦日松小姐，让他们摆脱这个强盗，又不让这个强盗开口说话。

此时，人们还没有从刚刚听到的真相带来的惊愕中清醒过来。讯问刚一恢复，我便听见那些心情更急迫的人喊道：“就算凶手是弗雷德里克·拉尔桑，也不能解释他是怎么从‘黄屋’里出去的啊！”

鲁尔塔比伊立刻被传到了证人席上。对他的讯问——与其说他是在作证，不如说他是在被讯问——马上就开始了。

庭长说："先生，您刚才对我们说，人们根本无法从院子的那个小角落里逃走。我同意您的说法。我很愿意接受您的关于凶手还在院子里的说法，因为弗雷德里克·拉尔桑就趴在你们头顶的窗户上。可是，要趴在那扇窗户上，他就必须离开院子的这个小角落。那他还是逃走了！他是怎么逃走的呢？"

鲁尔塔比伊说："我说了，他不可能'正常地'逃走。因此，他是用'不正常'的手段逃走的！因为，我刚才说过，院子的这个小角落'几乎'被紧紧关闭，而'黄屋'则是完全被关死的。在这里，人可以爬到墙上（这在'黄屋'里是不可能的）；然后，再跳到平台上去；趁我们弯腰观察警卫尸体的时候，再通过平台上的那扇窗户爬进长廊。到了那里，拉尔桑只消迈一大步，就进了自己的房间，然后打开窗户，跟我们说话。这对于巴尔梅耶这样的'杂技演员'来说，简直像小孩子做游戏一样容易。庭长先生，下面就是我为这一说法提供的证据。"

说到这里，鲁尔塔比伊从外衣口袋里掏出一个小包，把它打开，从里面取出一个铆钉。

"喏，庭长先生，这是一个铆钉。它跟右边那个支撑挑棚平台的梁托上的一个洞非常吻合。拉尔桑考虑得很周到，把从自己房间周围逃跑的一切办法都想到了（既然干这一行，他就必须这么做）。他事先把这个铆钉钉进了梁托。于是，他一只脚蹬在城堡角上的石头上，另一只脚踩在铆钉上；一只手抓住警卫房间的挑檐，另一只手扒住平台。就这样，弗雷德里克·拉尔桑消失得无影无踪……尤其是他眼疾手快，身轻如燕。而且，那天夜里，他根本没有像在我们面前装出来的那样，因为服用麻醉剂而睡着了。我们跟他一起吃了晚饭，庭长先生。到了吃甜食的时候，他给我们表演了一场沉沉入睡的戏。因为，他需要先睡着，好让我——鲁尔塔比伊，也因为跟拉尔桑一起吃晚饭而睡倒。既然我们遭到了相同的命运，别人就不会怀疑到他头上了。我确实睡着了……是拉尔桑放的麻醉剂，他好狠毒！……我要不是落到那个悲惨的地步，那天晚上，拉尔桑就不可能溜进斯坦日松小姐的房间，那个不幸事件也就可以避免了！……”

人们听见一阵低声的哀叹。那是达尔扎克先生，他没能忍住叹息……

“你们大概能理解，我住在拉尔桑的隔壁，那一夜自然格外妨碍他活动。因为，他知道，至少能猜到，我那天夜里不会睡觉。当然，他绝对不会想到，我已经怀疑到他了！不过，在他走出房间，到斯坦日松小姐的卧室去的时候，我可能会发现他。那天晚上，他等我睡熟以后，溜进了斯坦日松小姐的卧室。十分钟以后，当我的朋友圣克莱尔忙着在我的房间里唤醒我的时候，斯坦日松小姐已经在喊‘救命’了！”

"您是怎么怀疑到弗雷德里克·拉尔桑头上的呢?"庭长问道。

"是我的'推理的正确一头'为我指出了疑点，庭长先生。因此，我就把目光投向了他。可是，他是个非常厉害的人，而我呢，却没料到麻醉剂这一招儿。是的，是的，'推理的正确一头'让我怀疑到了他！但我需要一个能够触摸到的证据，就像人们常说的那样：'在用大脑想到以后，还要用眼睛看到。'"

"您的'推理的正确一头'是什么意思?"

"啊！庭长先生，推理有两头：正确的一头和错误的一头。您只能牢牢地依靠其中一头，那就是正确的一头！这一头怎么都断不了，不管您做什么，也不管您说什么！在'不可思议的长廊'事件发生以后的第二天，我就像最笨的笨蛋那样，不会使用推理，因为我不知道从哪一头着手。我弯着腰，看着地上那些会使人误入歧途的明显的脚印。我猛地直起身，抓住'推理的正确一头'，上楼来到长廊里。

"到了那里，我冷不丁地领悟到，这一次，我们追逐的那个凶手既没有'正常地'离开长廊，也没有'不正常地'离开长廊。于是，我就用推理的正确一头，划定了一个范畴，把这个问题纳入了这个范畴。在这个范畴周围，我在心里赫然写上了下面这些大字：'既然凶手不能走出这个范畴，那他就一定在范畴里面！'我在这个范畴里面看见了谁呢？我那'推理的正确一头'告诉我，除了凶手必然在其中以外，还有雅克老爹、斯坦日松先生、弗雷德里克·拉尔桑和我自己！再加上凶手，就是五个人。可是，当我在范畴里——或者说，如果您同意的话，是在长廊里——寻找的时候，‘从物质的角度’看，我只找到了四个人。然而，推理又证明，第五个人不可能逃走，不可能走出这个范畴！因此，在我这个范畴里面，有一个人同时是两个人。也就是说，除了原来的身份以外，他还是凶手！……我为什么没有早些意识到这一点呢？就因为这个‘双重身份’的想法没有闪过我的脑际！在这个范畴里的四个人当中，凶手到底跟谁重合，又没被我发现呢？肯定不是我在长廊里看见的那个跟凶手分开的人！我在长廊里看见了斯坦日松先生和凶手……雅克老爹和凶手……我和凶手。因此，凶手不可能是斯坦日松先生、雅克老爹和我！再说，如果凶手是我，我也会知道啊！不是吗，庭长先生？……我是不是既看见弗雷德里克·拉尔桑，又看见凶手了呢？没有！……没有！有那么两秒钟，我没看见凶手。因为，正如我在笔记中记录的那样，凶手先于斯坦日松先生、雅克老爹和我两秒钟到达了两个长廊的交界处。这就足够让弗雷德里克·拉尔桑穿过转折长廊，一下子撕下假胡子，再转过身来与我们相遇了，就像他也在追赶凶手似的！……巴尔梅耶做过不少这种事！您可以想象，他一会儿在斯坦日松小姐面前满脸红胡子，一会儿在邮局职员面前一脸像达尔扎克先生一样的棕色络腮胡子！这种化装对他来说，简直就像小孩子做游戏似的那么简单，那么平常。是的，是‘推理的正确一头’

使我把这两个我没能同时看到的人连在一起的。或者说，是同一个人的‘两半’：弗雷德里克·拉尔桑和我追逐的那个陌生人……使他们变成了我苦苦追查的那个既神秘又可怕的人：凶手。

“这个发现使我感到很震惊。我试图通过观察明显的脚印和外部的迹象来让自己冷静下来。那个时候，那些脚印和迹象都在迷惑我。现在，很自然，应当让它们进入我用‘推理的正确一头’划定的范畴了！

“首先，那天夜里，是哪些主要的外部迹象使我偏离了‘弗雷德里克·拉尔桑就是凶手’这个思想呢？

“第一，我在斯坦日松小姐的房间里看见了那个陌生人，就跑到弗雷德里克·拉尔桑的房间，看见了睡得像死猪似的弗雷德里克·拉尔桑。

“第二，梯子。

“第三，我让弗雷德里克·拉尔桑待在转折长廊的尽头，告诉他，我要爬进斯坦日松小姐的房间，去抓住凶手。我来到斯坦日松小姐的房间时，又看见了那个陌生人。

“第一个外部迹象不怎么让我感到困惑。看见陌生人在斯坦日松小姐的房间里之后，我走下了梯子。那个人已经做完了该做的事。所以，在我返回城堡的时候，他回到了弗雷德里克·拉尔桑的房间，三下两下脱掉了衣服。等我来敲他的房门时，他在我面前展现出了一张弗雷德里克·拉尔桑睡眼惺忪的

面孔……

“第二个迹象‘梯子’，也不能使我困惑。很明显，既然凶手就是拉尔桑，那么他根本就不需要利用梯子进入城堡，因为拉尔桑就睡在我隔壁的房间里。但是，梯子可以让人想到，凶手是从‘外面’来的。那天晚上，这梯子对拉尔桑的阴谋来说是必不可少的，原因是，达尔扎克先生不在城堡里。最后，不管发生了什么事情，这个梯子都有助于拉尔桑逃跑。

“但是，第三个外部迹象让我完全不知所措。我把拉尔桑安排在了转折长廊的尽头。我不明白，他为什么趁我到城堡左翼去找斯坦日松先生的工夫，又回到了斯坦日松小姐的房间里！这是一个非常冒险的做法！他冒着被当场抓住的风险……他对此很清楚！……而且，他真的差一点儿被抓住……因为，他来不及像他预想的那样，返回他的岗位……他再一次来到这个房间，一定有非来不可的原因。而且，这是我离开他的房间以后，他突然想起来的原因。否则，他就不会把手枪借给我了！而我呢，我把雅克老爹安排到右长廊尽头以后，以为拉尔桑肯定在转折长廊尽头的岗位上。至于雅克老爹，我布置任务的时候，并没有对他详细说明情况。雅克老爹上岗的时候，只想着尽快执行我的命令。所以，他从两个长廊的交界处经过的时候，没有注意拉尔桑是否待在转折长廊尽头的岗位上。那么，究竟是怎样始料未及的原因，使拉尔桑再一次回到了小姐的房间呢？是什么样的理由呢？……我想，那一定是能证明他曾到过这个房间的一个明显踪迹，会暴露他的身份！他把一件非常重要的东西落在那个房间里了！是什么东西呢？……他找到那个东西了吗？……我想起了那根放在地板上的蜡烛和那个弯着腰的人……我请打扫房间的贝尼耶太太留心寻找……她发现了一副夹鼻眼镜……就是这副夹鼻眼镜，庭长先生！”

说着，鲁尔塔比伊从他那个小包里取出了我们已经熟悉了的夹鼻眼镜……

“当我看到夹鼻眼镜的时候，吓坏了……我从没见过拉尔桑戴夹鼻眼镜……既然他不戴眼镜，就说明他不需要……此刻，对他来说，行动方便是首要的。那么，他就更不需要这副眼镜了……这副眼镜到底意味着什么？……它无法进入我的推理范畴。除非这是一副老花镜！我猛然想到……的确，我从没见过拉尔桑写字，也从没见过他看书。他的眼睛可能是老花眼！在警察局里，人们一定知道拉尔桑的眼睛是老花眼。如果他的眼睛确实是老花眼……那别人一定认识他的夹鼻眼镜……在‘不可思议的长廊’事件发生以后，别人在斯坦日松小姐的房间里发现了‘老花眼拉尔桑’的夹鼻眼镜。这对拉尔桑来说，后果实在是太严重了！这就解释了拉尔桑为什么要重返那个房间！……事实上，拉尔桑——巴尔梅耶的眼睛的确是老花眼，而这个警察局的人有可能认出来的夹鼻眼镜确实是他的……”

“您看，先生，这就是我的工作方式。”鲁尔塔比伊接着说道，“我不指望通过外部迹象揭露事实真相，只希望它们不要与我那‘推理的正确一头’相悖！……

“为了对拉尔桑的问题有充分的把握……因为，凶手拉尔桑是个例外，我要有把握……我不一定非要看清他的脸不可。为此，我受到了严厉的惩罚！我想，这大概是‘推理的正确一头’在惩罚我。原因是，自从‘不可思议的长廊’事件发生以后，我没能彻底地、充满信心地依靠它……明显地忽视了通过推理以外的途径寻找与拉尔桑的罪行有关的证据！于是，斯坦日松小姐就被刺杀了……”

鲁尔塔比伊停了下来。他用手帕揩了揩鼻子，显得非常激动。

“可是，拉尔桑到这个房间里干什么来了呢？”庭长问道，“他为什么要两次谋杀斯坦日松小姐呢？”

“因为他喜欢她，庭长先生……”

“这当然是个理由……”

“而且，是一个靠得住的理由。他曾经疯狂地爱她……正因为如此，再加上其他原因，他什么罪恶勾当都干得出来。”

“斯坦日松小姐知道这个情况吗？”

“知道，先生。不过，她肯定不知道那个不断对她下毒手的家伙就是弗雷德里克·拉尔桑。否则，弗雷德里克·拉尔桑就不会住进城堡，也不会在‘不可思议的长廊’事件发生之后，跟我们一起来到斯坦日松小姐的身边了。而且，我注意到，他总是躲在阴影里，始终低着头……他一定在寻找那副丢在那里的夹鼻眼镜……斯坦日松小姐一直在受更换姓名并化装成另外一个人的拉尔桑的追逐和袭击。我们不知道那个名字和那副模样……但是，她应当知道。”

“那么，您呢，达尔扎克先生？”庭长问道，“……在这个问题上，您或许听到斯坦日松小姐吐露过什么……为什么斯坦日松小姐没有对任何人说过这件事呢？……这本来可以使警方去跟踪凶手……如果您无辜的话，您本来可以免遭被指控的痛苦啊！”

“斯坦日松小姐什么都没对我说过。”达尔扎克先生回答道。

“这个年轻人说的话，您觉得可信吗？”庭长又问道。

罗伯尔·达尔扎克先生镇定自若地回答：

“斯坦日松小姐什么都没对我说过……”

“那您又如何解释，”庭长朝鲁尔塔比伊转过身来，“警卫被杀害的那一夜，凶手为什么把那些从斯坦日松先生手里偷走的资料送回来了呢？……您怎么解释，凶手是如何进入斯坦日松小姐那关闭着的房间的呢？”

“啊！这最后一个问题嘛，我想，很容易回答。一个像拉尔桑——巴尔梅耶那样的人，总会轻而易举地弄到或者让人给自己做几把有用的钥匙……至于盗窃资料的事，我觉得，拉尔桑的头脑里最初并没有这个念头。他到处跟踪斯坦日松小姐，下定决心阻止她跟罗伯尔·达尔扎克先生结婚。有一天，他跟踪斯坦日松小姐来到那家卢弗商店，拿走了斯坦日松小姐的手提包——不知是她丢的，还是被他偷走的。在这个手提包里，有一枚很小的铜头钥匙。他本来不知道这个钥匙的重要性，但她刊登在报上的小启事提醒了他。他按照启事上说的，给斯坦日松小姐写了一封留局自取的信。他告诉她，现在掌握着手提包和钥匙的人，就是那个多年以来为了爱情一直苦苦追求她的人，并提出要跟她约会。他没收到回信。他来到四十号邮局，发现自己的信已经不在了。他已经学会了达尔扎克先生走路的姿势，又尽量打扮得跟他一模一样。因为，他要不惜一切代价把斯坦日松小姐弄到手。他做好了一切准备，不管发生什么事，他都要让那个斯坦日松小姐深深爱着的达尔扎克先生——那个他憎恨的，并且下定决心要摧毁的达尔扎克先生，被人视为凶手。

“我说过，不管发生什么事……不过，我觉得，拉尔桑还没想要杀人。在所有场合，他都谨慎地采取了措施，以便让斯坦日松小姐把他误认为达尔扎克。而且，拉尔桑的个头跟达尔扎克差不多，脚也一般大。他先画好了达尔扎克先生的鞋样……如果有必要的话，他可以很容易地让人给他按这个鞋样做一双皮鞋，穿在脚上。这对拉尔桑——巴尔梅耶来说，就跟儿戏一样简单。

“前面说了，没有回音，没有约会，但那枚宝贵的小钥匙还在他的衣袋里。好吧，既然斯坦日松小姐不来找他，那他就去找她！他早就策划好了，对橡栗城堡和那座小房子进行了详细的调查。一天下午，斯坦日松先生和斯坦日松小姐刚刚出去散步，雅克老爹也出去了，他便从门厅的窗户溜进了小房子。屋子里只有他一个人，他可以从容不迫、不慌不忙……他观察着屋里的家具……其中一个很奇怪，样子像个保险箱，上面还有一个小锁眼……好啊！好啊！这很有意思……那把小铜钥匙就带在他身上……他想到了它……前后联系起来。他把钥匙伸进锁眼，柜门打开了……是资料！这些资料一定十分宝贵，才会被人锁在这么一个特殊的柜子里……主人才会这么珍惜这把能开这个柜子的钥匙……好啊！好啊！这倒是件可以利用的事……可以用来进行一次小小的敲诈……说不定，它能对他的爱情计划有所帮助……快！他把那些珍贵的资料捆起来，放到了门厅的盥洗室旁边。在小房子里探险的那一夜与警卫被害的那一夜之间的这段时间里，拉尔桑有可能抽空阅读了一下这些资料。这对他来说有什么用呢？它们只能使他受到牵连……所以，那天夜里，他就把它们带回了城堡……或许他还会期待，送还这些代表着'二十年心血的结晶'的资料，可以换来斯坦日松小姐的某种感激之情……在这样一个人的头脑里，什么想法都是有可能出现的！……总之，不管因为什么，反正他把资料还回来了。他总算摆脱了这个负担！"

鲁尔塔比伊咳嗽了一下。我明白这咳嗽的含义。他说到这里，显然有点儿尴尬。因为，他不想说出拉尔桑对斯坦日松小姐的态度如此可怕的真正原因。他的推理太不完整了，无法让大家满意。即使那个像猴子一样机灵的鲁尔塔比伊没有突然大声说“现在，我们可以谈谈‘黄屋’奇案了”，庭长也会给他指出这一点。

大厅里响起了一阵嘈杂声：挪动椅子的声音、互相碰撞的声音……大家的好奇心被激发到了极点！

“可是，”庭长说道，“按照您的假设，鲁尔塔比伊先生，‘黄屋’之谜已经被解开了。而且，是弗雷德里克·拉尔桑本人给我们解开的。他只是把人物换了一下，把达尔扎克先生放到了他自己的位置上。非常明显，‘黄屋’的门是在只剩下斯坦日松先生一个人的时候打开的。教授把那个从他女儿的房间里出来的人放走了。他没有阻挡那个人，说不定是应他女儿的请求，以避免丑闻！……”

“不对，庭长先生。”年轻人激烈地反驳道，“您忘了，斯坦日松小姐被打昏了，根本不可能请求什么。她不可能插上插销，也不可能锁上门……您忘了，斯坦日松先生以他女儿的生命发过誓：那扇门根本没打开！”

“可是，先生，这是唯一合理的解释！用您的话说，‘黄屋’关得像保险箱一样严密，凶手不可能‘正常地’或者‘非正常地’从里面逃走。然而，当大家冲进‘黄屋’的时候，没有发现他！他一定是逃走了！……”

“根本没有必要这样，庭长先生……”

"为什么?"

"他不需要逃走！因为，他根本就不在里面!"

又是一阵喧哗……

"怎么，他不在里面?"

"当然不在！因为他不可能在里面，所以他就不在里面！庭长先生，任何时候都应当抓住推理的正确一头!"

"可是，他留下的那些踪迹呢?"庭长辩解道。

"这个嘛，庭长先生，这是推理的错误一头！……正确的一头告诉我们：从斯坦日松小姐把自己关进房间起，一直到大家把门撞开，凶手根本就不可能从里面逃出去。既然大家没有发现他……这就说明，从门被关上到门被打开的这段时间里，凶手根本就不在房间里。"

"那么，那些踪迹呢?"

"啊！庭长先生……这个嘛，这又是导致司法部门犯了无数错误的那种明显的迹象。因为，这些迹象……是想让你们被它们牵着鼻子走！我再跟您说一遍，千万不能被它们牵着鼻子走！首先，应当推理！然后，再去观察那些被纳入您的推理范畴的明显的迹象……我的脑子里已经有了一个小小的不可辩驳的范畴：凶手根本就不在'黄屋'里！为什么大家会以为他在里面呢？因为他留下了那些踪迹！可是，他有可能在此之前来过这里！我想说，他'应当'在此之前来过这里。推理让我知道，他必须在此之前来过！让我们再回想一下那些蛛丝马迹，以及我们所掌握的关于案件的情况，看看这些踪迹是否与‘凶手在此之前来过’的假设相悖……在斯坦日松小姐当着她父亲和雅克老爹的面，把自己关进房间之前！……

“《晨报》的那篇文章发表以后，我跟预审法官在去埃皮纳-絮-奥日的火车上的谈话结束以后，我就深信‘黄屋’奇案已经基本上结案了。因此，凶手在斯坦日松小姐半夜回到自己的房间之前就离开了那里。

“但是，那些外部的迹象又跟我的推理明显相左。斯坦日松小姐总不会自己杀害自己吧！但那些迹象说明，那不是自杀。因此，凶手是在此之前来的！可是，斯坦日松小姐怎么会在此之后被谋杀呢？或者说，为什么看起来像是在此之后被谋杀的呢？当然，我必须分两个阶段恢复案件的原状……两个相差几个小时的阶段。第一个阶段，确实有人想杀害斯坦日松小姐，她把这种痕迹隐藏起来了。第二个阶段，斯坦日松小姐做了个噩梦，待在实验室里的人以为她遭到杀害了！

“那时候，我还没进过‘黄屋’。斯坦日松小姐的伤口是什么样的呢？被掐的痕迹和太阳穴上重重的一击留下的……被掐的痕迹倒不让我为难。这些痕迹可能是‘在此之前’留下的。斯坦日松小姐用衣领、围巾，或者随便什么东西把它们遮盖起来了。因为，自从我做出这种假设以来，自从我把案件分为两个阶段以来，我就不得不认为，斯坦日松小姐把第一阶段发生的事都掩盖了。想必，她是有非常重要的理由。很明显，她什么都没有告诉她父亲。由于凶手留下的那些无法掩盖的痕迹，她不得不向预审法官说出了凶手刺杀她的事。但是，她把谋杀挪到了第二阶段，说是在半夜里发生的！她不得不这样做，否则她父亲可能会问她：‘你向我们隐瞒了什么？在这样的谋杀之后，你的沉默意味着什么？’

“因此，她掩盖了那个人在她脖子上留下的掐痕。可是，还有太阳穴上那可怕的一击留下的痕迹呢！这我就不明白了，尤其是听说人们在房间里发现了凶器——羊骨头以后……她无法再隐瞒，有人猛击了她的额头。不过，这个伤口显然应当是在第一阶段留下的。原因很简单，需要凶手在场！我估计，这个伤口一定远远不像别人说的那么严重。我想错了，以为斯坦日松小姐会把头发从中间分开，紧贴两鬓，以掩盖伤口！

“至于凶手用那只被斯坦日松小姐的枪打伤的手在墙上留下的血手印，肯定是‘在此之前’留下的。凶手在第一阶段肯定受伤了，也就是说……他在房间里的时候！凶手留下的所有痕迹：羊骨头、黑脚印、贝雷帽、手帕，以及墙上、门上和地上的血迹……很显然，这些痕迹之所以还留在那里，是因为斯坦日松小姐还没来得及把它们消除掉。她希望别人对这件事一无所知，并且为此采取了措施。这就让我有机会在离第二阶段很近的时间里找到了第一阶段留下的痕迹。假如她在第一阶段以后，也就是说，在凶手逃离以后（实际上，她立刻匆匆地回到了实验室里，从而在她父亲回来时，发现她已经在工作了），有时间返回她的房间，那么她至少可以把扔在地上的羊骨头、贝雷帽和手帕拿走。但是，她没能回去，因为她父亲始终在她身边。因此，第一阶段过后，她一直到半夜才回到房间里。有人在十点钟的时候进去过……是雅克老爹，他进去做每晚必做的事：关百叶窗，点燃那盏小油灯。当斯坦日松小姐心慌意乱地假装在实验室的桌子前面工作的时候，她大概忘了，雅克老爹要到她的房间里去！所以，她很吃惊，恳求雅克老爹不必为此劳神，不要到她的房间里去了。这些都是白纸黑字地写在《晨报》的文章里的。雅克老爹还是进去了，但什么都没看见，'黄屋'里实在太暗了！……斯坦日松小姐一定度过了难熬的两分钟！不过，我认为，她肯定不知道凶手在她的房间里留下了那么多的把柄！第一阶段过后，她只来得及掩盖凶手在她脖子上留下的掐痕，然后就匆匆地离开了房间！……假如她知道地上还有羊骨头、贝雷帽和手帕，那么她在半夜里回到房间的时候，肯定会把它们捡起来……她没看见这些东西。在小油灯那昏暗的灯光下，她脱了衣服……上床睡了。她已经被那些激情和恐惧——那种能够使她尽可能晚地返回这个房间的恐惧——折磨得精疲力竭了……

"就这样，我不得不进入了这场悲剧的第二阶段。在这个阶段，既然大家没能发现凶手，那么房间里就只有斯坦日松小姐一个人了……这样，我就很自然地把那些外部因素纳入了我的推理范畴。

“但是，还有一些外部因素需要说明。在第二阶段，曾经响起过枪声，响起过‘抓凶手！救命！’的呼喊声！……在这种情况下，我那‘推理的正确一头’能让我知道什么呢？首先，关于叫喊声：既然房间里没有凶手，那么房间里就一定有一场噩梦！

“人们听见了家具被撞倒的巨大声音。我想……我不得不这么想。斯坦日松小姐睡着了，满脑子都是下午那可怕的情景……她做梦了……噩梦使那些鲜血淋漓的景象变得具体起来……她又看见凶手向她扑过来，便喊：‘抓凶手！救命！’慌乱当中，她伸手去摸自己在睡觉之前放到床头柜抽屉里的手枪。可是，她用力过猛，把床头柜推翻了。手枪滚到地上，响了一枪，子弹射到了天花板上……天花板上的这颗子弹，从一开始就让我觉得是一种意外……它使我想到了发生意外的可能性，与我关于噩梦的假设不谋而合——这就成了一个理由。从此以后，我再也不怀疑凶杀是在此之前发生的了。斯坦日松小姐性格刚强，非同一般。她隐瞒了这次谋杀……噩梦、枪声……在这种可怕的精神状态下，斯坦日松小姐醒过来了。她试图站起来，却浑身无力地摔倒在地，把家具都给撞倒了。她声音嘶哑地叫喊着：‘抓凶手！救命！’接着，她就昏了过去……

“不过，听说那天夜里……在第二阶段，听见了两声枪响。我的假设……这已经不仅仅是一种假设了……也需要两声枪响。只不过，每一个阶段都响了一声，而不是第二阶段连续响两声……一枪打伤了凶手，是在此之前；一枪在噩梦中，是在此之后！可是，那天夜里到底是不是响过两声呢？枪声是在家具倒地的响声中传出来的。讯问时，斯坦日松先生说，先听见一个沉闷的响声，接着是一个清脆的响声！沉闷的响声是那个大理石床头柜倒在地板上发出的声音，这种解释肯定是最正确的。当我得知小房子附近的看门人贝尼耶夫妇只听到了一声枪响的时候，我断定，这个解释是最正确的。他们是在预审法官面前说的这些话！

“这样一来，我第一次走进‘黄屋’的时候，就几乎把案件的两个阶段完全复原了。然而，斯坦日松小姐前额上的伤口是否严重，却不能纳入我推理的范畴。这么说，这个伤口不是凶手在第一阶段用羊骨头打的，因为这个伤口太大，斯坦日松小姐不可能把它掩盖住。而且，她没有把头发从中间分开，紧贴两鬓，来掩盖这个伤口！那么，这个伤口是不是在第二阶段……在她做噩梦的时候出现的呢？我去‘黄屋’正是为了问这个问题，而‘黄屋’也确实‘回答’了我的问题！”

说完，鲁尔塔比伊从他那个小包裹里取出一张被折成四折的纸，用拇指和食指从那张白纸里拿出一个细得让人看不见的东西，递给庭长，说：

“庭长先生，这是一根沾满鲜血的金色头发，是斯坦日松小姐的一根头发……我看到它粘在那个被碰倒的大理石床头柜的角上……大理石床头柜的这个角上也沾满了鲜血。啊！只有一小片血迹！但是，它的意义非同小可！因为，这一小片血迹让我知道，斯坦日松小姐惶恐万分地从床上起来的时候，猛地撞在大理石床头柜的这个角上，撞破了太阳穴，前额的一根头发粘到了桌子角上。尽管斯坦日松小姐没有把头发从中间分开，紧贴两鬓，但她的前额上还是会有刘海儿！医生说，斯坦日松小姐是被钝器击伤的。鉴于地上有一根羊骨头，预审法官立刻就赖上了它。可是，大理石桌角也是一种'钝器'。无论是医生还是预审法官，都没有想到这个。要不是我那'推理的正确一头'指引着我，让我有这种预感，我自己也不会想到它。"

大厅里再一次响起了掌声。不过，由于鲁尔塔比伊立刻接着说了下去，大厅里顿时安静了下来。

"除了凶手的名字——我是几天以后才知道的，我还需要知道谋杀的第一阶段始于什么时候。对斯坦日松小姐的讯问和对斯坦日松先生的讯问让我知道了这一点。她进行了巧妙的加工，以欺骗预审法官。斯坦日松小姐详细地说明了那一天她的时间安排。我们知道了，凶手是在下午五点至六点之间溜进小房子的。如果斯坦日松先生和他女儿是六点一刻开始接着工作的，那么我们就应当在五点到六点一刻之间的这段时间里寻找。我说：'五点！'可是，那时候教授跟他女儿在一起……谋杀只能在远离教授的地方进行！我必须在这短暂的时间里，找出一段教授跟他女儿分开的时间……嗯，这段时间，我在对斯坦日松小姐进行讯问的记录中找到了，斯坦日松先生也在场。讯问记录中写着，教授和他女儿在六点钟左右回到了实验室。斯坦日松先生说：‘这时候，我被警卫拦住了，他把我扣留了一会儿。’这么说，他跟警卫谈了几句话。警卫对斯坦日松先生说砍伐树木或者偷猎的事情时，斯坦日松小姐不在那里。她已经回到实验室了，因为教授又说：‘我离开警卫，来到我女儿身边时，她已经开始工作了！’

“因此，悲剧就是在这短短的几分钟里发生的。这就足够了！我清楚地看见斯坦日松小姐回到小房子，走进她的房间，跟那个追逐她的强盗撞了个满怀。那个强盗已经来到小房子里好一会儿了。他大概已经做好了夜里行凶的一切准备。他脱下了雅克老爹的那双碍事的破皮鞋——我对预审法官描述过那些情况。他偷走了那些资料，就像我刚才讲的那样。然后，雅克老爹回来打扫门厅和实验室……对他来说，时间显得很漫长……雅克老爹走了以后，他从床底下爬出来，又在实验室里转悠了一会儿，然后回到门厅，朝花园里看了看。因为此刻天刚黑，还可以看得很清楚，所以他看见斯坦日松小姐一个人向小房子这边走来！如果无法肯定斯坦日松小姐是孤身一人的话，他是绝对不敢在这个时候袭击她的！她之所以是孤身一人，是因为斯坦日松先生跟拦住他的警卫之间的谈话是在小路转弯的地方进行的。那个角落里有一片树丛，使这个坏蛋无法看到他们。于是，他的杀人计划就应运而生了。此时此刻，他是一个人跟斯坦日松小姐在一起。比起夜里来，现在下手，他心里更踏实，因为到了夜里，阁楼上还会有个雅克老爹。想好以后，他也许就把门厅的窗户关上了。这就解释了为什么无论是斯坦日松先生还是警卫——他们离那个小房子确实很远——都没听见枪响。

“后来，他走进了‘黄屋’。这时，斯坦日松小姐回来了。接着发生的事，大概像闪电一样迅速！……斯坦日松小姐一定惊恐地呼叫过……或者说，她想要呼叫，但那个人掐住了她的脖子。他可能要掐死她……但是，斯坦日松小姐用手摸索着，在床头柜的抽屉里摸到了手枪。察觉了那个人的威胁之后，她就把手枪藏到了那里。凶手已经朝着这个不幸女人的头举起了那个拉尔桑——巴尔梅耶的可怕武器：一根羊骨头……可是，她开枪了……子弹射了出去，打伤了他的手。于是，那只受伤的手松开了。羊骨头滚落在地，上面沾满了从凶手的伤口里流出的鲜血……凶手踉跄着，扶着墙，把红色的手指按到了墙上。他害怕再挨一枪，就逃跑了……

“她看见他穿过实验室……她倾听着……他在门厅里干什么呢？……他怎么用那么长时间跳门厅的窗户……他终于跳了出去！她跑到那个窗户前面，把它关上了！……到了这个时候，她才想到，父亲看见了没有？听见了没有？现在，危险已经排除了，她把全部精力都集中到了父亲身上……这个女人具有超常的毅力，只要来得及，她就可以向父亲隐瞒一切！……斯坦日松先生回来的时候，看到‘黄屋’的门关着。他女儿在实验室里，趴在桌子上，专心致志地工作着！”

鲁尔塔比伊朝达尔扎克先生转过身来。

“您知道真相！”他大声说道，“请您说说，事情是不是这样的？”

“我什么都不知道。”达尔扎克先生回答道。

“您是一个英雄！”鲁尔塔比伊两手交叉在胸前，说道，“唉！要是斯坦日松小姐知道您被指控了的话，她一定会解除誓言……她会请求您说出她对您说过的话……我想说，她会亲自为您辩护！……”

达尔扎克先生一动不动，一言不发，忧伤地看着鲁尔塔比伊。

“最后，”鲁尔塔比伊又说道，“既然斯坦日松小姐没来，那么我就必须到庭！不过，请相信我的话，达尔扎克先生，拯救斯坦日松小姐，让她恢复神志，最好的办法就是宣布您无罪！”

最后一句话引来了雷鸣般的掌声。庭长不再控制大厅里的激动场面了，罗伯尔·达尔扎克得救了——只要看一眼陪审团成员的表情就知道了！他们的态度表明，他们对此深信不疑。

这时，庭长大声说道：

“那么，到底是怎样的秘密，使遭人谋杀的斯坦日松小姐向她父亲隐瞒了这个罪恶呢？”

“这个嘛，庭长先生，我就不知道了……这不关我的事……”

庭长再次试着让罗伯尔·达尔扎克先生开口：

“您还是不肯告诉我们，在‘别人’杀害斯坦日松小姐的时候，您在做什么吗？”

“我什么都不能告诉您，先生……”

庭长用目光请求鲁尔塔比伊对此作出解释，鲁尔塔比伊说道：

“庭长先生，人们有权认为，罗伯尔·达尔扎克先生每一次离开城堡，都跟斯坦日松小姐的秘密息息相关……因此，达尔扎克先生觉得自己应当保持沉默！……请想象一下，拉尔桑在他的三次谋杀活动期间，千方百计地想把疑点转移到达尔扎克先生身上。因此，这三次，他都把达尔扎克先生约到了会使他受到牵连的地方。这些约会使他变得很神秘……达尔扎克先生宁可被处死，也不会说出一点儿……不透露任何与斯坦日松小姐的秘密有关的事。拉尔桑非常狡猾，故意制造了这种‘联系’！……”

庭长开始动摇了，但仍然很好奇，又问道：“那么，这个秘密到底是什么呢？”

“啊！先生，我不能告诉您！”鲁尔塔比伊向庭长敬了个礼，“不过，我认为，您现在已经了解了足够的情况，可以宣布罗伯尔·达尔扎克先生无罪了！……除非拉尔桑还会回来！但是，我不相信！”他开心地笑着说道。

大家都跟他一起笑了起来。

“还有一个问题，先生。”庭长说道，“按照您的假设，我们明白了为什么拉尔桑想把人们的怀疑转移到罗伯尔·达尔扎克先生身上。可是，他为什么要往雅克老爹身上栽赃呢？……”

“为了警察的利益，先生！他想通过亲自消灭作案时留下的痕迹，来表现出自己的聪明才智。这一招儿很厉害！他经常使用这一招儿来消除别人对他本人的怀疑！他可以为了证明一个人无辜，而诬陷另外一个人。请想一想，庭长先生……这样一个案件，拉尔桑一定已经‘酝酿’很久了。我对您说过，他对一切都进行了研究，了解所有的人和事。您要是有兴趣了解一下他是怎么搞到这些情报的，就会发现，他曾经负责的警察局实验室与斯坦日松先生有联系，请斯坦日松先生做了一些实验。所以，在谋杀之前，他曾两次进入那个小房子。他把自己乔装打扮了一番，连雅克老爹都没认出他来。不过，他倒是找到了机会，从雅克老爹那里偷走了一双破皮鞋和一顶早就不戴了的帽子。斯坦日松先生的这个老仆人用一个手帕把这两件东西包了起来，大概是想送给他的一个朋友——埃皮纳大路上的那个烧炭人。凶杀案发生以后，雅克老爹立刻就认出了那些东西，但是没敢马上承认，因为那些东西会使他受到牵连！现在，您大概明白了……为什么我们跟他谈起这些东西时，他显得很尴尬。事情非常简单，是我迫使拉尔桑向我坦白的。他很高兴地在我面前招供，虽然他是个强盗……我敢说，这一点，再也没有人怀疑了……但他也是一个艺术家！那是他独有的行为方式……他在‘通用债券事件’和‘金锭事件’中也使用了这样的手段。这些案件都需要重新审理，庭长先生，因为巴尔梅耶——拉尔桑进入警察局以后，有好几个无辜的人被关进了监狱！”

二十八　谁都无法想得那么周到

赞叹声、窃窃私语声、喝彩声，响成了一片！亨利·罗伯尔律师的作证使法官决定暂停对这个案件的审理，在下面进行补充调查，推迟到下次开庭再宣判。检察院同意了这个决定，审判推迟了。第二天，罗伯尔·达尔扎克先生获得了假释，马蒂约老爹则被当场宣判“不予起诉”。人们徒劳地到处寻找着弗雷德里克·拉尔桑。罗伯尔·达尔扎克先生的清白无辜已经得到了证实，他终于摆脱了曾一度威胁他的生命的可怕灾难。探望了斯坦日松小姐以后，他深信，在大家的精心护理下，斯坦日松小姐将很快恢复神志。

至于那个小男孩鲁尔塔比伊，自然成了“风云人物”。他一走出凡尔赛法院，人们就把他抬起来了。全世界的报纸都报道了他的业绩，刊登了他的照片。他这个采访过无数名人的人，自己也变成了名人，受到了别人的采访。需要说明的是，他一点儿都没有因此而得意扬扬！

我们俩高高兴兴地在“热气腾腾的狗肉”餐厅吃了晚饭，然后就离开了凡尔赛。在火车上，我向他提了一大堆问题。吃饭的时候我就想提这些问题，但我忍住了，因为我知道，鲁尔塔比伊不喜欢一边吃饭一边工作。

“我的朋友，”我说道，“与拉尔桑有关的案子办得太漂亮了！只有您那个了不起的脑袋，才能揭开这个秘密。”

我说到这里，他打断了我的话，让我说得简单一点儿。他说，他不忍心眼看着一个像我这样聪明的人，因为崇拜他而坠入愚蠢的深渊。

“我马上就说到正题了！”我有点儿恼火地说道，“刚才发生的一切，都不能让我知道您到底去美国干了些什么。如果我没理解错的话，您离开橡栗城堡的时候，已经把弗雷德里克·拉尔桑的底细摸得一清二楚了，对吗？……您已经知道拉尔桑就是凶手了，对他的谋杀手段也了如指掌了，是吗？”

“完全正确。您呢？”他换了个话题，“您就一点儿也没有察觉吗？”

“没有。”

“真让人难以置信！”

“可是，我的朋友，您把自己的想法藏得那么深，我能察觉到什么呢……我带着手枪回到橡栗城堡的时候，在那个关键时刻，您是不是已经怀疑拉尔桑了？”

“是的。那时候，我刚刚抓住与‘不可思议的长廊’有关的‘推理的正确一头’。不过，当时还没有找到那副老花镜，所以没有解开‘拉尔桑重返斯坦日松小姐的房间’之谜……再说，我的怀疑只停留在‘数学’上，‘拉尔桑就是凶手’这个想法让我不知所措。我决定，先等待‘明显的踪迹’出现，再针对这个问题进行深入的思考。不管怎么说，这个想法一直萦绕在我的脑海中。我跟您谈起这个警探时的语气，其实应当让您警惕起来。首先，我已经不再相信他的‘诚意’了，不再跟您说‘他弄错了’。我跟您说起他那套做法时的语气，就像谈到最差劲儿的侦破方法一样。其中的轻蔑，在您看来是针对那个警探的，而在我心里，与其说是冲着警探，不如说是冲着那个我已经开始怀疑的凶手！……请您好好回想一下……当我列出那些指控达尔扎克先生的证据时，我对您说：‘这一切都似乎使伟大的弗雷德里克的假设更加可信了。可我觉得他的假设是错误的，会把他引入歧途……’我还用会让您感到吃惊的语气补充说：‘现在，这种假设是不是真的把弗雷德里克·拉尔桑引入歧途了呢？啊！啊！啊！……’

“这几个‘啊’应该引起您的思索，因为我的所有怀疑都体现在这几个‘啊’里。‘现在，这种假设是不是真的把他引入歧途了呢？’这句话的含义是，它不会把他引入歧途，却会把我们引入歧途！说完，我就看着您。可是，这并没有引起丝毫的惊诧，您根本没有理解……我很高兴，因为在找到那副夹鼻眼镜之前，我只能把拉尔桑的犯罪视为一种荒诞的假设……可是，在找到那副为我解开‘拉尔桑重返斯坦日松小姐的房间’之谜的夹鼻眼镜之后……您发现了我的喜悦、我的激动……啊！我至今记忆犹新！我像疯子似的在自己的房间里奔跑，大声喊着：‘我要击败弗雷德里克！我要以惊天动地的方式击败他！’这些话是冲着强盗说的。当天晚上，我奉达尔扎克先生之命，监视斯坦日松小姐的房间。晚上十点半之前，我除了跟拉尔桑共进晚餐以外，没有采取任何措施。我很放心，因为他就在我对面！那个时候，亲爱的朋友，您本来可以猜到，我担心的就是这个家伙……我们谈到凶手再次到来时，我曾对您说：‘啊！我敢肯定，弗雷德里克·拉尔桑今天夜里一定会回来！……’

“可是，有一件十分关键的事，本来可以让我们立刻彻底看清凶手的面目。可以促使我们揭露弗雷德里克·拉尔桑的那件事，被我们忽略了……被您和我！

“难道您忘了手杖的事？

“是的，推理……可以在一个‘有逻辑意识’的人面前揭示拉尔桑……除此以外，还有一个‘手杖的故事’……可以向‘有观察精神’的人披露他的罪行。

“让我大惑不解的是——请记住这一点，在预审的时候，拉尔桑竟然没有利用那根手杖来指控达尔扎克先生。难道那根手杖不是在发生谋杀的那天晚上，由一个外貌特征与达尔扎克先生十分相像的人买的吗？刚才，在拉尔桑动身去乘火车逃跑之前，我向他本人提出了这个问题。我问他，为什么没有使用那根手杖。他回答说，他从来没有那么想过。在他的内心深处，从没想过利用这根手杖指控达尔扎克先生。那天晚上，在埃皮纳的酒吧里，我们戳穿了他的谎言，让他颇为难堪。您还记得吧，他说，他是在伦敦得到这根手杖的。可是，手杖的商标上明明写着‘巴黎制造’！当时，我们只想到：‘弗雷德里克在说谎！他在伦敦，不可能在伦敦得到这个巴黎制造的手杖！’为什么我们就没想到弗雷德里克在说谎呢？他不在伦敦，因为他在巴黎买了这根手杖！弗雷德里克在说谎！凶杀案发生的时候，他在巴黎！这恰恰是怀疑他的理由！您到卡塞特商店进行调查以后，告诉我们，这根手杖是一个打扮得跟达尔扎克先生一模一样的人买的。我们从达尔扎克先生本人那里得知，他根本就没有买过手杖。而且，由于第四十号邮局的事，我们已经肯定，巴黎有一个装扮成达尔扎克先生的人。于是，我们就想，发生谋杀的那天晚上，那个把自己打扮成达尔扎克先生的模样，来到卡塞特商店购买我们后来在弗雷德里克手里看到的那根手杖的人，究竟是谁呢？为什么我们丝毫没有想到：‘可是……这个打扮成达尔扎克的模样，买了一根后来落在弗雷德里克手里的手杖的陌生人……莫不是……弗雷德里克自己？……’诚然，他那警探的身份与这个假设相悖。不过，当我们看到弗雷德里克以怎样的疯狂制造指控达尔扎克的证据，又以怎样的狂热追逐这个可怜的人时……我们本该对他‘身在伦敦却拿着一根不可能在伦敦得到的手杖’这个弥天大谎感到震惊。如果他是在巴黎得到的这根手杖，那么他的伦敦之行就难以成立。所有人都以为他去了伦敦，就连他的上司都这样以为，可是他居然在巴黎买了一根手杖！现在，他怎么会转眼之间用上了一根从达尔扎克那里得到的手杖呢？这非常简单，简单到了我们不屑去想的地步……拉尔桑是在被斯坦日松小姐的子弹擦伤了手之后买的这根手杖，仅仅是为了手上有个东西，从而不必把手伸开，露出手上的伤痕。您明白了吗？拉尔桑就是这么跟我说的！我记得，我曾多次对您说过，我对他‘总是手不离手杖’感到奇怪。我跟他一起吃饭的时候，他的右手刚一离开手杖，就赶紧握住刀叉，从此不再撒手。所有这些细节都是在我对拉尔桑产生怀疑以后才想起来的，为时已晚，帮不了什么忙了。因此，拉尔桑在我们面前假装睡着的那个夜晚，我朝他俯下身，非常机敏地看到了他的手，并且没有被他察觉。他手上只贴着一小块鱼胶硬膏，说明那里原来有过擦伤。我知道，他可以说这个伤口是别的东西造成的，但绝不会承认是枪伤。可是，无论如何……在那个时候，对我来说，这是纳入我的推理范畴的一个新的外部因素。拉尔桑刚才对我说，子弹只是擦伤了他的手心，但让他流了好多血。

“假如拉尔桑说谎的时候，我们的洞察力更强一些，显得更……可怕一点儿的话，他肯定会搬出那个我们替他想到的故事——那个所谓‘从达尔扎克手里搞到那根手杖’的故事，以转移注意力。可是，事情发展得太快了，我们没再想到过那根手杖！不管怎么说，我们还是在不知不觉中让他颇为难堪，让那个拉尔桑——巴尔梅耶难堪！”

“可是，”我打断了他的话，“既然他买手杖的时候无意陷害达尔扎克，那么他为什么还要打扮成达尔扎克的样子呢？那件灰黄色的大衣，那顶圆顶礼帽……”

“因为他从作案现场来！他刚一离开作案现场，就换上了达尔扎克的装束。他在进行谋杀的时候一贯如此，我们知道其目的何在！

“不过，您可以想象，他那只受伤的手让他感到很麻烦。所以，当他经过歌剧院大街的时候，就想到了买根手杖。那是偶然出现的念头！……当时是晚上八点钟！一个外貌很像达尔扎克的人，买了一根‘我看见握在拉尔桑手里’的手杖！……而我呢，我已经猜到，那个时候，谋杀已经发生了，而且是刚刚发生。我对达尔扎克的无辜深信不疑，但是我并不怀疑拉尔桑……有时候……”

“有时候，”我打断了他的话，“再聪明的人……”

鲁尔塔比伊让我住口。我接着问他，发现他已经不再听我说话——鲁尔塔比伊睡着了。等我们来到巴黎的时候，我费了九牛二虎之力才把他叫醒。

二十九 斯坦日松小姐的秘密

后来的几天，我又有机会问他，到底去美国干什么了。他的回答并不比在从凡尔赛回巴黎的火车上更明确，而且很快就转到别的话题上去了。

有一天，他终于对我说道：

“您知道……我需要了解拉尔桑的真实身份！”

“那当然。”我回答道，“可是，您为什么要到美国去寻找呢？”

他吸着烟，背对着我。很明显，我触碰到了“斯坦日松小姐的秘密”。这个以极其可怕的方式把拉尔桑跟斯坦日松小姐联系起来的秘密，这个在斯坦日松小姐的法国生活中找不到答案的秘密，鲁尔塔比伊想到了。我说过，这个秘密大概始于她在美国的那段生活。于是，他就上船了！到了那里，他会知道这个拉尔桑是何许人也，会找到让他闭上嘴巴的东西……于是，

他就动身去了费城！

那么，这个让斯坦日松小姐和达尔扎克先生缄默的秘密究竟是什么呢？过去了这么多年，在报上发表了那么多引起轰动的文章以后，在斯坦日松先生已经知道了一切并原谅了一切以后，我们终于可以把一切和盘托出了。这个秘密其实很简单，它可以让事情恢复原貌。有些无耻之徒谴责斯坦日松小姐，其实她在整个悲剧中，从一开始就是受害者。

这个“开始”要一直追溯到遥远的过去。那时，她还是个少女，跟她父亲一起住在费城。在一个晚会上，在父亲的一个朋友家里，她认识了一个同乡——一个法国人。此人以他的举止、他的机智、他的温存和他的爱情诱惑了她。别人说，他很富有。他对那位著名的教授表示，他要向斯坦日松小姐求婚。教授对让·鲁塞尔的情况进行了调查，一开始就发现，自己是在跟一个冒险家打交道。诸位可以猜到，这个“让·鲁塞尔”正是那个大名鼎鼎的巴尔梅耶的许多化名中的一个。他在法国受到追捕，就逃到了美国。但是，斯坦日松先生对此一无所知，他女儿也一样。斯坦日松小姐后来才知道：斯坦日松先生不仅拒绝了鲁塞尔向他女儿的求婚，而且禁止他再登他们家的门。刚刚向爱情敞开心扉的年轻的玛蒂尔德，把她的鲁塞尔视为世界上最英俊、最优秀的人，对父亲的做法非常愤慨。她毫不隐瞒自己对父亲的不满，父亲就把她送到俄亥俄州的海滨，住在辛辛那提的老姑妈家里，让她慢慢冷静下来。但是，鲁塞尔也追随玛蒂尔德去了那里。尽管斯坦日松小姐非常崇敬她的父亲，但她还是决定摆脱老姑妈的监视，跟让·鲁塞尔一起私奔。两个人决心利用美国宽松的法律尽快结婚，事情也是这么办的。他们走得更远，一直到了路易斯维尔。到了那里，一天早晨，有人来敲门。是警察！他们是来逮捕让·鲁塞尔先生的！而且，他们不顾他的抗议和斯坦日松教授之女的哭叫，真的把他抓走了。与此同时，警察告诉玛蒂尔德，她的“丈夫”不是别人，正是大名鼎鼎的巴尔梅耶！……

玛蒂尔德绝望到了极点。她自杀未遂，又回到了辛辛那提的姑妈家。姑妈见她回来了，差点儿高兴死。一个星期以来，她让人到处寻找玛蒂尔德，还没敢通知她的父亲。玛蒂尔德让姑妈发誓，永远不让斯坦日松先生知道这件事！姑妈也希望如此，因为她觉得，在一个如此严重的事件里，自己的疏忽是不可原谅的。一个月以后，玛蒂尔德·斯坦日松小姐满怀忏悔之情回到了父亲身边。爱情之火已经熄灭，她的心里只有一个念头：再也不要听见别人提起她丈夫——那个可怕的巴尔梅耶。她终于原谅了自己的错误，全身心地投入工作，对父亲无限忠诚，在严厉的自我审视中重新抬起头来！

她遵守了自己的诺言。后来，她以为巴尔梅耶已经死了，因为外面传说他已经死了。经过长期的自我救赎，她终于允许自己享受人生的最大喜悦——与一位可靠的朋友结合。就在她把一切都坦诚地告诉了罗伯尔·达尔扎克先生之后，命运又使让·鲁塞尔复活了。他就是那个她在青年时期结识的巴尔梅耶！他告诉她，绝不允许她跟罗伯尔·达尔扎克先生结婚。他依旧爱着她，而且，这是真的！唉！

斯坦日松小姐毫不犹豫地把这些情况告诉了罗伯尔·达尔扎克先生。她给他看了那封信，让·鲁塞尔——弗雷德里克·拉尔桑——巴尔梅耶在信中回忆起他们在路易斯维尔租下的那个可爱的本堂神甫宅第："……本堂神甫宅第魅力未减，花园风光依旧。"那个恶棍声称自己很富有，并扬言要把她带回那里！斯坦日松小姐对达尔扎克先生说，如若她父亲怀疑到这件丑事，她宁肯自杀！达尔扎克先生发誓，一定要让那个美国佬闭上嘴巴，不管是恫吓，还是使用暴力，哪怕杀人也行！可是，达尔扎克先生哪里是他的对手！要是没有鲁尔塔比伊这个勇敢的小家伙，他可能就没命了。

至于斯坦日松小姐，面对这么一个魔鬼，她又能做什么呢？第一次，他对她进行威胁以后，又在"黄屋"里出现的时候，她曾想打死他。但是，她没有成功。从那时起，她就成了这个"能够对她一直讹诈到死"的家伙的牺牲品。这个家伙就住在她旁边，她却对此一无所知。他以"爱情的名义"要求跟她约会。第一次，她拒绝了他放在第四十号邮局的那封信里提出的约会请求，于是就发生了"黄屋"奇案。第二次，她又收到了一封警告信。这封信是通过邮局寄来的，被当作一封正常的信送到了她的卧室里。她躲进女仆住的小客厅，逃避了这次约会。在这封信里，这个坏蛋对她说，鉴于她的身体状况，既然她不能赴约，那么他就到她这里来。他将于某时某刻来到她的卧室……她需要采取一切必要的措施，以避免产生不良的影响……玛蒂尔德·斯坦日松小姐知道巴尔梅耶什么都干得出来，就把卧室交给了他……于是，就发生了“不可思议的长廊”事件。第三次，她“准备好了约会”。发生“不可思议的长廊”事件的那一夜，拉尔桑在离开斯坦日松小姐那空空的卧室之前，给她写了最后一封信，在里面提出了这个要求。我们都还记得那封信……他把信留在了桌子上。他在信里要求一次“有效的”约会，并定下了日期和具体时间。他答应送还她父亲的资料，并威胁说，如果她再逃避，就烧毁这些资料。她毫不怀疑那个恶棍拥有这些珍贵的资料。他肯定是在重复那次著名的盗窃……因为，她早就怀疑，是他“在她不自觉的帮助下”，从她父亲的抽屉里偷走了费城的那些资料……她对他有足够的了解，深知如果不向他屈服，那么他们多年的劳动成果和心血，以及科学方面的巨大希望，都将很快化为灰烬！……她决定再次面对这个曾经是她丈夫的人，试着让他折服……大家可以猜到后来发生的事……玛蒂尔德的请求，拉尔桑的粗暴……他要求她放弃达尔扎克……她表达了自己对达尔扎克的爱情……他就用匕首刺了她……怀着把另外一个人送上断头台的坚定信念！因为，他非常机敏。而且，只要再把拉尔桑的面具戴到头上，他就可以得救……他这样想着……而另外一个人……另外一个人，这一次还是不能说出他的时间安排……在这方面，巴尔梅耶进行了精心的策划……想法也很简单，就像年轻的鲁尔塔比伊估计到的那样。

拉尔桑像讹诈玛蒂尔德那样讹诈达尔扎克……用同样的武器，同样的秘密……在那些发号施令的信里，他表示准备谈判，愿意交出当年所有的情书。尤其是，愿意“消失”……如果对方能答应他提出的条件……达尔扎克必须去赴他规定的约会，就像玛蒂尔德应当赴约一样。否则，他第二天就公布那些信件。于是，正当巴尔梅耶在玛蒂尔德身边行凶的时候，罗伯尔在埃皮纳下了火车。在那里，拉尔桑的同伙——一个古怪的家伙……“一个属于另一个世界的人”……我们后来又见到了他……把他强留在身边，让他浪费时间，使这个未来的被告不敢说出他外出的原因，从而酿成了这种要把他送上断头台的巧合……

只不过，拉尔桑的如意算盘……没有把约瑟夫·鲁尔塔比伊考虑在内！

我们并不是等到“黄屋”之谜被破解以后，才一步一步地跟着鲁尔塔比伊去美国调查。我们了解这位年轻的记者，知道他头上那两个鼓包里面装着多少搜集情报的强有力的手段，使他可以追溯到斯坦日松小姐与让·鲁塞尔之间爱与恨的根源。在费城，他立刻就了解到了与阿图尔·威廉·朗斯有关的一切。

他知道了他对她的一片忠诚，也知道了他为了保住这种奢望所付出的代价。当年，他要跟斯坦日松小姐结婚的消息传遍了费城的所有沙龙……这位年轻学者不够谨慎，没完没了地追求斯坦日松小姐，令她十分烦恼，就连她到了欧洲以后也不得安宁。他以“忘却烦恼”为借口，过上了放荡的生活。这一切都让鲁尔塔比伊对阿图尔·朗斯没有好感，这就是他在证人厅里对阿图尔·朗斯那么冷淡的原因。不过，他马上就断定，朗斯的事跟拉尔桑与斯坦日松小姐之间的事情无关。而且，他还发现了鲁塞尔与斯坦日松小姐之间的恋情。让·鲁塞尔是个什么样的人呢？他从费城到了辛辛那提，重走了玛蒂尔德的旅途。在辛辛那提，他找到了那个老姑妈，让她开口说话——巴尔梅耶的被捕使他茅塞顿开。他在路易斯维尔参观了那座本堂神甫的宅第（一座殖民时期的建筑，很朴素，也很美丽），的确是“魅力未减”。然后，他放弃了斯坦日松小姐的踪迹，开始寻找巴尔梅耶的足迹，从一个监狱到另一个监狱，从一桩罪行到另一桩罪行。最后，在纽约港重新登上开往欧洲的轮船之时，鲁尔塔比伊知道，五年前，就在这个港口，巴尔梅耶登上了轮船，衣袋里装着一个叫拉尔桑的人——一个刚刚被他杀害的令人尊敬的奥尔良商人的证件……

现在，诸位是否已经知道了斯坦日松小姐的全部秘密呢？不，还没有。斯坦日松小姐跟她的丈夫让·鲁塞尔生了一个孩子，一个男孩。这个孩子生在老姑妈家里，老太太严格保密。

因此，在美国，没有一个人知道这件事。后来，这个男孩怎么样了呢？这是另外一个故事，容我以后再给你们讲。

这些事情过去了几个月之后，我又在法庭上遇到了鲁尔塔比伊，他依然那么忧伤。

“喂！”我对他说道，“您在想什么呢，亲爱的朋友？您看上去很忧郁。您的朋友们都好吗？”

“除了您以外，”他回答道，“难道我真的还有朋友吗？”

“可我希望达尔扎克先生……”

“可能吧……”

“斯坦日松小姐呢……她怎么样，斯坦日松小姐……”

“好多了……好多了……”

“那么，您就不该这么忧伤啊……”

“我很忧伤，”他说道，“因为我怀念黑衣女士身上的香水……”

“黑衣女士身上的香水！我常常听您提起这件事！您能不能告诉我，为什么您总是想到这种香味？”

“或许，有一天……有一天，或许……”鲁尔塔比伊说道。

说完，他长长地叹了一口气。

Gaston Leroux

LE MYSTERE DE LA CHAMBRE JAUNE

本书译自法国 LE LIVRE DE POCHE 出版社 1960 年版